著

# 寸花开

## 三年，走过高中

天津出版传媒集团

天津人民出版社

**图书在版编目（CIP）数据**

等花开：又是三年，走过高中 / 祝立英著 . -- 天津：天津人民出版社，2022.4
ISBN 978-7-201-18341-1

Ⅰ. ①等… Ⅱ. ①祝… Ⅲ. ①日记－作品集－中国－当代 Ⅳ. ① I267.5

中国版本图书馆 CIP 数据核字 (2022) 第 060957 号

## 等花开：又是三年，走过高中
DENG HUA KAI: YOU SHI SAN NIAN, ZOU GUO GAOZHONG

| | | |
|---|---|---|
| 出　　版 | 天津人民出版社 | |
| 出 版 人 | 刘　庆 | |
| 地　　址 | 天津市和平区西康路 35 号康岳大厦 | |
| 邮政编码 | 300051 | |
| 邮购电话 | （022）23332469 | |
| 电子信箱 | reader@tjrmcbs.com | |

| | | |
|---|---|---|
| 责任编辑 | 章　赪 | |
| 封面设计 | 明翊书业 | |

| | | |
|---|---|---|
| 印　　刷 | 三河市国新印装有限公司 | |
| 经　　销 | 新华书店 | |
| 开　　本 | 710 毫米 ×1000 毫米　1/16 | |
| 印　　张 | 15 | |
| 字　　数 | 280 千字 | |
| 版次印次 | 2022 年 4 月第 1 版　2022 年 4 月第 1 次印刷 | |
| 定　　价 | 68.00 元 | |

# 写在前面

　　这本书，本来应该在2019年下半年面世。那年，本书的主人公张小萌考上了大学，我对她高中三年的记录也完成了。拖到如今，唯一的解释是这件事终究在我现实生活中不着急，所以无数事情都成为一拖再拖的理由。然而我下定决心将书稿整理出来，终究还是因为我一直想做这件事。

　　书名在2016年《等风来》出版时就已经想好了，如果再有一本成长记录，就叫《等花开》。清风徐来，静待花开，都是岁月静好、现世安稳的模样，但这也就是时过境迁后的风景吧，当时总归都是手足无措的。

　　外人看这个过程，不过是从高中到大学这两点之间的一线，好像故事的结局是圆满的，过程便不值得说道了。是的，我们总是这样，看到"别人家的孩子"，看到"自己家的神兽"，看到"别人的远方"，看到"自己的苟且"。其实，每个人，每个家庭，每一个相同的角色，都过得差不多。

　　我原以为高中生家长的主要情绪是焦虑，但其实还有一种强烈的不舍。张小萌上高中后，我手机里关于她的照片大多是背影，转身的样子、远走的样子、等车的样子，偶尔翻看手机里的照片会眼眶发热。特别是高三这一年，好像是在为她的远走高飞买票做攻略。

　　张小萌的整个高中阶段也算丰富，去德国交流，参加写作和演讲竞赛，加入社团，主持班会，组织社会实践活动，参加过至今为止唯一的一次运动会，还有唯一的一次文艺晚会，但所有这些丰富多彩，都不及学习这件事那样时刻影响我们的情绪。

　　高一时学习理科的艰难，高二时选科的挣扎，高三时模拟考和选考的折磨，好像一道道关卡，不断升级打怪。她总是给我一些"本次考试不理想"的预警，要我做好思想准备，要我不要责怪。

　　她考砸的每一次，我都会失落，也会难过，但这种难过的来源，更多是难过着她的难过，失落着她的失落，所以每次考砸，我给她的都是拥抱，尽力把那些因为"失败"而散去的力量拉回来。

跟大多数的"假用功"相比张小萌读书是真诚的，但也不算拼尽全力。她在初中时曾说自己在读书这件事上用了七分的力。但这七分的力，大多是基于自己的认知和自控。鉴于人性的弱点，我认为她做得很可以了。我觉得不尽力的人生不尽兴，但拼尽全力的人生又过于紧张。七分力，刚刚好，可以证明自己不是超人，但也不是庸人。

我乐见张小萌自己走出的每一步；不会为她不是超人而失落，也不会为她不是庸人而沾沾自喜。

做母女的缘分，应该是极致的人际缘分了。我和张小萌的缘分，仿佛有些漫不经心——怀她，是因为同城的老同学纷纷怀孕，于是我们也决定要个孩子。

那是一件很顺理成章的事，我并不觉得有什么。后来我发现怀孕并不是一件容易的事，有的人吃药调理多年无果，有的人中途流产失去孩子，有的人生了孩子却有健康问题；我才明白拥有一个健康、正常的孩子是多么难能可贵。

至于孩子在成长过程中，尤其是读书以后成绩不堪的案例，更是数不胜数。

古人说，养儿方知父母恩。而我也终于明白，没有做过父母的人，怎么有资格谈喜怒哀乐？

我时常提醒自己，最初的时候我惟愿张小萌一生健康快乐；当我意识到这个愿望过于贪婪以后，我最大的祈愿便是"乐观"——人的一生，难免挫折、困苦，做一个乐观豁达的人，便可以有更多幸福。当我为她的"不够争气"而生气时，我会回想自己曾为她长了第一颗牙齿而开心，曾为她学会走路而骄傲，会告诉自己：知足吧！

我会提醒自己：从前尚且不忍她打针的痛，如今怎么就能做到在她伤口上无情地撒盐？我知道，很多父母都这么做了：打着爱的旗帜，对孩子的成长视而不见，对孩子的失败落井下石。我知道，一不小心，我也会是其中的一员，但我不想成为其中的一员，所以一直都在反思中成长，努力成为一个合格的妈妈。

许多家长都说因为世事艰难，所以要让孩子从小接受挫折教育，于是理直气壮行使家长的权利；我不这么认为。我反对用残酷迎接残酷。

正因世事这般艰难，我想让张小萌明白，即使再艰难，总有一处阳光渗入的出口，有光明和温暖，所以，其实并没有那么难。惟愿她能从我给她的力量之中学会怎样凝聚力量，成为自救和救人的高手。

她是个最普通不过的人，但亦是我心目中的独一无二。我看到她的优点，也接纳她的全部缺点。

她常常会因为考砸等原因哭得一塌糊涂；最初很想在高中阶段树立高冷女神形象，因为演技撑不过三秒，形象早就碎了一地。那就这样吧，做女孩不如好好珍惜

"想哭就哭"的特权。

爱哭的张小萌，爱对着干的张小萌，让我无奈，也让我头痛，但如果让我选择，我还是希望她就是她。

港片里有一句最最经典的台词：做人嘛，开心最重要了。我也是这么想的。

张小萌是一束光，照进我的生命，让我看清自己，让我的人生变得更加丰满，让我成为傻子，让我成为诗人，也让我成为泼妇。

我从不认为她属于我，也不希望她听从我。每个人是自己，要听从自己的内心，但我希望她可以发现更好的自己。因为我知道，知道自己的好，是一件多么美妙的事。

但，仅限于此。我不会为任何人踩出一条路，不会为任何人做最后的选择，不会为任何人准备好结果。因为人生，全部的使命就是踩出一条路，做出多个选择，得到一个结果。我不会，也不能，取代张小萌的使命。

而我有自己的使命。在陪伴张小萌的这一段时间里，我好好爱她；在其他的时间里，我好好爱别的。但无论是爱谁，都是因为这样做让我幸福。

有段时间，关于人生是一张A4纸的说法很多，很多人都在算还能陪父母多久，我却默默地算我还能陪张小萌多久，提醒自己：要加倍珍惜当下的每一天。

关于珍惜，年轻人不太懂是正常的。若我还不懂，那是不应该了。

关于爱、自由、真理、责任、珍惜……很多很多，我无法用言语真正教会我的女儿，以后生活会教会她。有一天她恍然大悟。未来她也会成为妈妈。关于耐心和强大，那时候她会慢慢懂。

我不急！在少年轻狂的岁月里，我不着急我的女儿拥有而立的力量和不惑的清醒。

陪伴一个人的成长，就像再看一遍自己的成长。那些无畏任性，让人热泪盈眶。张小萌给我的一切，真的是我这辈子不可能再得的无价之宝。

2021年8月9日

# 目录

1　学会学习　2016-6-25

2　腹有诗书气自华　2016-6-27

3　学会选择　2016-6-29

4　孤勇　2016-7-8

4　因为你是女孩　2016-7-20

6　自学模式　2016-7-25

8　阅读一二事　2016-7-27

9　非主流　2016-8-2

10　吐槽　2016-8-5

13　犀利妹　2016-8-6

14　写在开学之前　2016-8-7

14　不受伤，怎么成长　2016-8-12

16　序曲　2016-8-14

17　游学开始了　2016-8-21

18　个性　2016-8-24

20　风筝　2016-8-28

21　认识自己　2016-9-2

22　不必追　2016-9-12

23　交流生来了　2016-9-18

25　安娜走了　2016-9-22

26　单元考　2016-9-22

27　周末真好　2016-9-23

28　军训，老毛，5班（张小萌）　2016-10-1

30　最好的时光　2016-10-5

31　距离　2016-10-12

32　不必太紧张　2016-10-25

33　运动会　2016-10-28

34　生日的感慨　2016-10-30

36　女孩爱美　2016-11-6

37　期中考试　2016-11-13

39　要有信心　2016-11-24

40　选择　2016-12-4

41　谨言　2016-12-12

43　存在是因为信念　2016-12-20

44　"良药"　2016-12-25

45　朋友　2017-1-3

46　勤奋和灵感　2017-1-8

48　克制的原谅　2017-1-16

48　从作文说起　2017-1-17

50　少年不惧岁月长　2017-1-24

50　干醋　2017-1-25

51　微光（张小萌）　2017-1-26

53　整牙　2017-2-7

54　要开学了　2017-2-9

55　到底要怎样　2017-2-13

57　开学综合症　2017-2-16

59　保持距离　2017-2-25

60　春天来了　2017-2-25

61 嗨，不生气 2017-3-5

61 "渡劫" 2017-3-9

62 自知 2017-3-13

64 自欺 2017-3-17

65 难题 2017-3-19

66 恋爱观 2017-3-25

67 插曲 2017-3-30

68 "特困生" 2017-4-4

69 拍照 2017-4-14

70 动力 2017-4-23

71 缠斗 2017-4-29

72 病因 2017-5-3

73 期中考试后 2017-5-6

74 选考科目 2017-5-9

75 目送 2017-5-23

75 朋友也需要距离 2017-5-27

76 懂了，不一定真懂 2017-6-1

77 多维人 2017-6-15

78 日久生情的物理 2017-6-20

80 必修课 2017-6-24

80 祝你考好 2017-6-30

81 期末较稳 2017-7-2

82 那个不会溶解的溶质 2017-7-12

83 木头人 2017-7-17

85 暑假作业歼灭战…… 2017-7-16

85 论父母的自我修养 2017-7-19

87 今天没带手机 2017-7-22

88 大方向 2017-7-31

89 一次就够 2017-8-3

91 描画未来 2017-8-5

92 我再也不是你的英雄了 2017-8-11

94 开学 2017-8-15

95 关于《围城》的闲言碎语 2017-8-16

96 不忘初心 2017-8-18

98 一个菜鸟妈的自白 2017-8-22

99 偶像 2017-8-25

100 高二了 2017-9-1

101 别人家的孩子 2017-9-3

102 对手 2017-9-6

103 闭关 2017-9-9

104 疏离 2017-9-13

104 蜕 2017-9-24

106 变化 2017-9-28

108 听话的潜台词 2017-10-4

109 好在有诗和音乐 2017-10-6

110 100种制裁 2017-10-9

112 沉住气 2017-10-13

113 爱美 2017-10-14

114 反思 2017-10-15

116 "反动" 2017-10-25

117 愿你被世界温柔以待 2017-10-30

118 转身 2017-11-1

120 两败俱伤 2017-11-7

120 小进步 2017-11-13

121 讲座 2017-11-19

122 网暴 2017-11-20

123 觉悟 2017-11-20

124 拍照的角度 2017-11-21

125 微笑向暖 2017-12-4

126 主角 2017-12-20

128  自我管理  2017-12-21

129  内伤  2017-12-25

129  一种选择  2018-1-22

131  这不太好吧  2018-1-29

132  子非鱼  2018-2-6

133  小小的肯定  2018-2-7

135  "渣男"  2018-2-9

136  剩下的都是美好  2018-2-10

137  国泰民安  2018-2-22

138  相互吹捧  2018-2-26

140  套路王  2018-2-28

141  难忘的一天  2018-3-8

143  同学的优点  2018-3-9

144  技术型吵架  2018-3-11

145  哭了也不要抱抱  2018-3-17

146  平安无事  2018-3-23

147  中暑  2018-4-3

147  又瘦了  2018-4-5

148  春天的缘故  2018-4-6

149  学考  2018-4-8

149  小甜点  2018-4-24

150  成绩揭晓  2018-4-29

151  小事化了  2018-5-2

151  原始的逃离（张小萌）  2018-5-2

154  经得起"怠慢"  2018-5-6

155  做父母的过程是修行  2018-5-7

156  期中后  2018-5-17

157  抱歉  2018-5-22

158  爱是克制  2018-5-24

159  又见高考  2018-6-7

161  重要和不重要  2018-6-9

162  家长私会  2018-6-10

162  无措  2018-6-15

163  辅导辅导  2018-6-21

164  成长，就是离现实越近  2018-6-22

165  再见，英雄  2018-7-1

166  高三了  2018-7-8

168  打卡  2018-7-14

168  迷之自信  2018-7-19

169  北京行  2018-8-8

170  高三开学了  2018-8-14

172  电话  2018-8-17

172  有点累  2018-8-30

173  新型关系  2018-9-22

174  有一种美德，是给人安慰  2018-9-28

175  模拟考  2018-10-4

176  千年老二  2018-10-19

177  休息一下  2018-10-21

177  考前的周末  2018-10-29

179  首考  2018-11-4

180  你也会变得坚强  2018-11-8

181  爸爸妈妈的方式  2018-11-12

182  治愈  2018-11-24

183  怎么会这样？  2018-11-25

184  尘埃落定  2018-12-6

185  回归日常  2018-12-7

186  求赞  2018-12-8

186  劝退  2018-12-21

187  打酱油  2018-12-23

188  随便聊聊  2019-1-13

189　冬令营　2019-1-21

190　冲突　2019-1-21

191　慢节奏　2019-1-30

192　选择基于什么　2019-2-2

193　某一瞬间　2019-2-2

193　读书苦　2019-2-12

195　开学了　2019-2-14

196　选择来了　2019-2-22

198　题目出得不好　2019-2-22

198　题目出得好　2019-3-1

199　新型母女关系　2019-3-4

200　春天　2019-3-13

201　自我否定　2019-3-15

202　又开心了　2019-3-16

202　课间的电话　2019-3-25

203　吃点啥　2019-3-31

204　日常嫌弃　2019-4-5

205　信自己　2019-4-6

206　继续考试　2019-4-8

206　面试这件事　2019-4-19

208　小片段　2019-4-21

209　查分　2019-4-28

211　数学辅导　2019-5-13

212　为理科掉泪　2019-5-13

213　高考还有19天　2019-5-18

213　又一次初审　2019-5-31

215　三好学生丢了　2019-6-1

215　高考真的来了　2019-6-7

217　高考结束了　2019-6-8

218　高考后学什么　2019-6-17

219　出分了　2019-6-22

220　尘埃落定　2019-6-25

221　就是浙大了　2019-7-17

223　各奔前程　2019-7-18

223　别着急　2019-8-24

225　回望高中（张小萌）　2020-3-15

227　后记：感谢时光

# 学会学习 ～ 2016-6-25

在张小萌高中去向尘埃落定的第27天，同学们都收到了高中录取通知书，一条新的无形的起跑线铺展开来。

每次张小萌上新台阶，我都会紧张。这种紧张真实地反映了我作为妈妈和天下所有的妈妈一样"俗不可耐"，也说明了"关心则乱"。

知道推荐生结果的第二天，便有家长问我要不要报衔接班。那时候我满心都在盘算安排一个难忘的毕业旅游。她的话又让我复习了一次从前的困扰。衔接班的困扰不是第一次，从前我们都立场坚定，不予理睬，但这次要面对的毕竟是高中。

不得不考虑，我们要怎样面对高中。

之前，我的不少同事曾经跟我说，如果孩子的自觉性不够，Y中并不是最好的选择。他们推荐XC中学、KQ中学、LX中学，说那些中学抓得紧，智商不是太高的孩子能不能成才就在"抓"和"不抓"之间。而我也并不觉得Y中一定是最好的选择。我担心"黑马"张小萌跟不上"千里马"学霸们的节奏，挫败好不容易振作的信心。

而有这种担忧的，并不只有我。录取的兴奋劲过去了，焦虑感越来越浓，而能化解这种焦虑的，唯有采取点行动。终于，准高中生也犹犹豫豫提出要上衔接班。

考虑再三，决定不报衔接班。这倒不是藐视成绩，而是从未有过的焦虑感让我明白：要想在高中真正站稳脚，要想在高中三年活得健康，必须学会学习。

依赖，会让人上瘾，会失去自我矫正的能力而无力自拔。

所以我宁可牺牲张小萌暂时的竞争力以试图获取可持续发展力，来证明教育的本质。暗潮汹涌，拨云见日，找准根本——立竿见影的效果必定不具备长远的影响力。对于学习，获取知识的多少，并不是最重要的；而拥有获取知识的能力，才能在知识的海洋中遨游。

小学时需养成学习习惯，初中时应端正学习态度，而高中，必须培养学习能力——多种渠道获取知识，具备举一反三的能力，学会辩证地看待问题。那些在初中时候依靠题海战术成为"学霸"的人，如果只是一味地模仿，不及时学会总结和分析，是没有办法适应高中的"三步国标"的——就是那些基础，然而千变万化。

道理都懂，但真正践行的少，大多数人只能被人潮携裹着流动。

担心自己跟不上的张小萌开始自学。恨不得一步登天的她选择高考题目检测自学能力，结果自然是遍体鳞伤、体无完肤。面对错错错，新的恐慌又蔓延开来。

也许，这是冒险，但为了读书有意义，为了未来生活有意义，我还是决定冒险，必须要让高中生体会到"会学习"的巨大能量。毕竟孩子之于父母，不是只要分数；孩子的未来，也不是只有分数。学会学习，就是学会生活，就是学会工作。所有的内在能量的挖掘，在一开始都是辛苦的，甚至是绝望的。

曙光从浓云中渗出一丝丝光亮。这几天，慢慢弄懂了一些，甚至根据原理自己"推导"出了公式；克服了心浮气躁，也慢慢认同了"所有的问题都来自基础不扎实，所以把基础概念搞清楚是最重要的"。把教材里那些机械的定理和公式忘记，才能把知识真正转化成内在的东西。

获取推荐生资格的最大收获，大概是有时间抒写心情、描绘丹青、沉醉音律、从容阅读。在别人准备中考期间，张小萌陆陆续续写了四五篇日记，画了三四幅画，重拾了两三首钢琴曲，阅读了近十本课外书：王小波的《沉默的大多数》、叶嘉莹的《唐宋词十七讲》、刘亮程的《一个人的村庄》、陈丹青的《笑谈大先生》、黄仁宇的《万历十五年》、刘同的《向着光亮那方》……虽然大多也不过是泛泛阅读，但总归阅读会开阔人的视野，会揭开内心的谜团，让人不会纠结于眼前的苟且。

人生的每一段都很重要，不见得高中就一定要多快好省。我们还是要从整个人生的角度，去看待这个过程，去享受这个独一无二的百舸争流的过程。

我原谅自己时时冒出来的紧张焦虑，但好在我的理智一直都告诉我：慢慢来，踏实走，一切都是最好的安排。


# 腹有诗书气自华 ⌒ 2016-6-27


"天下乌鸦一般黑"，天下中小学也一样——迎新第一课就是考试，差不多就是"当头棒喝"。哎，太不客气了。

Y中据说很宽松，以致近年高考战绩屡屡被诟病。但就算是"很宽松"的学校，给新生的见面礼也是考试。可怜的中考生刚刚放下初三卷，游戏还没有打够，通知书还没捂热，懒觉也没睡够，就被拖进新学校"拷"一顿。

不过好像是装装样子，因为考试很简单。对呀，分班嘛。不分快慢班，考成啥都没什么关系。张小萌说真不想考试；我说随便去考考吧，反正也不能把人退回初中。

回来心情很好。倒不是考试取得全面胜利，而是颜狗张小萌有一个重要的发现，那就是"Y中学生颜值普遍较高"。

腹有诗书气自华，知识在很大程度上支持人的气质，成就一表人才。

怪不得"人丑就要多读书"啊。

# 学会选择 ～ 2016-6-29

很多事情，我们事先有过许多设想、许多憧憬，但最后总是仓促而又懵懂。

从最初看到Y中生的仰望，到拼搏路上感觉Y中的遥不可及，到最后手到擒来，再到分好班级立马进入开课状态。几乎都来不及有点思路，或者来不及感叹初中生涯，就稀里糊涂站在高中的跑道上，已经没有时间去回想从前了。

没多少天，再见初中的校牌和学生卡有种"忆往昔峥嵘岁月稠"的滋味，甚至觉得，和高中相比，初中的学习都不算一回事。无论是知识的深度，还是广度，还有竞争的激烈程度，还有管理的模式，都上了新台阶，翻开了新篇章。

老师不再像初中时那样盯得那么紧，学长成为重要的引路人。到处都是选择，却没有人可以给你明确的决定。不久以前，我们曾经为"没有选择"而愤怒，可一下子，就要面对"选择太多"的苦恼。

你，准备好了做选择题吗？

今天，讨论未来是偏文还是偏理的问题。张小萌果断选择偏理。理由很现实，就是读理科的选择面更广，还有"笨人"才不学物理。很遗憾，二十多年过去了，这个理由和我当年的如出一辙。

然而我陪她走过初中三年，清楚这是个文科女。

即使文科机会再少，就算别人并不以为然，但只要是自己所爱所长，就应该去努力抓住。就算学理科有一千个机会，那些机会都闪闪发光，但那些机会最后都不是所爱所长，再多又有什么意思？

同样的事物，有人视作砒霜，但也有人甘之如饴。以别人的眼光为自己的眼光，以别人的选择为自己的选择，最后努力挤掉别人，得到自己根本不想要的东西，是一场看起来热闹实则很无聊的游戏。

我们所害怕的，不是我们没有得到我们想要的，而是因为视界的关系，我们竟然最后都不知道自己想要的是什么。接触更多的事物，了解更多的知识，我们才能发现自己都不曾知道的自己。

关于未来，关于社团，关于文理，关于未来的专业，家长都可以以过来人的身份给出建议，但是最后的决定，都将会是每个人自己的选择。自己的选择不一定全面，但代表自己的价值观，代表自己的接受度。而家长的选择可能更全面，也会现实一些，代表的是家长的价值观。

关于选择，可以想想选择的两个极端。最好的一端是不是令自己意气风发？最不济的一端又是不是够自己无所畏惧？如果答案是肯定的，那就去追，去勇往直前。

学会选择，要懂得放弃，要耐得住寂寞。

新班级没有一个从前的同学，或许一时会比较孤单，但是，这样就可以踏踏实实做个安静的美女子了。嗨，我真的最喜欢安静、专心、坚定、美丽的女孩子了。

## 孤勇 ∽ 2016-7-8

班主任挑张小萌作为暑假社会实践的小队长之一。

我们在讨论社会实践方案的时候，张小萌突然问我："妈妈，X老师为什么挑中我？她又不了解我。"我说："X老师应该谁都不认识，观察几天，感觉你还比较靠谱吧。"

张小萌突然很正式地说："你可千万别为我去向老师争取什么。我不想让老师知道自己有个能干的妈而给我一些特别的关照。我要自己在高中立足，我要看看自己行不行。"

虽然呢，为娘我并不能干，但她这种独立意识让我深感欣慰。

设计了方案，把具体采访内容拟好，又很贴心地加了一些注意事项，开始联系相关部门约时间访谈。

先从网上查到单位电话，逐个拨打。电话总是不通；打通了说明来意又说你等下再打，再打又说你换个电话打……被三番几次当皮球踢来踢去，满腔热情一点点消耗，张小萌的眼泪就"啪啪"往下掉。

我看她不容易，说要不要找人帮她联系。她却坚决不肯，偏要自己去搞定，说："'好办事'又不是'办好事'。我要办好事，不是要好办事。"

好吧，我该敬这一腔孤勇。

下午，小组按计划去开展活动了。希望张小萌通过自己的努力做一件自己觉得有意义的事，展示一个00后中学生应有的社会责任感。

## 因为你是女孩 ∽ 2016-7-20

我是个粗心的人，不记得怀孕多久以后知道你是个女孩。

别人高不高兴我管不着，但我有点小失落，就像高考没考好一样，所以有那么一阵子有着别人无法察觉的惆怅。

不是因为重男轻女，而是因为疼惜女孩。身为女人知道作为女人的不易，想要自己的孩子活得海阔天空、自由自在，所以我真的希望你是个男孩。

记得14岁那年来初潮，那时的我什么都不懂，发现自己身体有不能言说的变化时的第一反应是自己得了绝症，肯定要死了。在我惊恐等死中，"病"却又好了，而过了一段时间"病"又来了……周而复始，年少的我惊恐万分却又羞愧不已地等着突如其来的死去。一直到有一天我妈终于发现了情况，并告诉我每一个女人都会经历这一切，我才在异常惊讶中放声大哭……

我哭自己在近半年的时间里被压抑许久的惊恐竟是一场虚惊，但我更哭的是这竟是一场医不好的"病"，因为这个小妖精竟然每个月都会来一次。

从那一天起，我痛恨做女人。

十月怀胎的辛苦，初孕时无以复加的嗜睡，难以言表的恶心，后期的高血压水肿、缺铁贫血、缺钙抽筋，一直到生孩子前夕因为过度紧张夜夜噩梦，剖腹时手术刀划过腹部的凉意，然后留下长长的到现在还会感到痒的刀疤，喂奶之初皲裂的乳头每次被咬上时针扎一般的疼痛，还有不管多累也要在夜半啼哭的第一时间送上"全自动奶瓶"……从此，百无一用的女孩，娇生惯养的公主，就变成了无所不能的妈妈。

其实，这还好，做妈妈有做妈妈的乐趣。但是，女人的辛苦，不仅仅是生理上的，更有这个社会对女人的不公。

大学毕业时，不少大企业公然表示"女生免谈"。班上就几个女孩，读书都不错，可都不如班上读书最差的男生好找工作。

女性想在这个社会立足，想证明自己的价值，就要付出比男人更多的努力。但就算这样，一旦你有一定的位置，你就不能像个女人，大多数人便把你当作男人看待，因为"女领导"是一种近乎石矶娘娘的妖魔鬼怪。

因为种种这些，所以我竭尽所能宠爱张小萌；在做妈妈的同时，做玩伴，做圣诞老人，做"真爱粉"……永远都拥护她，无条件支持她，只希望她生活在我营造的象牙塔中，做一个简单的女子就好。

可女孩迟早要远走高飞，会慢慢走到我视线所不能及的地方，所以要学会保护自己。

今天，张小萌和同学一起去看电影。我第一次提出外出规矩：晚上10:00前必须回家，行踪有变化必须第一时间汇报，独自一人时不搭理陌生男性搭讪（比如问路、借钱等）。

张小萌：妈，这太夸张了吧？

可是，没有办法，因为你是女孩。一直愿意把世界想得美好的我，不得不把有些问题想得更复杂——我们所能得到的自由和所能给予的信任，必须在一定的阈值内。

# 自学模式 ∽ 2016-7-25

学校的网课结束，天热得惨绝人寰；没报课外衔接班，开启自学模式。

考虑到高二应该会住校，日后对张小萌的教育基本鞭长莫及，所以能够在这一年中看到她学会自我管理、自我服务和自主学习，看着她在困难面前保持冷静，是当务之急。

关于报衔接班，母女俩有一阵冲突。以前张小萌最讨厌各种培训班，我们总是一拍即合。细算起来，和别人比比，她也算给我省了不少钱。可是，经历过初三一年艰苦卓绝的奋斗考上Y中的她，感到即将面临的巨大的竞争压力，第一次主动要求报衔接班，因为怕被学霸们甩在后面——经历过在后面挣扎追赶的滋味，害怕再次处于那样的境地。大多数父母会因为孩子有这样的上进心而欣慰，而我看到的更多是依赖心，或者是不自信。

所有的培训班，是以知识的传授或者灌输为目标，往往会有两种恶果：一是习惯了被灌输，而失去了主动获取知识的能力；二是因为已经被安排好学习的节奏，而且获得了一定的知识，所以会产生自欺欺人的心安理得。

我还是喜欢走远路，走远一点但最接近自然的那条路。求知欲、探究心以及自我规划的能力，本来是学校传授知识以外最应该保护或者发掘的能力，但是显而易见，当下的教育没有做到。这是因为直接获得知识、学会考试具有立竿见影的功利效果，人人趋之若鹜。当然，在面临大考之前，我并不反对急火猛攻，就像攻克战略要地一样要集中火力。所谓"养兵千日用兵一时"，"养兵"两字，应该不会是天天军演，而是"养精蓄锐"，明志以致远。走远一点，一开始会走慢一点；但走远一点，可以锻炼脚劲，也会有欣赏路上风景的欢愉，而不是和大家一起挤着拼命赶路。

萌原先以为妈妈会表扬自己想上衔接班的主动，没想到遭到反对；经过一阵不甘心的抗议，最终不得不面对现实——自学。

她是个怯难的孩子，在很长的时间里，遇到困难的基本手法是躲避，比如原先弱项的理科试卷最后一题基本是直接放弃，不看题目就先被"压轴题"这个概念吓倒；比如遇到新概念的理科公式，背得滚瓜烂熟但是基本只会凭记忆用老师讲的步骤去解决，即使解决了，其最大根据也是"老师就是这么讲的"，而不是出于对定义和公式的理解。

现在的基础教育，因为太多的作业而导致学生没有机会反思学习，因为应试而基本不引导学生对于本质的探究。当然，高校自从和"应用型"挂钩以后，主动靠近"技能型"，也很少引导学生探究学习。所以，就算经历过高等教育，许多人其实仍然对于学习是一知半解，或者根本就不懂学习。读书的唯一好处是记住了一些亘古不变的答案，最大的后果是谋杀了辩证思考能力。

自学进度既不慢也不快，但是比较扎实。主要的精力还是放在数理化等弱势科目上。太多的新概念让她在一开始的时候完全茫然失措。记得第一次发现在物理中位移不等同路程、速度是有方向的、瞬间速度不等于速度……她的内心基本是崩溃的，无助地说"初中科学全白读了"。她一边自学一边嚷着要上衔接班。可是我想试试打开这扇自学的窗啊，不想在一开始遇到问题就打退堂鼓。

物理的加速度、受力分析，化学的氧化还原反应，生物的光合作用，数学的指数函数……她给自己列了自学计划，从教材的理解到同步练习的巩固，甚至还有提高题的挑战，从一片混沌，到依稀明白，再到恍然大悟，经常哭鼻子，经常泄气，但不忘初心，继续前行。

上午，她开始自学对数函数。log这样的符号，对于曾经也算是数学高手的我都已经几近记忆模糊，何况她这样的初学者？她先看定义，把定义里的每一个符号的意思都搞清楚，然后小心地演算书本中的例题，直到和例题的答案一样，同时理解例题的步骤……

没有哭鼻子，没有抱怨，一直在草稿本上写写画画；看得出一直在思索，在研究，在顿悟……一会儿还洋洋自得地给自己的答案打上大大的对勾，极度自豪地自言自语："怎么又做对了呀——"

对于一个理科困难户，自学是不容易的；能够静下心去面对，是不容易的。我有点庆幸，所有之前她在遇到困难时哭过的鼻子、发过的脾气，我都包容了下来，因为我知道不是今天浇了水、明天就会开花，因为我一直在提醒自己：想让她耐心，必须自己有耐心。

这个娇气任性的孩子，经常让我抓狂的孩子，总有那么一些瞬间，是我的英雄——所有在害怕面前能够冷静的人，所有敢于直面困难的人，都是当之无愧的"金不换"。

# 阅读一二事   2016-7-27

萌萌喜欢阅读，但现在没有大把大把的时间"挥霍"在阅读上；高中开学前囫囵吞枣看了几本书，加入新编高一5班后各种教育陆陆续续。角色转换了，但基本的调子还是攻理克文。

我以为人的幸福感来自在细微处体察生命的精彩与光华，而文学具有拯救灵魂的效用，所以不主张她因为功课而放弃阅读。可背包里的那本《苏东坡传》，她阅读进展相当慢。不由怀念以前她趴在沙发上废寝忘食读《射雕》，一会儿傻笑一会儿叹息，如入无人之境，旁人无不羡慕这样的好滋味。

在语文的网络课上，老师推荐了沈从文的《边城》。这书家里有，但是因为乡土气息太浓，并不曾吸引萌萌的眼光多一分驻足。老师介绍了以后，本着猎奇之心，上厕所的时候看，睡觉前看，在麦当劳喝饮料的时候看……零零碎碎的时间，倒也快。

心疼她看书的时间太长，每天让她午睡一小时；她躺着，我在旁读书，当亲子阅读，也当摇篮曲，催眠得很。

就这样，读完《边城》，再读《呐喊》。她说，读《边城》像吃粽子，语言轻慢如粽叶一样的清香，人物性格又如糯米一样的黏牙。但她更喜欢《呐喊》，说鲁迅写得好笑又凄凉。我不知道有没有人这样评论《边城》和《呐喊》，但我觉得这比喻贴切生动。有一次她写了一篇日记，说许多同学都在网络空间"晒"大餐、旅游、游戏或者无病呻吟，像是夏天终日聒噪的蝉，虚张声势却没有内容……便忍不住给她鼓掌。

张小萌很推崇鲁迅。这很意外。萌说鲁迅的文字面上犀利痛快，底下藏着大爱，还说什么王小波的《沉默的大多数》、陈丹青的《笑谈大先生》都不如《呐喊》。我私下想，这应该是侠女性情。

心里虽然为她推崇鲁迅点赞，但是主观上更愿意她看一些温暖、轻柔的文字，毕竟还是小女孩。

读到精妙的句子，我们会读给对方听，然后交换意见，有时候扯着扯着就远了，从沈从文聊到张家三姐妹，聊到爱情和婚姻之间的落差，再聊到林徽因、梁思成、徐志摩，又聊到林觉民的《与妻书》，甚至聊到冰心……很八卦。

其实八卦这种事，在娱乐圈叫八卦，在文化界便是美谈，本来没什么营养，而且许多的枝节本是路人添油加醋的，其功能相当于食品的调味品，不过是诱惑人爱上食品，但因为这份诱惑也顺便得到了食品的营养。

萌对"八卦"的这一解读很认同，便对自己的"八卦心"也释然了许多。

绕了一圈，发现仿佛美妙的故事里，却好像没有好的婚姻。不由想张爱玲真是才女，她说："生命是一袭华美的袍子，上面爬满了虱子。"

也许钱钟书和杨绛的婚姻算是好婚姻吧。但很奇怪，钱先生和杨先生写出来的婚姻那真是刻薄至深，一针见血到人都无力面对婚姻。《围城》和《洗澡》的犀利和刻薄，哪像是婚姻毫无风浪的人写得出来的呢？是因为纯真，还是因为世故而入木三分？我们并不知道。但或者不经历照样可以感同身受，就像男儿身的曹雪芹，一样写得出林黛玉那样细腻的女儿心。

以前我们读过很多遍《城南旧事》，只当是一本儿童读物，因为用的是小孩子的视角。重读《城南旧事》，最后一页翻过了，就多了几分惆怅，因为张小萌"再也不是小孩子了"。北京是不是那个北京并不重要，而童年那清澈的世界，以及赤子之心，渐行渐远——读书，何尝不是读自己？就算你如蓝天依然清澈，但透过雾霾的双眼却看不到。

张小萌正给我读《幸福的家庭》。我说，照着这个意思，你可以写一篇《优秀的学生》……

不知为什么，突然想起关于自主招生、三位一体、3+3等高考招生的改革方案，心里就烦闷起来。世事容不得一个人安安静静"养成"，却要你略有所知不得不广而告之。因为自己是不能证明自己的，必须得让别人来证明。比如，你画一幅画不能证明你会画画，而必须亮出考级证书才能证明。所以，你要到人群中去……

## 非主流    2016-8-2

旅游、王者荣耀、自拍、大餐，中学生的好友空间被这四种内容刷屏了。

放屏望去，几乎没有不打游戏的中学生。特别是中考后，甚至之前最认真的女生，也一头扎进游戏的大海出不来。听说有一种追女生的手法，就是拼了命用最短的时间打下人家需要好几个月才能搞定的"王者段位"，那架势仿佛是"为你打下一片江山"，以示"爱情"的力量强大。

当下有一种最好的表白或者最铁的友情，就是"我陪你打游戏"……约好在一起嗨，往往会成为凑在一起打游戏的过程。

萌是游戏界的菜鸟，偶尔玩玩单机版的跑酷自娱自乐；和别人相比，差好几个数量级。她说，一则本来就不怎么感兴趣，二则"打的人太多了，便没有了尝试的兴趣"。我不知道是该暗喜她不感兴趣，还是庆幸她特立独行。

她新改了一个QQ签名——走一条人迹罕至的路。现在看来，能够在洪流似的游戏大军中独善其身，实在也算是处在人迹罕至的角落了。这便是她表达"叛逆"的一种方式——人人都趋之若鹜的，她便避而远之，不入俗流。

她现在正是追星的年龄。但难以置信的是，电视上做广告的明星她一概不认识。偶尔聊天会告诉我"最近有个叫宋仲基的好像很热"。同学们如数家珍的明星，她基本都是一脸懵懂。家中1个台式电脑、3个手提电脑、1个IPAD、3个电视机，以及智能手机，好像都没有对张小萌的娱乐普及教育发挥一点作用。

在她的非主流的世界里，只有泰勒、哈利·波特和工藤新一。而这三位，其中两个男的还是虚拟人物。

她看完《阿甘正传》，说："一辈子只做一件事的人其实是另一种心有杂念。真正的心无杂念是像阿甘那样想做啥就做啥……"这话像智者的哲理一样启示我，让我忽然觉得自己引以自得的"悟性"或者"慧根"如此浅薄。

喜欢鲁迅，看完了《呐喊》《彷徨》和《故事新编》，还要再看鲁迅散文……

为了在高中学习不会太难堪，死心塌地地预习，一个暑假把差不多半学期的课都啃了下来。

有时候很佩服她：不管外界怎样骚动，她都岿然不为所动。《来自星星的你》大热之时，她瞟了一眼都敏俊，说"也就那样吧"。有时候很不解，呆呆地看她，思考她这是属于什么情况。就像不能理解游戏为什么让这么多青少年着迷一样，也不能理解为什么她没有被游戏侵蚀。然后，我得出一个结论：这个人是非主流！

"非主流"却撇撇嘴说："我才不是非主流，那些疯打游戏、狂追星的才是非主流。"

有道理。只是，非主流的人多了，主流便成了"非主流"。

我在中学时，常常以聪明自居；为了证明智商，所以不愿意以勤奋获取成绩。很久很久以后，我开始醒悟：知道自己要成为什么比卖弄自己的聪明重要许多。

或许，"非主流"在关于"要成为什么"方面，比我早慧一些。

## 吐槽 ～ 2016-8-5

晚上躺下了，关了灯，张小萌和胖妹在床上做蹬腿、甩胳膊运动，瘦腿、瘦胳膊，50个一组，得做好几组。

我提议开个卧谈会。胖妹很兴奋地说"好啊好啊"。张小萌问，谈人生吗？我说，要不我们来吐槽吧，把自己看不下去的人和事都拿出来涮涮，顺便清理一下情绪垃圾。

"好啊好啊。"二人对这个建议都很感兴趣，估计内心都是满满的槽点。可是吐槽谁呢？胖妹说，舅舅不在家，要不我们来吐槽舅舅吧。对于吐槽爸爸，萌一点也不感兴趣。因为爸爸对各种吐槽都蛛丝轻抹，而且槽点太多，吐不过来。

正在看一篇《家长最伤透孩子的N句话》；我说，你们来吐槽各自的妈妈，看看是不是经常说让你们伤心的话。"好啊好啊——"

好吧，就当是我的民主生活会吧。

第一句：笨蛋，没用的东西。

胖妹：我妈没这么说。

萌：我妈也没。

第二句：住嘴！你怎么就是不听话。

胖妹：有啊有啊。我每次有意见我妈就不让说，反正每次都是我的错。

萌：有啊有啊。我妈是这么说的："你到底听不听话？"其实我妈主张我有主见，但又常用"听话"来威胁我。我只好听话。

张小萌，你妈我经常后悔要你做个有主见的孩子，所以权威一再被挑战。我呢，偶尔也要享受下家长的权利。我是家长啊，家长！

第三句：我说不行就不行。

胖妹：我妈经常说。反正她是最权威的。

萌：我妈也经常说。比如我要剪刘海，她就很霸道地说"我说不行就不行"，我说"凭什么"，她说"钱是我的，我做主"。我妈有时候真的很不讲理啊。有时候同学约我出去玩，我以为她一定会同意，可偶尔她会毫无征兆地说"不行"。我要理由，她很跩地说"不需要理由，我说不行就不行"……反正我妈是个很任性的人；她让你上天堂，也让你下地狱，她说行就行。

张小萌，你妈是个多么民主的妈啊！大多数妈不同意的事我都毫无条件地主动答应了，偶尔的"不行"只是有一点点任性，有时候想要测试一下当妈的权威还在不在，有时候只不过是想看一直得意的你不爽的样子，心里爽一下而已。

第四句：我再也不管你了，随你的便好了。

胖妹：我妈经常这么说。每次我一犯错，她就这么说。

萌：我妈也经常这么说，而且十分沉痛。"张小萌，你自己说说看，到底要不要我管。不要我管，我就一点都不管；要我管的话，你就不能把我的话当耳边风。你有没有听到？自己选择一下。"（用诸暨话）。

张小萌，我不认同。你没发现主动权、选择权在你那边吗？你让我管我就管，只是你得服管；你不让我管我才不管的啊。我是多么民主的妈。

第五句：你若考100分，我就给你买……

胖妹：没有。

萌：没有。我每次考得好，一般都是我爸我妈极度嫌弃我的时候到了。考砸的时候，倒是有吃有喝。每次考得好，我都得到不公平待遇。我怎么也想不清楚为啥这样。

差不多是这样吧。张小萌，每次一考好你就得意忘形，唯你独大。这时候你往往特别欠扁，给你好脸色你就上天了。好好反思吧。

第六句：你又做错了，真笨！

胖妹：有啊有啊。每次我做错事情，我妈都会说我笨。

萌：这个有啊。比如，我不小心把水洒了，把杯子打破了；我妈就一脸嫌弃，"张小萌，你到底会不会做一件好事，会不会做一件好事？"我怎么不会做一件好事啊！

这个我不得不吐槽一下。张小萌，你知道你有多让人嫌弃吗？你一连打破8个杯子，我能不嫌弃你吗？你就不能小心点做一件好事？我没说"你个笨蛋"就很大度了。我看你在某些方面就是一个智障。

第七句：都是一样的孩子，你怎么就不如别人！

胖妹：有啊。我妈经常拿我跟别人比，说我读书不如人家，还嫌弃我胖。

我：那干吗跟别人比？跟你姐比不就好了。

胖妹：也经常跟我姐比啊。每次姐姐回诸暨之后，我妈就说姐姐这么高，这么瘦，还那么注意自己的身材，然后对我一脸嫌弃，说着说着就生气，成天要我减肥。我妈还说，姐姐既漂亮，读书又那么好。我真的压力好大。

胖妹抱住姐姐，说：姐姐，你知不知道，反正你对我来说，就像神一般的存在啊。

萌姐赶紧抱住胖妹。

我说：那你讨不讨厌姐姐啊？

胖妹：我喜欢姐姐。我也很想跟姐姐一样啊。可是减肥好困难啊。

萌：这个没有。我妈总说每个人不一样，我有我的好。

好吧。张小萌，算你有良心，还记得一点你妈的好。

第八句：就知道玩，一提学习就没了精神。

胖妹：有啊。我妈说我一提数学就不出声，一提作文就发愣。

萌：有啊有啊。你知道吗？如果你舅妈出门的时候我在玩手机，进门的时候我恰好又在玩手机，她就说我玩了一天手机。如果她出门我没玩，进门我也没玩，她就说她一走开我就玩。我才玩了3分钟，她说玩了30分钟，可真的是3分钟啊……

嗨嗨嗨，话说我可没有说你一提学习就没精神，也没说你玩了一整天，但是手机停不下来是实际情况啊。快快上学吧，让你远离手机WIFI，远离QQ，赶紧去做个心无杂念的纯正的中学生吧——

胖妹有点心虚，建议换个人吐槽。张小萌在床上兴奋地滚来滚去，说："没关系没关系，吐槽妈妈挺好的。"

好吧，我是个擅长给自己挖坑的女人。

# 犀利妹 ～ 2016-8-6

胖妹在我们家，多了一些别样的欢笑。胖妹虽然胖，身体不算特灵活，但脑子好使，嘴巴也厉害。

**场景一**

萌姐做生物作业，做完一部分自己批改一部分；每次答案全对，就一副超级嘚瑟的样子自夸"什么都挡不住我学生物的智慧啊"。如果换成数学，就嘚瑟"学数学的智慧"，以此类推。

胖妹看不下去了，悠悠地说："我说，姐啊，虽然自卑不好，但太自恋也不大好啊。"

**场景二**

一起散步，我和萌姐牵手。

胖妹撇撇嘴："你们都嫌弃我。"

我说："你能不这么矫情吗？"

胖妹说："哼，我才不矫情，我又不是贱人。"

萌姐笑得前仰后合，整个身子都在摇晃。

胖妹拉拉衣角，说："姐，你注意点形象。"

萌姐更加笑得厉害。

胖妹问我："舅妈，我姐正常的时候是什么样的？"

我说："我没见过。"

胖妹说："啊？你也没见过？我姐正常的时候就是我想象中的时候。"

**场景三**

起床时，萌姐有巨大的"起床气"，神志不清、睡意蒙眬、哈欠连天。

我每次都要哄她起床，从床上把她拉起来，还经常帮忙穿衣服、穿袜子。

胖妹一骨碌就自己起来了。

我说："你看看你姐的样子，像什么？"

胖妹说："磨人的小妖精。"

## 写在开学之前 ⌒ 2016-8-7

关于高中，预告片已经放了很多，录取之后的推荐生报到、始业教育、网络课程、生物竞赛班、参加国外交流签证……去Y中的那条路，以前觉得很远，现在也不觉得有多遥远。

但明天，真真切切要开学了。有了固定的教室、固定的老师，还有固定的同桌。

萌妈和以往的任何一次一年级开学一样，满满的期待中带着忐忑、紧张，因为太希望娃能在高中旅程"轻快笑着行"，但又感到自己与以往的每一次不太一样，大概经历过张小萌在初中的低潮和逆袭，又因为和个别家长有了一些联系，发现自己变得敏感起来——比如老师的配置、座位的安排、同学的素质……更不用说关于高考的种种变革。

以往，只是一些模糊的担忧，而现在竟然有一些具体的忧虑。虽然这些忧虑也都是在别人提醒以后才有的，但从前根本不当一回事，而现在竟有几分纠结。

很不喜欢自己平白无故地多了这些"寻愁觅恨"的纠结，更何况我的纠结毫无意义。所以我要做的，其实是以最大的信心，欢欣鼓舞地目送小萌迎来她"指点江山""浪遏飞舟"的高中岁月。

高中，是人一生中最充满奋斗激情的岁月，是人从身体成长转向心理成长的关键时期。很可能一生中最好的朋友，都会在这个时期相遇并扶持终生。

无论是推荐生，还是中考生，从现在开始都站在了同一条起跑线上。在不久的将来，曾经以为不可逾越的学霸，很可能会成为自己的追兵；也有曾经不屑一顾的同学，却跑到前面成为自己的标兵。

长跑，就是你追我赶，也相互加油。

但不管参与长跑的人有多少，有多强，你所要做的：从现在的人生坐标出发，全力以赴，开始加速，调整酸碱度，释放正能量，画出漂亮的函数线。

而我也得尽快给自己立个新目标，登上自己的新高度。

希望我们都是增函数。

## 不受伤，怎么成长 ⌒ 2016-8-12

前几天，有人问我，萌如果去上大学了，我会不会偷偷抹眼泪。

我断然说不会。因为离泪羁绊高飞的翅膀和远行的脚步，相濡以沫不如相忘于江湖。在一起好好珍惜，分开后各自安好。我相信，少一些羁绊，每个人会活出更加精彩的自己。但低头细想，作为妈妈，自己真的能这么洒脱吗？

最近深感现如今对小萌的学习生活参与过多，对于她的情绪变化也关切过多。我很明白，造成这种状态的原因主要是自省初三之前亏欠她太多。所以初三给了她15年来最多的陪伴和关注。时间会淡化许多，但也会让许多沉淀以至于浓得化不开。日复一日的积累，就成了日常的习惯。而一旦打破习惯，就会很不舒服，很不安心，很焦虑——我已经意识到自己在这方面的潜在问题。

有时候想想，做父母的实在霸道得理直气壮，仿佛因为自己是父母就可以对儿女的未来设想天马行空，而谁都必须理解。

理智告诉我，一切过度的用力肯定是败笔。所以我一遍遍提醒自己不应该在孩子成长的关键时期帮她搬走太多绊脚石、填平坑坑洼洼、铲除泥泞。是她的路，都该由她自己走。

这几天洪荒少女傅园慧因为"洪荒之力"大为走红，瞬时"洪荒之力"成为一种神奇的力量。

成长的本质，应是激发内在的"洪荒之力"。这种来自远古的力量，或许来自太阳，甚至或许来自银河系，强大到地球会开裂，桃林会成焦土，沧海会变成桑田，在每个人出生时被打包封印在体内。够坚定勇敢的人在每一次挫折后都会源源不断地释放"洪荒之力"，打通任督二脉，御风而行，获得真正的逍遥自由。这就是"人的潜能是无穷的"的根由吧。

平凡普通如张小萌，也应该蕴藏这样巨大的洪荒之力吧？所以，干吗要关注那么多细节呢？不是向往她长成俊朗的大树吗？不经历风雨，只能是温室的小花！不是希望她能仗剑走天涯吗？没有摔过跤，怎能远走高飞！

一年的陪伴，萌在学习上确实有长足进步。这段时间也是我们母女未来孤单寂寞时回忆中非常值得珍藏的一段时光。但我们所要的，不只是成绩，也不只有温情脉脉。这种陪伴，差不多该告个段落了。我们应该启动另一种相处模式，要不然我的洪荒之力会流逝，而小萌的洪荒之力永远不会解封。

上幼儿园时，老师要求小朋友相互拉着衣角排队，张小萌毫不客气一次又一次甩开人家。那时候，我想张小萌是个自由主义者。如今我不该妨碍发掘自由主义者的洪荒之力。生活上的亲密，何尝不是心理上的依赖。我能给的营养，也就那么多。能长多高？能飞多远？

母女之间的亲昵，应该像艺人一样在如日中天的时候选择隐退，重启另一种尝试，这样才会发酵成为另一种人生状态时不绝的力量源泉，要不然就婆婆妈妈拖泥带水、一地鸡毛了。

世界那么大，朋友那么多，风景那么美，应该走到世界的中央，混到朋友的中间，融入风景里，在那里撒欢，在那里嬉笑，在那里绽放，一切奔跑的同路人都是最好的陪伴和助跑……

什么时候，张小萌能以桀骜不驯的姿态面对困难和挫折，面对猜疑和背叛，那必定也能以真诚率真的胸怀拥抱天地中的真理、自由和爱。

去飞吧。不受点伤，怎么成为大写的人？犹犹豫豫婆婆妈妈，我还是我吗？

# 序曲 ∽ 2016-8-14

9门功课同时开工的节奏，我作为大学老师真的很难以想象。

试想，每门功课每天课外花费10分钟，意味着90分钟满满当当，可谁能用10分钟的时间来巩固一门功课呢？但这就是新高考倒逼的教学进度，正在经历的人都必须全盘皆收。顺带说一下，很多改革出台的初衷都是各种利好，但只有身处其中的人冷暖自知。

就像每一次升学一样，张小萌希望在新环境能够塑造积极向上的清新形象，但每一次都是跌跌撞撞，最后演绎成了和自己原先设想的完全不靠边的形象。这一次也一样，张小萌也是在努力适应新的学习生活，认真听讲，认真完成老师交给的任务，认真做作业，认真读课文、背单词，和新同学友好相处……

开学一周，每天的散步时间，听她讲高中故事。

第一天播报了很多校园八卦，各位同学原所在学校的什么校草啊、校花啊，比如谁追了谁，谁又甩了谁……描述午餐的过程，和谁一起，在哪个食堂，吃了什么，而那个食堂最好吃的是什么，同去用餐的同学是一个怎样的大胃王……每天陪同学去小卖部都遇到了哪些人，小学同学、初中同学，总之一路都是认识的人，感觉Y中的小卖部差不多被老同学承包了。

第二天讲额头上冒出来的痘痘。据同学们分析是如假包换的"青春痘"，于是很紧张开始想象自己被"青春痘"毁了容貌的样子。哎，张小萌不知道从什么时候开始从"吃货"转成"颜控"了……

第三天说班上9个课代表，自己居然一个都不是。不服。我说，谢天谢地，以后再也没人问你作业了，再也没老师要求你催作业了，再也不用头痛同学不按时交作业了。

第四天又说老师选了6个值周班长，自己也不是。额？也好也好，这样可以有很多时间来做自己想做的事。其实，越是高层次的人，其价值往往并不是通过官方身份来获得尊重，而是通过其个人魅力来塑造影响力，官方身份的头衔有时候反而会遮掩了其自身的光芒。

第五天说英语老师表扬了英语作文，自己是第一个被提名的。这么多老师，张小萌最不care英语老师。因为对英语课有期待，但英语老师最爱讲做题，没劲。但第一次英语作文还是很认真地写了。

第六天，周末，一早去参加文学社的招新作文测试。社团招新不是什么大事，但可以接触到更多的人，而且这些人可以说是志同道合者。晚上收到文学社消息，邀她周三去面试，看来第一关通过了。

看得出新高中生在努力适应扑面而来的一切。

但在昨天的日记中，新高中生表达了内心的孤独与寂寞。吐露了自己怎样在吃饭的时候不经意回想初中的食堂，怎样在带着空调的教室里回想在初三（1）班时的各种自在，怎样在上厕所时回想从前和同学搭伴来去，怎样在规规矩矩安静做作业时回想自己在原来的班级不顾形象的"逗比"样，怎样在走廊里喝水发呆时回想从前和一帮同学吵闹嬉笑，怎样在午休时想起从前午休时那些不遵守纪律的同学发出奇奇怪怪的声音，怕一个人孤单又怎样早早和同学约定一起去食堂……

记得入学教育时，她说感觉自己像是溶不进班级这个溶液的溶质，看来这溶质在给自己加温、加催化剂，努力溶解于溶液，在努力打破孤独和寂寞。这种滋味，有老同学在一个班的人应该感受不到吧？

每一种境遇，又何尝不是好的际遇。适应环境这堂课很有学问，不要急，做好自己，打好基础，你就能学到更多，走到更远。

## 游学开始了 ⌒⌒ 2016-8-21

等了接近2个月的时间，8月的补课结束，欧洲行终于启程了。

在某些关键的时节，够隆重才够分量。欧洲游学是唯一能弥补未组织初中毕业游的遗憾，并且有足够的分量既能与初中告别又能迎来高中生涯的一项活动。

抛开仪式感不说，这是她开阔视野的好机会。游学的经历，不只是走过路过，还要体验思考。这是一个很好的放松——离开亲人和熟人越远，有时候会越放松；离开熟悉的地方越远，有时候会看到另一个自己。前后15天的放松，足可以安抚中考厮杀后的疲惫，也足可以放空压力、轻装上阵。

快13点，飞机到慕尼黑了。家长群早已喧哗起来，纷纷诉说昨晚睡不踏实，记挂孩子，感慨"儿行千里母担忧"，感慨做儿女的根本不了解父母心。

我向来是活在自己内心的一个家长，几乎与所有的家长隔绝联系。这几个月接触家长越多，越是纳闷，为啥过分忧虑的家长会这么多，或者又会问："难道真的是我不正常？"

但也因为接触的家长越多，我也越真实地看到学校教育以外的"保姆式"或者"间谍式"家庭教育的面貌，原来所有的"传说"都是真实的存在，也越发感觉自己这份"不正常"的可贵。或许，人人都说父母的忧虑是因为爱，但到底在无中生有忧虑什么呢？明明是"不信任"。

张小萌第一时间打来电话报告"已到慕尼黑"，又用很欢快的声音告诉我飞行时间太长，"整个人都不好了"，然后又很快跟我byebye。以她放飞自我的个性，我早就做好在家长群看老师和其他家长的"直播报道"了解情况的准备，却没料到她第一时间打来电话。

家长群已经乱作一团，相互打听着自己家的孩子到底如何了——冷不冷啊？有没有及时加衣服啊？累不累啊？开不开心啊？手机为啥还没开机啊？……我突然发现萌来电时根本没想到这些问题，只说"要开心，要帮老师做点事"。看着如此热闹的场面，我想，如果我是孩子，会多么开心终于甩掉了无极的魔咒。

有家长在群里埋怨老师报道不够及时，不够体谅父母心；有家长担心孩子在飞机上睡不好，总归没有家里舒服……不知道他们为啥要放孩子出去，既然这么不放心，应该关在家里盯着才是啊。希望张小萌不要记得我。

有家长说孩子不在家感觉好冷清，而我发现自己基本没有这样的想法，便有些怀疑自己不像个妈妈。因为妈妈的爱仿佛必须是琐碎的、记挂的、担忧的，好像只有这样，那份伟大才显现出来。

本来我有种一别两宽的念头，就是这半个月里，她自由充实，我也可以因为自由而充实——可以安心做许多自己想做的事。可是，因为别的家长的过分记挂，让我对自己的"一别两宽"产生了一些罪恶感——我提醒自己，一分钟也不应该忘记啊。

## 个性 ～ 2016-8-24

拥有一个个性鲜明的孩子，是幸还是不幸？

游学团的带队老师经常在家长群发布一些实况图片，所以孩子们在那边干什么，家长们几乎都了解。但是，再怎么高清无码的照片里，都很难找到张小萌。仔细搜索仍然一无所获，于是只好告诉自己——真的没有！

其实，我倒也并不在乎是不是了解她的行踪，只是明明大家都在框里，偏偏没有她，便在心里责怪她没有组织纪律性、不参加集体活动，于是要求她多拍点照片。

然而，她拒绝了。一大堆理由，其中有一条就是：镜头对准的活动都不自然，无聊！

或许吧！她是对的。而明明我也是这么认为的——去享受，去投入，去真正地参与，然而我被家长群的环境影响了，开始变得在乎一些表面的东西，比如那些该死的照片。

热爱生活，必须远离家长群啊！哈哈～～～

很少有人可以勉强萌，改变她的坚持。小时候，这种固执己见是不听话，让外公外婆无奈；少年时，这种义无反顾是逆反，让爸爸摇头……而在这其中，我一边犹豫一边依然保护着她的"己见"——所有大人的意见只是建议，你有权利做出自己的选择。

一直以来，我都希望她能成长为一个不受别人摆布的人，一个自由独立的人，一个知道自己想要什么并且能表达清楚的人。我竭力避免在她面前说"你必须这样做"或者"你不可以那样做"，我会跟她说"妈妈给你个建议"……我一直深感欣慰的是，她总是主动选择和我一样的观点。

是的，我仿佛更多等着她来征求我们的建议，习惯了她对我的信任，所以对于她直接做出自己的决定并没有做好心理准备。直到她越来越独立，我的建议被否决的次数也越来越多，我开始反思，是不是自己的教育让她变得叛逆、不听话；开始暗暗"嘲讽"自己"咎由自取"，但又一遍安抚自己"听话的孩子有什么用"……

我想，我对于民主和自由的理解终究还是带着对权威和经验的尊崇，那些"我走过的桥比你走过的路还长"的思想实际上不动声色地产生巨大的磁场效应。那些"我是为你好"的理论何尝不是"说服力"的最强大的依据。

其实，她何尝不是正在朝着独立女孩的方向前进。

记得有一次，她和妹妹闹矛盾。妹妹很委屈，一个人默默待在角落里。我责怪张小萌没有姐姐的样子，希望她主动示好。萌就是不肯示弱，而且越来越生气，索性自己跑开了。事后我说，一点小事低个头认个错，大家开心就好了，干吗这么较真。她说，这是原则——"我不是不能道歉，但我讨厌妹妹受了委屈以后可怜的样子。我讨厌人人都认为是我错的样子，看起来好像她受委屈。实际上你们都在责怪我，真正受委屈的是我，是我！"

这话让我如梦初醒。不是吗？示弱的一方总是赢得更多的支持和同情，可谁又知道逞强的一方在孤军作战？我说："如果你受了委屈，那你会怎么表现？"

她大义凛然地说："我要是生气，我就一跺脚转身离开；'哼，我不要你们了'，我才不要别人可怜自己。"

不知为什么，她说这话的时候，我想起她倔强的样子，很心疼。因为我知道，这样"不肯低头"的人是最容易伤到自己。而在我的记忆中，她"低头"的记录几乎没有。这样的倔强，宁可被误会不肯低头的人，不知道以后要遭受多少误解和委屈。

可是，我欣赏这样的倔强。因为她是不会让别人背负良心债的，她会把所有的良心债一个人扛起。

还记得有一次，有个同学让她帮忙抄写英语课文。她本来不答应；后来人家再三要求，就答应了。

我问：他干吗让你帮他抄写英语课文？

她说：我没问。我想既然他让我帮忙，抄一下我自己也顺便可以背熟课文，就帮他抄一下呗。

我问：你怎么不问问干吗让你抄写啊？

她回答：我觉得，别人让我做什么，我要么同意，要么拒绝，不要问为什么。他们总有自己的理由，但跟我没关系。

我问：你不好奇吗？

她回答：我想他让我抄写的时候，大概就在等我问为什么。但他应该主动告诉我。而他既然不直接说明，我也不想问。再说，他真要有什么想法想让我知道，一定还会通过其他的方式让我知道。我没必要问。

我看着她，反复问自己真的认识张小萌吗？她的这份淡定，是我可以做到的吗？逗比如你，才是真正的高冷女神！

这些小事，让我重新认识张小萌：她的世界，爱憎分明，拒绝试探；在误解面前，懒得辩解，保持沉默。

好吧，好好享受游学之旅吧，按照自己喜欢的方式。

## 风筝 ◯◯ 2016-8-28

扳着指头数一数，萌离开家8天了，在寄宿家庭也住了整整7天。

家长群从一开始关心则乱，到现在只有偶尔的只言片语，老师们也不怎么上传活动的照片了。

很奇怪，几次和张小萌通话，都没聊什么就挂了电话。不知是因为想聊的太多而不知从何聊起，还是因为彼此过得挺好没啥好问的，或者是怕问多了叨扰了她的雅兴。她偶尔给我发几张照片，我评论几句，没有再主动索要照片的念头。至于我在干什么，她没有主动问。我也偶尔发几张照片算是汇报我的行踪。

一开始，总有些注意事项叮嘱她，但又觉得鞭长莫及。所谓的"叮嘱"不过就是烦人的骚扰，自己想想都没趣。这么想着，后来便不想再说什么。将在外君命有所不受，远离父母千万里，她有机会、也有资格管自己春夏秋冬，我怎能剥夺她的这份自由。

有点讨厌网络。因为网络让那遥远的神秘变得近在咫尺而不再神秘，使得本来或许有的夜半孤寂难以酿成思念。神秘、思念，才会有重聚以后的欢欣鼓舞，一言难尽。而网络，随时随地扫干净距离产生的一点点类似"想念"这样折磨人的而又美好的情愫。

我问她是否想家。她说不想，因为没时间想。很好，因为不想就表明她在那边过得很好，不是吗？人总是在落魄无助的时候想念一切会给自己扶持的人。

或许是因为前尘不可追，所以便不再去追。诸多想说的话，知道说和不说一样，所以千言万语都化作沉默。觉得自己真的没有办法再追到她了，好像那风筝，明明还想看看是不是够结实、够完美，但是风来了，不得不放开手，它就那样腾空起飞了。无论你有没有做好放飞的准备，风是真正的万事俱备。你只能看它飞得歪歪斜斜，看它随着风向努力调整姿态，期待它御风而行。

她像那风筝。有一瞬间我担心自己手中的线是不是够结实，但又立马否定。自己的担心是多余的。因为线结不结实要看风大不大，要看风筝飞得远不远。因为世界上根本就没有绝不会断的线。也有那么一些时候，会担心她的作业能不能做完，也会忧虑在开学时能不能尽快提神收心进入高中生角色，可又马上否定自己的担忧。因为这一切，我的忧虑所能起的作用更多是负面的。她终将掌控自己的一切思想和行为，谁也没有办法让另一个人成为自己想要的样子。

成长是没有回程的旅途。心中有无数个不放心，但时间已经不给我机会去检查、去加固、去弥补什么。我只能痛快地放手，假装轻松，笑着挥手，说"一路顺风"。

德国的天该亮了。新的一天，又开始了。

## 认识自己 ∽ 2016-9-2

前前后后15天的欧洲游学即将结束。

自从离开交流学校以后，游学团进入了组织性、纪律性都相对宽松的环境。

几乎每天都发生大大小小的摩擦。昨天因为有同学擅自行动而导致巴黎圣母院之行被取消，以至于同学之间发生分歧并引发家长群的矛盾激化。矛盾激化的主要形式是言语上相互开撕。

因为实在忍不了为已经发生的事争论不休，所以忍不住想搅个局分散大家的注意力。没想到差点惹祸上身。又怕张小萌因为我的掺和而惹祸上身，所以就决定沉默。

后半夜三点钟巴黎来电，说"完全不明白他们为什么要吵成一团"，才稍稍放心。因为她没有参与这场争吵。

没有父母家人的保护，外界向你敞开，可以遇到未经过滤的人和事，发生防不胜防的事情，也可以发现更加真实的自己。这时候，怎么看待人，怎么处理事，真是帮助我们认识了真正的自己。

自由，是认识自己最好的机会。因为唯有自由才能卸下伪装，本性毕露。在父母看不到的地方，你所表现的自己，就是真正的自己。

# 不必追 ⌒ 2016-9-12

整整10天没有写小萌了，一是开学阶段确实忙，二是她高中生活启程后我实在不太有机会知道一些她的什么。

刚刚看了一会儿前几天发的她的系列背影，感觉到就是这背影，对于我来说也是越来越奢侈的风景。从小到大，不知道给她拍过多少照片。她曾说妈妈是个拍照狂人，连她睡觉的样子都不放过——差不多吧。那些镜头留住的瞬间，都曾给我冲动，就是希望时光停止的冲动。

时光，不会停。她坐在我对面做作业的样子，她坐在各种小资店里享受的样子，她英姿飒爽大踏步向前的样子……总是各有不同。开学一周，好像过去了很久很久。预感这将成为以后的新常态。从前相互陪伴的日子一去不返。好像有一道无形的门，隔开了过去和未来——而此刻，我们居然已经跨过了门槛。

6:20起床，6:40从家出发，21:40回到家。外公说要是自己不早点起床根本就没有机会看到外孙女。我看到她在小区的跷跷板上做着鬼脸拍的照片，心想是不是未来三年大概都不会再走到跷跷板的旁边。

告别是有仪式的。我们在告别某一阶段的时候，往往同时告别了许多人、事、物，比如跷跷板、落在秋千上的蜻蜓。

我知道着急也没用。因为，之前如果没能及时影响她的一切，今后我已经没有机会去弥补。她的世界越来越大，能够接收到的信息再也不是被我们精心过滤过的。世界的影响力越来越大，我的声音越来越弱。从前没能及时影响她的，今后再也没有机会了……

好好坏坏，她已经成为她自己。就算是有一天她真的成为我们希望的样子，那也是这个世界给她的教育，或者是她顿悟后的坚定。

真的不必追。因为追不上！

家长群有好几个家长说孩子要不要报网课得听孩子的，要是贸然报了，孩子逆反起来就不肯听了。我一边暗笑他们惧娃，一边也是小心地征求小萌的意见。

从别人的身上，终于可以看到做父母的影响力，是那么微乎其微。

几乎没时间聊天，积攒了一整天的话想等她回来的时候好好说说，想听她叽叽喳喳讲讲学校里的七大姑八大姨，可是，她回到家，忙着吩咐明天要帮她交钱，打印资料，最好买点啥，然后收拾第二天要穿的衣服，洗澡，匆匆回到书桌旁背第二天要背诵的课文……发现自己要说的每一句话都是多余，发现自己站在旁边碍手碍脚，连送个水果赔着笑脸她都没有转头多看一眼。没多久就22:30了，快23:00了。她要睡觉了，终于可以说上几句话，可是时间那么晚了，再说什么都变得很不人道。还没说上几句话，她睡着了。

人生没有彩排，每一天都是现场直播，所以剧情在哪一天发生翻转我们根本不得而知。

很庆幸，曾经有那些认认真真、耐耐心心陪她的时光。很庆幸之前不怕琐碎写下那么多有关她的文字。原来并不是所有的阶段我都可以随心所欲地写她。因为终于有一天我能写她的大概也只能是回忆录——回想我们在一起的那些片段。

为人父母，要珍惜和孩子在一起的每时每刻。他们是真正的天使，虽然有时候是以"磨人的小妖精"的样子出场。当有一天我们不必追也追不上的时候，就会明白那些曾经被自己嫌弃的与那个人相处的时光，是多么珍贵！

一个人行路，要看路况啊——

# 交流生来了  2016-9-18

德国游学交流团来回访了。我们负责接待曾经接待过张小萌的德国姑娘。

接待老外，其实全家都有压力。毕竟文化不一样，毕竟陌生人闯进私密空间总会不自在，毕竟主人要让客人满意啊。立竿见影的效果马上就有了，我们终于把一直想换的客厅沙发换了。如果不是因为接待安娜，以我和张先生的脾气，大概还能再拖个三五年。

给她收拾出张小萌的房间，地板擦得锃光瓦亮，换上干净、温馨的床罩，配备了素雅的枕头、枕巾，书桌上能端的都端走，收拾出衣柜，把一直想处理掉的绒毛娃娃一字摆在钢琴上，准备了新的毛巾、牙具、拖鞋，买了一大堆零食放在床头柜上，甚至还专门买了鲜花点缀厅堂……

其实最无关的人是萌外公，可最有抵触情绪的却是萌外公。外公向来自由散漫，连萌拿他也没办法。现在突然告诉他以后不能穿着"吊带"背心在客厅乱晃，不能在吃饭时发出希里呼噜的声音，不能坐在沙发上把脚搁在茶几上，甚至还要使用"公筷"，就开始各种逆反，嚷嚷这是我们的地盘、外国人必须配合我们的习惯，扬言决不妥协；在受到我们一致的软硬兼施后，嘀嘀咕咕半天说以后他一个人吃饭，省得彼此看不惯。

那天早上，萌外公起床洗漱后用早餐，左臂撑在餐桌上，差不多大半个人就趴在桌子上开始用餐，大口大口吃着馒头。萌目光凌厉地扫了一眼外公，然后无奈又生气地叹气；我只好打个圆场："爹，注意形象哈！"外公很不乐意，翻了一下白眼，三下两下搞定自己的早餐，走了。不管我在背后怎么求他配合一下外孙女的要求，可是萌外公就像捍卫主权一样捍卫着个人习惯，坚持外国人必须随我们。崩溃的我只好搬出萌外婆来劝劝老头，老头才不情不愿地没再表示反对。

第一次用餐的时候，萌外公表现挺配合。回头我赶紧让萌去表扬肯定外公的表现，以资鼓励；这样的话，外公才有继续努力的积极性啊。

萌最想大出风头的是外婆的菜品。她对外婆的厨艺充满信心。她在欧洲的时候面对几片面包和果酱几乎无日不在记挂外婆的啤酒鸭、盐焗鸡、煎牛排……早就打定主意要拿下歪果仁的胃。

每天萌点菜，外婆掌勺。那坚定的素食主义的德国小美女，已经无声无息转成肉食动物。

安娜还时不时提出要求：想吃柠檬，爱吃香蕉，不能喝牛奶，想吃蔬菜，喜欢甜椒，要喝杏仁露，想喝咖啡……

这下萌外公又不高兴了，说这些外国人真难弄、一点都不考虑主人家的感受、一点点小事就麻烦主人家，说为啥我家萌在德国就懂事地自己解决问题、不给他们添麻烦。我说，这不是外国人率真的一面嘛，有要求光明正大地提。萌外公坚决不认同，说他们就是霸权主义的作风、自私的表现，看来德国人和美国人没啥区别。萌外公对资本主义国家在全世界当仁不让的"主人翁"做派早就看不下去了……

安娜反应床垫太硬的那天，萌外公要求萌"严正"声明：床垫硬点有益身体健康！我和萌外婆趁他不注意，偷偷加了一床垫被。

看来，在长久的交往中，文化的认同感真的非常重要。

张小萌的口语水平，几近达到了同声翻译的水平，全英文沟通毫无问题。萌爸也在努力恢复在美国访学时的口语水平，但他讲得很吃力。我也尽量吧，脑海里的单词太少了，好在有"有道词典"。

负责掌勺的萌外婆，在每次吃完饭的时候，出于对客人的礼貌，一次次对妹子说："你慢慢吃啊——"然后，安娜一脸懵逼，我们相视而笑。

张小萌尤为辛苦。陪玩陪聊，还要挣扎着跟上扑面而来的功课，根本忙不过来，差不多用尽了洪荒之力。

以前看过一些文章，总感叹自己的娃比不上他们独立、自主、有责任。真的在眼前对比，却突然对中国娃充满信心！

# 安娜走了 ∽ 2016-9-22

经过无数次拥抱和依依不舍的话别之后，车子绝尘而去。

中国人果然比较含蓄，一直满脑子都在想"该去好好上课了"的张小萌，在车子启动的那一瞬间，"哇——"的一声哭了出来，惊天动地的，而安娜再也没机会看到这个为她离去而伤心的女孩。

这眼泪，或许是为了不能再见的分别，或许是为了欠债不少的学习，或许是为了因为学习而无法全身心陪伴朋友的遗憾……现在终于可以安心地读书，然而又多么希望还有机会可以尽地主之谊。

安娜不是我心目中理想的德国女孩，或许是我脑海中对于德国人已经有了许许多多先入为主的印象，比如整洁、守时……总之，无一不是美好的；或许是我在潜意识里特别希望这个貌美如花的女孩拥有无懈可击的品质，比如爱学习、爱干净、懂礼貌、有耐心……好激发小萌进一步向优的内动力。

然而，安娜并没有管什么自己是德国女孩、代表德国形象之类的事，她就是她自己，她的房间乱出新境界，她总是不客气地给我们提要求。她让我明白无论是德国人还是中国人，都不是一种标签，每个人都首先是自己。

但她在做自己时也不妨碍别人。她的乱只在她自己的空间，在公共场所从不乱放东西。她有一些特别的习惯；她会主动和我们说，让我们有个心理准备，比如化妆要40分钟、不能喝牛奶……她的意见得到我们的尊重，她会很真诚表示感谢。她愿意尝试我们推荐的食品，特别愿意去接受陌生的东方文化，由衷地喜欢新奇的一切，毫不吝啬表达对绍兴的喜爱……每一次起床和睡前，只要有人在旁，一定会说早安和晚安。

安娜还是个很有心的孩子。每到一个地方吃饭，她都会索要一双筷子作为纪念品收藏，包括我家的、萌萌学校食堂的、我小姑子家的、饭店的……她在离开我家之前花了很多时间，用中国字给我们全家写了一封简短且充满情感的信（萌也用英语给她写了一封充满情感的信），还专门用非常不标准的中国话给我们全家念了一遍……在离开的那天早上和萌外婆说再见时，泛着隐隐的泪水，在上车前的告别中哭红了眼睛、哭花了妆容，把不舍的拥抱也给了我和萌爸。

也许，我要感谢这个德国孩子的真实。她始终都是她自己，向我们传递真正的忠于自我但也不妨碍别人的价值观，向我们传递尽情享受但懂得感恩的人生观。

## 单元考　◯◯　2016-9-22

　　离开初中已经很久，来到高中也已经很久，但时间并不代表彼此熟稔。进入高中的每一个节点都不按常理出牌，张小萌要把准高中的脉并非易事。

　　从6月12日第一次到Y中报名，近三个半月。期间经历了报到、等中考、预习、1周入学衔接教育、2周网络教学、2周英语培训、2周暑假提前开课、2周欧洲游学、2周正式上课（其中1周接待德国学生），从一开始初识Y中，到初识高中课程，到重新放假，到进入学习，开始晚自习，接待国际友人，参加文学社，担任团支书……整个学习生活一直都在变化，无法尽在掌控。

　　下周还要军训，而下下周就是国庆节，再下一周就是高年级的学考，真不知道哪一天才可以真正进入学习的高速公路。

　　但考试不会缺席。

张小萌考上推荐生以后，我怕高中的学习压力会让她有太大的落差，曾经打预防针：初中学霸进入高中变成学渣很正常。她一度焦虑，对着不能理解的数理化概念抓狂，花了很长时间，耐心面对将来的困难。

高中的第一次考试真的来了。曾经的学霸们经过一段时间糊里糊涂的洗牌，又分出了新的经纬线。每一个人在新的学习阶段又开始对应新坐标。

报告成绩的时候，张小萌先做了铺垫：×××不及格、×××只有多少，全班的平均分是多少……然后羞答答地报告了自己的成绩。

虽然有一大堆人垫底，但看得出她有些失落。这段时间确实因为游学和接待两件事打乱了学习节奏。但我也看得出她又小松了一口气，毕竟分数没有太难看。

考好总是皆大欢喜，考砸总是灰心丧气。

其实，不必气馁，也不必自喜。高中的路很长，长到它绝不是一个小的战斗，而是一场大的战役，可以有无数次机会反败为胜、逆袭。每一次战斗，都将帮助我们反思如何让自己在整场战役中获得主动，从而掌控全局。如果不能从小的战斗中得到这些经验，那这些战斗都将成为徒劳无功的浪费。就像当初跑800米，从最初的4分25秒到最后的3分10秒，把跑道一圈圈踩在脚下，踏踏实实一次次刷新自己的纪录，一直到最后都不记得自己居然曾经那么差。

前几天看了一段文字，讲初中学习和高中学习的不同。初中的时候，一节课教你和面，作业是和面；一节课教你擀皮，作业是擀皮；直到教会包饺子，考试包饺子。高中学习包饺子，作业蒸包子，考试烙馅饼。

好形象！所以，就算学会了包饺子，道路依然"阻且长"。

## 周末真好 ◎ 2016-9-23

周五真是一个flyday——可以让人飞起来的日子。

这是这16天来，娘儿俩第一次牵手散步，开心地聊过往的16天，聊发生在我们各自身上的喜怒哀乐。初秋的风多么懂人心意，吹啊吹，吹散了工作和学习的一切烦恼和压力。

从前我们每天都有的散步时间，竟然隔了整整16天。

她有一大堆作业，我也有做不完的事，因是周末，所以我们在一张桌子上面对面做事。你看她那么投入，桌上的红茶也因为她的回归而重新变得浪漫。

她急急掏出耳机，打开QQ音乐，发出感慨："妈呀，我有多少天没听音乐了呀！"然后一脸开心，摇头晃脑做作业。

我也匆匆挂上耳机，打开酷狗音乐，熟悉的旋律响起，然后摇头晃脑干活。

周末呀，它是享受不是罪，让我们记起一切无用的美。真好呀！

# 军训，老毛，5班（张小萌）  2016-10-1

经历好一阵秋凉之后忽然又迎来烈日炎炎，暮夏挟裹着最后的余热轻松把我们这帮小白菜征服。仿佛就在等这个时机，宣布新高一启动军训。

军训？我们刚刚从因为G20而取消军训的极度失望中走出来，正准备死心塌地奋力与洪水猛兽般扑面而来的9门功课贴身肉搏，学校却轻描淡写说要开始军训。开什么国际玩笑？想到这"离离原上草"一样理不尽的功课，想到正在稍稍转白的肤色，取消军训时的极度失望仿佛又回来了。这回是因为重启军训。

来不及体会开心或是难过，以服从命令为天职的武警战士毛YZ已经走进了教室。我们条件反射般使劲鼓掌，拼命往脸上抹了五六层防晒霜，像护着小命一样护着自己的水杯，被毛YZ带到被太阳亲吻的操场。

毛YZ一直拧巴着两道又浓又粗的眉毛，瞪着双眼，闭着嘴巴，不苟言笑，一副老干部的端庄模样。我们一边顺从地听他指挥，一边拼命从他的眉宇间解读出或许能够亲近他的蛛丝马迹。虽然他一直憋着，但那"高冷"外表下一颗逗比的内心，终于没有躲过我们全班56双高度近视眼无微不至的扫射。那张黝黑得和我们差了7度的脸在阳光的关怀下烁烁发光，凌厉的眼神，利索的板寸头，一切都掩藏得很好，但那根略微不羁的腰带出卖了他的端庄。

一切不羁的人都是老司机，而毛YZ教官就因为一根皮带成了老毛。

我们都厚颜无耻地喜欢老毛。老毛很傲娇地嫌弃我们。

"向左转！""向右——转！""向后——转！"老毛背着手在操场上踱步，尽管天气热得冒烟，但他却急切地想在我们面前展示军人的威武，把口号喊得震天响，于是——成功破了音。我们像往常没有错过任何一次逆袭一样紧紧抓住了这一次机遇，毫不留情地发出爆炸性哄笑。老毛急了，嘶吼着："不许笑！严肃点！"然而我们笑得更放肆了，无力控制场面的老毛一手沉痛地捂着喉咙，一手抚着额，终于没能再成功地吼出"不许笑"，露出那因为脸色太黑而格外炫目的八颗大白牙，"额呵呵，呵呵呵呵……"，许久都停不下来。操场上是洪亮的口号声。隔壁6班的教官严肃得像块冰，汗水从睫毛上抖落。而老毛就这样用他银铃般笑声，浑身抖得像筛子一样，把急着想摆平他的我们摆平了。

教官若斯，我也真是醉了，不由地心底涌起一丝悲凉。

老毛喜欢倚在操场边的铁丝网上，一晃一晃，惬意地发号施令，可他每天起码要说十几遍"我喉咙都要冒烟了"。我们并不管他是不是真的冒烟，在看到他小跑时像鸭子游泳一样甩着双臂就忍不住想笑。

老毛总叫我们休息，每次休息都嘱咐我们"不要太嚣张"，然后在我们"不太嚣张"的休息时他就可以用五六瓶矿泉水安慰他那着火的嗓子。

我们也有好好训练。

别班的教官，还有营长和团长来5班训练场地时，老毛这见风使舵的家伙就突然对我们特别严厉："你们！想不想练蹲姿？"

"不！想！"

"难道你们不想就不蹲吗？蹲下！！！"

……

"你们！想不想练蹲姿？"

"想！"

"好吧。蹲下！！！"

……

总之，教官就是任性。我们始终都是被耍，不回答不行，回答轻了不行，说真心话不行，说违心的话还是被下套。

营长偶尔给我们示范训练，我们头脑都特别清醒。营长训话："给我蹲好了！腰挺直了！一个人动一下，全班加一分钟！！"于是全班人脸上全是视死如归的壮烈的神情，咬牙切齿地坚持，和平时轻飘飘的样子迥然不同。老毛就很嘚瑟地拿出手机拍照，嘴里还嘟囔："可丑了，这个样子，额呵呵呵……"

我们班特嚣张，特调皮，特没有纪律，可是实力特强。

每次我们班踢正步，那个整齐划一，可以从别班学生、教官仰慕的眼神中看出来。马队腆着大肚子很认真地夸5班齐步、正步都最好，当着全校的面。

"5班这个节奏、频率刚刚好，脚步整齐，掷地有声！各班教官注意看，练成5班这样就好了！5班——不错！很好！"那个细雨绵绵的下午，我们5班被点名做示范，又被褒扬，我们都特别开心，整个下午都跟打了鸡血一样精力充沛地踢正步、走齐步。别班练习军歌的时候，老毛大手一挥："盖过他们！"我们火力全开，声音震得自己耳朵都痛，成功招来别班同学的纷纷回头和嫉妒。我们不顾一切地向前冲，把音量调到最大。

我享受5班歌声响彻云霄的时刻，享受5班正步掷地有声的时刻，享受5班团结就是力量的模样，便无可遏制地爱着5班，不需要任何条件和理由。

会操那天，我的双眼从始至终泛潮。

当各班集合的时候，我为5班没有统一的迷彩军服伤心不已；后来，我为5班出色的表现而激动；最后，宣布成绩的时候，我为5班没有夺得狼王旗抱不平。这面狼王旗，从一开始就是我们班的。它鲜活、有力、自豪，好像就是我们5班的样子。从那天做示范开始，它已经飘扬在全体5班人的心中，然而最后它却落在了像草头军一样的14班手里。

QQ空间里，被军训的各种消息占领。尤其是14班的那些小子，个个都在炫耀他们的狼王旗，还厚颜无耻地自称大14班。低调如我，不得不出手表达点什么，用心写了我们5班的军训片段，等到我的空间首页终于因为同学转发我的说说而被5班占领时，才满意。

这就是5班。就是失魂落魄的样子，也是集体的。

就这样结束了，但是从跨立到蹲下、到四面转、到行进与立定、到敬礼，点点滴滴的细节，都无法忘记。忘不了烈日烘烤和大雨滂沱中的每一秒煎熬，忘不了老毛逗比犯傻的样子……

此刻你说什么都没用。We're the best!

# 最好的时光    2016-10-5

假期中除了做作业，张小萌在看八月长安的《最好的我们》；她笑称是小点心，没什么营养，但甜。

耿耿是个走了狗屎运考上重点高中的女孩，喜欢给新书包封皮，喜欢认认真真摘抄笔记，但走了狗屎运的她终于在高中遭了报应——因为她的实力实在跟不上。余淮是个超级大学霸，出于拯救学渣耿耿的仗义之心，选择耿耿做了同桌，在耿耿对学习失去信心的时候给了她巨大的鼓舞和帮助。

张小萌读耿耿，心有戚戚，也是全班唯一还在包书皮的高中生，也是认认真真勤勤奋奋地摘抄笔记，基础比耿耿略强，但一样学得很悲情。

小说让张小萌笑，也让她哭。就像每一次她喜欢一首歌、一本书、一部电影、一个人一样，非要强力推荐给我。耿耿就像励志教材，她说：耿耿都行，我肯定也能行！但要是有一个余淮这样的同桌该多好啊。

16岁的年华，确实是最美的时光。但最美的时光中最美的风景永远是人。比如耿耿和余淮，因为有彼此，所以使得这段时光更加美。

张小萌自己在日记里写道："很多事情发生在别人身上总觉得很浪漫、很美好，可是自己在其中却完全不明白怎么回事。"美好就是秋风萧瑟中那一片艳红的风中落叶，如果不仔细体会就会感觉不到。

从小说中抬头的小萌要面对国庆节以后的第一次物理考试。物理这门学科始终自带霸道总裁的气质，让人难以藐视。虽然中考模拟考到过190，但张小萌确信自己理科天资平平，决定买课外习题。一种巨大的责任感推着她走向最不愿意面对的题海，想买这个，又想买那个，然后不想买这个，也不想买那个，一边挑挑拣拣，一边嘲讽自己："我怎么这么贱，居然在嫌学校作业不够多。"

这是张小萌的初中和高中不同的地方。是的，她现在敢于面对不擅长的事，敢于逼迫自己去面对自己不想面对的事。张小萌的书架，一不小心已经被各种课外练习占领。

小说里的许多美好，其实也发生在平凡的每一天；只是这些美好来得突然，也去得忽然，总要等到追忆的时候才看到当时好像有七色彩虹。《最好的我们》中有一句话令人印象深刻：我们生活中很多美好的事情都不是等你准备好了才来的，但也是，就算你没有准备，那些美好也从未远离。

虽然，没有余准，但只要是16岁就好。就算沦陷在刷题中的懵懵懂懂的时光，也很好。

# 距离 ～ 2016-10-12

开学不过一个月，但再回望初三，感觉中间仿佛隔了千山万水，有时简直不能置信上半年还挣扎在中考的泥石流中，而如今竟已然在Y中校园步履匆匆。

从前的仰望到如今的身在其中，仿佛是这距离的全部——不是吗，那时候心心念念的就是用什么样的方式跨过这层峦叠嶂。

但其实不是。事物的本质往往并不在于我们穿什么样的校服、在什么样的校园，甚至不在于读什么样的书。它似无若有藏在某些看不到的东西中。

我们曾经很在意高中的第一次考试，也曾经以为高中的第一次考试会很难看。但很奇怪的是，第一次单元考，居然那么平静，成绩也没有像以为的那样难以接受。也许是因为成绩过得去，所以可以笑谈分数不过就是浮云。但更多的是因为经历过初中三年的跌宕锤炼，所以即便遇到困难也不会轻言放弃了。我们都在变得更强大。

这种心态的变化，大概就是那似无若有的存在，才是高中和初中之间的真实距离——信心！

接踵而来的各门课程单元考中间，有一次地理的独立作业。结果很糟糕，糟糕到我不知道结果。因为高中生不肯说。但我也没有强行了解，没有吐槽责备。因为数理化神一般存在的绝对地位使得大多数同学并不是很重视政史地，何况9门功课并驾齐驱难免顾此失彼力不从心。我若"苦口婆心"除了徒添她的失落、反感，对于解决问题毫无意义。

张小萌并没有因为我的"无所谓"而心安理得，为了接下去的单元考不至惨状重现，去买了课外练习，主动努力去弄懂一些天文问题。

练习，是懂与不懂之间的路径。辅导老师，是小猿搜题。

在艰难地刷了若干试卷以后，终于明白了一些之前不明白的理论，知道了一些上课没接收到的知识，弄懂了一些似懂非懂的问题。

初中和高中之间的距离——初中的作业是为了巩固知识，高中的作业除了巩固知识还需要拓展知识。而唯有明白这一点的学生，才算是真正具备了一个高中生应有的学习素养。

地理单元考那天，高中生埋怨花了好长时间搞清的时区问题根本没考，有些失落。

短信发来的成绩是92分，一个非常非常好的成绩。

再回头看那次独立作业，我"责怪"她不够仗义、不告诉成绩，但既没有生气也没有不安。因为过往的经历，我毫不怀疑她会去面对必须要面对的事，我也始终相信办法总比困难多。

我从自己对她的信心以及她在这次独立作业后持有的学习态度，再次体会到初中和高中之间的距离。这种距离，不是一次中考的距离，而是浴火重生一般由内而外的升华。不是简单的不喜不悲，而是戒骄戒躁后的不怨不恨。

从前，张小萌拒绝课外作业，因为快乐至上。现在，张小萌接受课外作业，因为她知道自己"不是那种可以轻轻松松做学霸的天才"，并且她已经从一步一个脚印的努力中收获幸福感，并因此而快乐。

庆幸的是，在初中的千锤百炼中，她已经慢慢摸到了学习的门道。打开学习的大门，世界就变得很广阔，连最平常的作业，也终于有了最本真的意义。

我支持从前的张小萌，也支持现在的张小萌。因为，一切意义，都来自内省。

## 不必太紧张 　2016-10-25

有个英语演讲比赛。

我建议她去参加一下。毕竟参加一下没什么坏处，万一搞个奖说不定以后有用。

张小萌竟然非常紧张，一口拒绝，而且反应激烈。这大大出乎我的意料。

在我看来，这本不是一场战斗，而不过是一场能够顺便炫耀一下自己实力的游戏。可张小萌认为这就是一场多出来的战斗。虽然口口声声说不在乎得奖，但因为害怕过程不完美被别人笑话，一遍一遍放大失败的不良后果，比如万一卡壳会被别人笑话，搞得好像整个高中都可能被毁。

这个心态，有点问题。人的一生哪有那么容易被毁？是什么让张小萌有那么多空穴来风的压力，是什么时候开始如此不自信？

下午向老师打听了一下。老师说张小萌参赛了，而且入围了；全校120人报名，20人入围。

原来如此！这个人就是这样矛盾，是个屁人，又是个英雄。之所以说是英雄，倒不是敢于斗争，而是敢于战胜自己的怯懦。

晚上问张小萌情况如何。她说，一下课就背演讲词，搞得方圆十里都知道自己要去参加英语演讲比赛。我说，你这样子搞得很多人知道你要去比赛，不是给自己增加更大的压力吗？干吗要把一点小压力搞成无处不在的密不透风的高压呢？

无中生有的紧张，总归是太拘泥于外界的眼光。读过那么多书，遗憾终究被世俗的眼光所左右。

也许，这一切果，是因为有什么因。或许是在我看不到的地方曾遭受过所谓"失败"的嘲讽，让张小萌不想再面对这些。或许是因为16岁是一个人最在乎自己形象的年华，打死也不能毁坏自己的形象。

希望有一天张小萌会明白这些不过是无关紧要的事，无非是填充人生空白的一些内容，享受过程就行。至于颜面这个问题，只有在关系到人格的时候才重要；其他的时候，大胆开启"自黑"模式，活得率性比所谓的形象重要。

## 运动会 ～ 2016-10-28

张小萌说这是她上学以来最好的运动会。

她背着长焦单反穿梭于运动场，镜头追逐着观众、运动员，收获了同学们艳羡的目光……

组织全班同学写加油稿投给广播站，与广播站的同学里应外合，让比赛成绩平平的班级获得了宣传优秀奖。和全班同学一起为长跑的同学加油、助跑，即使名次靠后但经历同呼吸共命运。最最重要的是，成为一名光荣的运动员，挂着号码牌，在同学们的加油声里奋力在跑道上奔跑……

虽然，比赛的成绩只是小组第二，没有成为获奖者，但赛场上和赛场下的倾力参与，使这场在秋雨夹缝中勉强举行的运动会，成为张小萌学生时代最好的运动会。

我说，张小萌，下次多练练，争取获得名次，彻底改写自己的体育渣历史。没想到张小萌点头说好。这真是我始料未及的。她从来不会被我左右，我也很识趣从来不敢提要求；没想到我提了，她点头了。看起来体验感对于提升信心很有帮助，自以为的体育渣顿时觉得做个运动员也没那么难。

张小萌，高中好吗？比比初中怎么样？

好！比初中好！

哈哈～～～这是我听她说"小学比幼儿园好""初中比小学好"以后，又一次听到"高中比初中好"的结论。这可以说是最最好的现实。就算初中时曾过得兵荒马乱，可"现在比过去好"的信念还是支撑起整个初中经历过的艰难，并懵懵懂懂傻乐到最后。

不畏将来，不念过去，懵懂而敞亮，清澈的少年心境。经常会因为挫败像个孩子一样哭泣的张小萌，大多数时候觉得自己真不错。

面向高考的学习生涯不会轻松，但总有一些时候，觉得世界真美，自己也很好。

知道自己有多好，才知生活有多美。

# 生日的感慨 ∽ 2016-10-30

每个人都是平凡的存在，可是我亲眼见证你的成长：从有一天感觉到你在我肚子里拳打脚踢，到不可思议生下你，然后没有章法地养育你……15年来的一路向前，我感到生命是宇宙中最伟大的存在。

前几天听同事说，他们家的新生儿爱哭夜，新妈妈很辛苦。我就想起你小时候，还有比你更能哭的孩子吗？哭到我只能束手无策地陪哭。我记得那时候外公说"你都做娘了还要哭"，我就更想哭，好像女人做了娘自己就不重要了，然后什么事都能无师自通成为十八般武艺样样精通的高手了。

确实啊，因为孩子，天下的妈妈都成了天地间戴盔披甲所向披靡的勇士。但这不是我一个人的伟大，而几乎是所有的女人在成为母亲以后，在情感上有了脱胎换骨的升华，就像突然领悟到登峰造极的绝世功夫。

妈妈这种生物，无论做出怎样不可理喻的举动，我都觉得正常。因为这种动物本身就是这世上另类的存在；她超越一切人性，也无视一切理性。我尚存的所有的理性，都是书本教育我要懂得"由己及人"，是圣贤告诉我"相濡以沫不如相忘于江湖"，是影视作品让我明白"相爱相杀"，所以，我才能用另一个理性的自己提醒自己：妈妈这个身份，不是一种权利，也不是一种可以原谅一切的理由。

如果没有你，我是不会知道世界真的有那么纯粹的爱——我说的不是我对你，而是你对我。无论你现在变得多么热爱自由，但我不能忘记，也不可以忘记，曾经自己是你最大的天地。那种眼神里深藏的信任和依赖，没有做过妈妈的人是永远不能感受到的。永远无法忘记幼小的你清澈明净的眼底只有妈妈。这种毫无保留的信赖，值得我无怨无悔做所有事。

如果没有你，我也不会明白世界上真的有那么难以表达的忧虑。早上的时候，因为一点小事，你不开心。哎，一言不合，美好的生日清晨始于争吵。好吧，就当是特殊的生日礼物吧。

其实我没有多伤心，但我有忧虑。懂得爱人，才能从别人那里得到更多的爱——我所希望的，不过就是就算没有我，你仍然可以从别人那里得到许多许多的爱。而这一切，都必须你懂得怎样爱别人。

爱别人，就是爱自己。帮别人，就是帮自己。

然而，性格又何尝不是父母给你的印记。

我检讨自己给你诸多不良影响，所以我以前所未有的虚心和耐心来锤炼自己，只是希望有一天，你能从中得到什么。孩子是父母的导师，这句话一点都没有错。我的很多很多的缺点，是从你身上看到然后反思自己，再下决心去改变的。

但是，时间飞快啊，我害怕自己来不及变得更好，害怕来不及影响你，所以只能以最最古老的"说教"来让你明白，就像脑白金十几年如一日的广告一样，说多了，总能给人留下些什么。我知道这办法很简单、很粗暴、很不人道，但因为无端的忧虑，也就管不了那么多。

所以，有时候我会像个"正常"的父母担忧你做得不妥当，有时候我又会对自己说年轻人就是这样的。

你的成长，让我复习自己成长的每一步心路历程。很多内心思想，其实自己在经历的时候也没有感知过。因为一个好孩子的标准是没有自我，只有师长。而从前的我，一直都是好孩子。也正是因为这些，所以我并不刻意要把你塑造成"好孩子"；我自己嗤之以鼻的一切，便不想你去重蹈覆辙。然而这一切，大概也正是你自由主义和个人主义的渊源，也是造成我不得不承受你我行我素的无奈。

一切果，都有因。在让你做你自己，和在望你秉持大众道德观和价值观之间，我摇摆不定。然而在摇摆中，你已经有了主见；无论我摇不摇摆，都不太重要了。

无法再生养另一个孩子来做对照实验。从你成长中获得的一切经验，我作为母亲也没有办法再修正。时间义无反顾，没有从头再来。所以，真实的爱，真实的温暖，真实的忧虑，真实的无所适从，都已经留在过去。而未来，我们再出发以后，与你同行的，却更多的是别人。

张小萌，15岁生日快乐，天天快乐。

## 女孩爱美 ～ 2016-11-6

人真是奇怪啊，不同的年龄对某件事有截然不同的反应。

很久以前，张小萌对美不屑一顾是真诚的——去商场买衣服基本都是求着她，让她试衣服根本就是死拉硬拽，偶尔顺从地试一下衣服，好像是破例的恩典，然而试完一件她就决绝地不肯再试第二件。

她就这么耿直，宣布她的理想是吃遍全世界。我说不出是啥滋味，但第一时间心里冒出一种声音"好歹也是面向全世界啊"，好像是在宽慰自己这样的理想也很远大。

很小的时候，她看到小吃摊，行动的方向就自动偏离原有的轨道；其他任何力量无法阻止她来到小吃摊的面前，一往情深地盯着"美食"，痴迷到流口水。刚上初中的那会儿，她还每晚做梦，经常流口水。因为梦中都是大餐，而她最讨厌正在享用大餐时被惊醒。

自从开始长高，资深吃货张小萌居然贞烈地划清与美食的界限——即使深爱，但仍然以一种伟大的克制与各种美食保持着安全距离。她开始变得爱美，从我窃喜她终于愿意试衣服，到我开始感叹她对好看的渴望一览无余。

张小萌不好意思地笑笑，说：我就是想让自己里里外外各方面都美美的。

追求美是一件美好的事，因为爱自己，也爱生活。张小萌索性不再掩饰自己是个颜控。当然，因为爱美之心太强烈，她要掩饰也实在困难。

张小萌欣赏着橱窗玻璃上的大长腿，捂嘴嘻嘻笑，开始自恋："哇，橱窗里的腿这么长这么直，我都爱上我自己了。"

我捧场："确实，这满大街的，简直找不出更美的腿了。"

张小萌说自己应该试试空气刘海。我说，你的额头挺漂亮的，应该露出来。她说，现在流行刘海，光额头一看就是初中生的样子。好吧，高中生是一种和初中生不一样的学生品种。

张小萌是卫衣控、毛衣控，在一次次流连于银泰城后，终于囤积了不少宽大随性的卫衣和毛衣。天气刚刚转凉，学校开始要求学生穿校服，卫衣和毛衣便没有了用武之地。这岂不是让颜控张小萌很不甘心。

张小萌的体感温度不是随天气变化而变化的，而是随着服饰搭配的意愿而变化的——看好了想穿毛衣，便一定是天气实在太冷，不得不穿毛衣；看好了穿裙子，哪怕再冷也一定是热得不行，完全不care寒风冷雨的照拂。生日那天真的冷，可是一年一度的生日啊，而且又是周末，一直想穿的超短裙怎能错过。那天张小萌说天气虽然不热，但自己不知为何感觉太热，毅然决然穿上超短裙。她外婆几次不能控制自己，开口干涉："萌啊，多穿点衣服，要感冒的。"我几次示意外婆不要插手，省得扫兴。张小萌在寒风中毫不发抖，超级淡定，一直撑到晚上，在我的好意提醒"长裤应该会很舒服"以后从善如流，换上运动裤，直呼："啊，太舒服了。"然后，不再掩饰冷的感知，明明加了衣服却仍然在寒风中光明正大地瑟瑟发抖——美丽冻人的真实写照。

最近额头长了几颗痘痘。这可把颜控萌紧张坏了。洗面奶、面膜、芦荟胶，先用热水，再用凉水，然后用丝瓜水，比我还讲究。不禁回想起从前我总是嫌她不讲究，无数次语重心长提醒她"女人要从小注意保养"，可是她根本不放在心里，胡乱地擦一把脸，从来不用任何洗护用品，哪怕把脸蛋冻得发红也无所谓，每次洗澡的时间短得仅够脱衣穿衣，快得令人惊诧，洗澡前后热水器显示的温度完全没有变化。

吃货和颜控之间，不过就是隔了一个十五六岁。我说："张小萌啊，你真是个善变的人。"张小萌说："这是自然规律。"

去年买的牛仔裤还都是宽松的，用张小萌的话说："我最讨厌紧绷绷的裤子。"穿惯了校衣校裤的她竟然认为，最喜欢穿的衣服就是校衣校裤，舒服啊，没有束缚。可是今年，之前买的裤子不是太短就是不能穿了。去年好不容易买到的被她大赞舒服的裤子因为太肥不想穿了——肥裤子衬托不出大长腿，嫌弃，各种嫌弃。

紧身裤是要配靴子的，冬天怎么还不来啊……

小方领的衬衣，套宽松的粗线毛衣，休闲又不失可爱。她总能从衣柜里找到最合适的搭配。睡前安排好第二天的穿着，然后才能美美地、安心地入睡。

最近张小萌学习好忙，因为要期中考试了，每天晚上都要到11点多才能睡觉。你给她安排任何活动，她都会说期中考试后再说。你跟她聊旅游，她夸张地说："等高考结束吧。"

这样紧张的高中生活，可以绑住张小萌那想奔跑的双腿，可以管住张小萌那想小资放纵的心思，可是根本压不住张小萌泛滥的爱美之心，只要站在镜子前就能忘记9门功课，只要打开衣柜就会思考学习以外的问题，只要穿戴整齐就开始心花怒放地各种自恋……

我摇头，我困惑，但我照单全收。毕竟人家十五六岁！

## 期中考试 ∽ 2016-11-13

写学生的故事，写着写着就是考试。不考试无以成上学，不上学何以谈读书？何况是高中生。

上一次期中考试，是刷新了纪录、创造了奇迹的初三下学期期中考试，年级第二（她一直都说加上体育成绩年级第一）。那次考试很可能将会成为张小萌读书生涯中最光辉的传奇。正是这一次考试，让她妥妥地获得了推荐生资格，使Y中本来由神一样存在的遥远，变成了唾手可得的现实目标。

好像很远，又好像很近，又见期中考试。这一次，是作为新生的第一次排名考试。

考前，叹惜"这也不会，那也不会"。考完感慨"对不起语文老师、政治老师、历史老师"。

我的一颗红心，从来都是两种准备。

孩子是家长的老师，那是因为只有亲生孩子的成长才会让做父母的人受到结结实实的教育，不得不学会面对现实。说我心理强大，不如说是因为张小萌的成绩始终在逆袭和坍塌之间大力摇摆，习惯了惊人的起伏，从来也不敢有稳妥的笃定，但也练就了另一种笃定——任何结果都能坦然接受。毕竟上一次的初三年级第二，是从初二末的年级排名147起步的。

张小萌不是学霸，但既然有逆袭的过往，所以也决计不是学渣。但Y中高手甚众，所以我秉承一贯的作风，对于惊喜没有太大的期待，万一是惊恐也有心理准备，只望她信心常在——毕竟，信心比黄金重要啊！

同事很关切地来打听成绩。他的娃在创新班，成绩几乎全是90+，简直不能好好做同事了。我心目中的张小萌挺了不起，可在"万里长城永不倒"的学霸面前，总让人没法找到自己的定位。同事自问不知道年级前10站不站得住，可我认为班级前10也是很奢侈的事——毕竟在一起比拼的都是华山论剑的胜出者啊。

没有比较就没有伤害；我定的那条线，在人家的眼里几乎就是没有线。

班主任的短信终于在下班时悄悄来到，发得极其低调，只有各科分数和总排名，没有各科排名。班级排名16，年级850人中排名173。我对这个成绩，没有惊喜，也没有惊恐，班级排名不甚理想，但年级排名在正常范围之内，很是小松了一口气。但基本正常的成绩，并不是正常出牌的结果——这次理科成绩明显比文科好，理科稳住了，文科几乎全线失利。尤其是向来有优势的语文，居然全班倒数。

这个班居然是个低调的高手——不是创新班，不是信奥班，没有风格特异的大神级老师，班主任不是人人向往的主课老师……所以不是所有家长拼尽全力想让孩子挤进去的班级。但第一次期中考试居然给全年级做了一次成绩示范——除两个创新班以外成绩最高，多科平均成绩名列年级第一，而且占了年级（含创新班）总分第一和第六这样霸气的名次。

张小萌的作业，黑笔、红笔、铅笔错落有致，草稿本上到处都是坐标图、受力分析图，每一张图都是一次思考过程的验证，每一步推算都是小心求证的过程……不得不说她的学习能力和态度与从前相比有了质的飞跃。曾经的她从来不用草稿纸，即使再三把草稿纸摊在面前也熟视无睹；曾经的她看到有点难度的试题直接PASS，完全不敢面对，而且直接跳过每一张理科试卷的压轴题；曾经的她只会将老师讲过的知识点整整齐齐记录下来，知其然而不知其所以然，而现在她会有选择地记录自己认为有必要记录的东西……

但即便如此，这次班主任送给张小萌的仍然是"静心"这一贴老方子，和初三时老师开出的药方一样。

期中就在G20放假、中秋放假、国庆放假、学考放假以及秋季运动会后悄无声息地来，又在一张不给任何辩解机会的成绩单中毫无留恋地去；还没想好怎么面对，却已经只能看着它的背影若有所思。

什么方法、技巧都不是关键，唯有宁静，方能致远。

## 要有信心 ☁ 2016-11-24

说是本周要进行物理单元测验。于是周末做完作业后张小萌自己加了物理课外练习。

研究了几道题目，自言自语："我好像摸到了物理的门道。"我问："啥意思？"她却又连连摆手，说："哦，不不不，没啥，还是等单元考了以后再说吧。"我说："你感觉哪个地方一下子悟了吧？这感觉不会欺骗自己。"她连连否认："别别别，没那么回事。"

这家伙对自己的理科是有多不自信，以至于我只好停止这个可以鼓励的话题，因为怕徒增压力。

考试前一晚，照例要和我睡，说这样比较踏实安心。结果睡了好久，突然问我一个物理问题。我说算了别想了；她却又说自己想明白了，然后安心地睡着了。而我，却开始想着这个问题反而睡不着，一直到好像大概也弄清楚了，过去了好长时间。

学校里汇报成绩的短信真快。一看，比平均分高了没多少，心里小有失落。我想起那没说完的"顿悟"，心想这个分数应该不足以表达考生内心的小期待。

晚上放学回家，我们一直没聊这个话题。我没聊，是因为我觉得考生没主动聊。不聊也是一种态度。

洗完澡，我平常地问了一句："今天的物理成绩是不是自己不太满意啊？"某人的眼圈一下子红了。

原来某人一直憋着那份失落，等我的安慰等了好久。

我说，你对本单元充满信心吧。她点点头，说选择题错很多，但最后两道大题都做出来了。

现在会了吗？都会了。

我看到试卷，问：老师都分析过了，怎么还带回家？

她说：我以为你会要看试卷，所以带回来。

那一瞬间我明白了为什么带回来试卷，一定是想让我看到真实的实力不是像分数所表达的那样。虽然，老师和同学都只看分数，但只要有一个人了解真的自己，也是一种安慰呀。

我会用平常心去看待很多事，可是，对于一个用心学习并且充满期待的学生而言，我觉得"平常心"三个轻飘飘的字，却是对努力的一种轻描淡写的亵渎。

我能明白那种不甘心背后的难受。我知道她想让我知道她可以。

一直都相信。

## 选择 ～ 2016-12-4

一直都不想谈高考这件事。

我早已看透自己，平时聊得比较多的大多是无关紧要的事，真重要的事大多放在心里一个人揣摩揣摩，然后就塞在某个角落懒得理。之所以这样，是因为怕那些事会扰乱自己的心绪，所以在潜意识里屏蔽。

张小萌上高中后，曾经遥远的高考一下子拉近了距离。作为高校管理者，研究高考政策，无非是为了思考怎样能招到我们想要的学生，怎样培养新高考背景下的大学生。如今自己和研究的对象有了紧密关系，看待同一件事情，就不只是站在高校的立场，同时还有考生的立场、家长的立场，还有高中的立场。

选考是一场博弈。

谁都想选择自己热爱的事物。可是"每一分交换的都是人生",谁又愿意拿一时的头脑发热去赌未来?生存是一地鸡毛,梦想是天高地远,可是不能挣脱一地鸡毛又怎能拥有天高地远?

期中考试以后的一个周末,天气晴好。娘儿俩在作业之余闲逛校园,坐在亲水平台的台阶上看江上船来船往,聊未来的路。

不知道从哪一天开始,她说想做建筑师,但我再三观察,总觉得这是她一时头脑发热,就像她曾经一口咬定要做翻译家一样。

很多人最具有潜质的方向,终极一生都是未知数。就像张小萌说大象有一种与生俱来的使命,就是用一生的时间走向象冢,冥冥之中,无师自通。每一个人都应该会有一种独特的属于自己的使命,到底在哪里,是不是我们一生都没有踩在原本应该属于自己的点上?

高考改革的初衷,是希望每个人都回归自己的使命轨道。可是,趋利避害反而让大多数人与原本的使命轨道越行越远。

萌说:我觉得选择什么还是要听从自己的内心,自己比较喜欢学什么肯定就是适合学什么,适合学什么就应该是擅长干这一行。不要考虑太多博弈的事。我只需要跟自己博弈。

她还补充了一点,一个人适合做的事,即使偏离了方向,最后还是有磁场让他回归自己的方向,就像妈妈被高考志愿拉去学了冶金,最后却依然在教育界。

我本想说,方向错了,回归要付出比常人更多的艰辛。可是,又想了想:那些"艰辛"不就是另一种更丰富的人生历练吗?谁说就不是甘之如饴呢?

所以,我很欣慰于她有自己的主张,有遵从初心的坚持,在遇到挫折的时候会知道一切都是暂时的。人的方向总是向着自己追寻的地方延伸……

每一天每一事,所有人都面临选择。选择之所以成为选择就是因为有利有害,所以才让人难以抉择。其实我们只要清清楚楚明白自己想要的是什么,明白选择的初衷是什么,答案自然就在那里。

## 谨言 ∽ 2016-12-12

本周有5门课考试,吓得张小萌晚自习都不敢去了,说要在家发愤图强。

上周新开讲的三角函数给张小萌一个下马威,在sin\cos\tan中周旋,因不能秒速转换相互关系而在老师淙淙流水一样的讲解中无法自保。"牛二"也以迅雷不及掩耳之势杀入受力分析，Fe\Cu\Si\Al\Mg在各种酸碱中以各种不同的路径氧化、置换，周六的网课也常常在迷糊中打结，更觉数理化之任重道远。

张小萌前一个周末还看了电影，看了《爸爸去哪儿》，但这一个周末一点也没有这个心思，总觉得周末两天不够用，甚至把QQ都卸了。

因为传送文件的需要还是上了QQ，结果就碰到A同学向她打听从前的B同学。耿直的张小萌口无遮拦毫不留情地吐槽了那位B同学，然后就继续写自己的作业。

大风起于青萍之末。

那位A同学转头把与张小萌对话的截图贴在了空间。张小萌在毫不知情的情况下已经被推到风口浪尖。

没多久，尚未下线的张小萌接二连三收到同学向她发来B同学在网上声讨张小萌的截图——因为B同学看到了A同学发在空间里的聊天截图。

天下大乱。

B同学的"声讨"指姓道名，张小萌受到了一万点心灵暴击。好端端的认真复习的周末，就变成了一地鸡毛的狗血闹剧。

这是一个很好的教训！张小萌以为随便吐槽是不会产生什么后果的，或者两个人的对话你知我知、没有其他人知道。那么，现实告诉我们——若要人不知，除非己莫为。

受到教训的张小萌没有意识到自己的问题，一味地声讨B同学的所作所为，却不反思自己是否有权利对别人做出"正义"的审判。

每个人在不同的人面前会展现不一样的自己，就像张小萌在妈面前和在同学面前大不同，而这两个都是真实的张小萌，因为人总有两面性。B同学一样具有两面性。张小萌没有评判他的权利。再说，同样的处事方式，很有可能出于完全不同的处世理念。谁又能说自己看到的处事方式就是源于自己所认可的处世理念呢？更何况，每个人都有自己的价值观；在不妨碍别人的情况下，没有任何人可以断言哪一种价值观一定是正确的。

说教总是苍白，但总有教训需要总结：

其一，不要轻易对任何人下结论。因为我们并不了解全部，所以不具备这样的权利。

其二，道不同者，不相谋就可以了；没必要"揭露"所谓的真相。

其三，实在不能忍，可以用微言大义的春秋手法保护自己。

其四，当人家对自己不设防的时候，要想好自己的作为是不是能保护好人家。

其五，远离一切在日常交往中习惯截图保存证据的人。他们会让人丧失最基本的信任和不设防的自在。A同学截图晒了对B同学的负面评价，B同学立马晒了一年前的聊天记录，这些行为都令人发指。网络的便捷，绝不能成为"锦衣卫"的工具。

谨言，于他人是大气尊重，于自己是海阔天空。

# 存在是因为信念 2016-12-20

这一波的感冒，突如其来。那些本来在我心目中重要的事情，那些我觉得自己不能放手的工作，在张小萌烧到近40℃无力抬头之时，瞬间就不重要了。

世界上什么事都可以没有我，但虚弱的张小萌不能没有我。

还记得她上一次发烧也请假养病，当时内心的焦灼历历在目——因为对于当时的初三生而言一寸光阴一寸金。如今上了高中，再次请假养病仍然需要勇气。因为一天六七门功课都会开新课，两天就更多了，加上生病本来学习效果就不佳，所以实在不敢"慢慢来"。

连吃饭都没有力气，却依然惦记尚未完成的作业和那考完了没来得及分析的试卷。张小萌在床头贴了一张图，上面写有"扶我起来，朕还能学"——高中生啊，是一种"感动中国"的物种。

在健康面前，其他都如浮云，几天的作业更是无足轻重。干吗在意这些小小的问题？然而，当下之教育，让人变得格外小心，小心到宁可委屈自己、为难自己。

这段时间，张小萌并不愉快，学习一而再遇到困难，对自己不满意。数学遇到重重阻力，雪上加霜的是化学单元考又如一记闷雷。无论我怎么宽慰，她总不能平静而坚定地去正视，各种不爽找自己的茬。或是为了从别人那里获取安慰以鼓励自己，抑或是对自己极度不满意。

让自己变得强大和勇敢，不是任何一门课的分数可以匹敌的。道理都懂，但做到很难。

"失败"固然沮丧，但其最大的意义是能让我们看到问题的本质。我们要学会在"失败"中自救。

阶段性的好成绩，其深远意义在于证明"我可以"，而不是借着班级排名沾沾自喜。大多数时候，我们总是比自得时以为的自己更差，但也总是比我们失意时以为的自己更好。更好和更差之间的距离就是我们怎么看待所谓的成败得失。

遇到困难的时候，有些貌似锲而不舍的行为，只不过是把自己桎梏在否定自己的沼泽泥潭之中。别人给的安慰也总是干巴巴的、苍白的，没法填补失落的空缺。唯有自己找到内在的能量，证明自己可以。

长大以后的成长，要学会的不是一招一式，而是怎样自创招式路数，用认识论来取舍方法论，做到以不变应万变。只有这样才能做到从容面对复杂形势。

高层次的成长，只可意会不可言传。大多数人都是基于自己的内心做出选择。

张小萌说：妈妈，我长痘痘了。我说：我给你洗个脸、做个面膜、抹点芦荟吧。

张小萌说：妈妈，我要睡觉了。我说：好吧，我顺便给你读段书、你听个故事吧。

张小萌说：妈妈，我想吃酸奶。我说：好吧，等一下出去给你买。

张小萌问：妈妈，是化学特别难还是我特别傻？我说化学不难，你也不傻，只是你们还没有更了解对方。

张小萌说：头发好脏，要洗洗了。我说：天太冷，去理发店洗吧。

张小萌说：妈妈总有办法。我说：不是不是，是办法一定比困难多，只要你不灰心去找。

一切困难都是纸老虎，而信念是打倒一切纸老虎的动力。

某日张小萌认真而坚定地跟我说："以后要好好听妈妈的话。"那一瞬间我平静的笑意里有一个老母亲苦尽甘来时的百感交集。

总有一些时候，我真的受够了张小萌的特立独行和无理，但仍希望她做一个"听从自己内心的人"。一是我无法为她的一生负责；二是她是独立的人，孝和爱都不可以剥夺一个人的内心自由。而读书，教育，最根本的任务是帮我们发现最真的自己，从而获得更大的自由。

圣诞节快到了，不要去确认什么世界上并没有圣诞老人。即使没见过，也不能否定它的存在；不能否定那天礼物和圣诞老人之间的关系。我选择他的存在，因为我心中有童话。

存在是因为信念，无论是童话、办法、能量，还是抵御疾病的免疫力。

## "良药"　　2016-12-25

高中的课真的太多了，多到测验分不开这单元与那单元，分不清这月和那月。

这不，刚刚地理考试，又没考好。考砸了，我也很难跟她说什么"读书是为了发现自己"之类的鸡汤——考砸就是难受，难受就得哭。

小萌垂头丧气。萌爸语重心长："这说明你地理学得还是不踏实啊……"于是，张小萌就更加不开心了，说看来自己啥都学不好了。萌爸叹惜："你怎么这么经不起教育啊！"

小萌跟我诉说考砸的事。我说，哪有次次考好的，学不好固然考不好，但学得好也不一定能考好，把试卷拿出来瞧瞧。张小萌把试卷拿出来，对着我分析我完全不懂的地理，头头是道。我说，我不知道对错，但照你分析的情况看，你还是很有道理，错得很有道理比对得没有道理强多了。张小萌听了这些仿佛很有道理的话又对自己有了信心。

其实，张小萌并不是真的要放弃学习，只是在成绩得不到证明的时候希望通过别人确认自己没有如分数展示的那么差。

萌爸说："她就是喜欢听你这些话，可实际情况是她地理确实没学扎实，就是不够静心啊。"

好吧，"没学扎实"和"不够静心"这样的评价总是有道理，因为用这来堵任何人的"失败"都无懈可击。

"可是！如果你跟我说'评教授咋那么困难啊'，难道我要回复你'那是因为你还不够踏实''那是因为你还不够静心'吗？我这样回复有错吗？应该也没错！可这是你想听到的话吗？不是！你肯定会感到很无趣！因为你想知道的是，自己比大多数人都努力了，却没有得到应有的回报。你要的是安慰，而不是指责。"

萌爸想了想，觉得我说的有道理，但又觉得自己没有错。

泛泛的看法，笼统的表扬，苍白的批评，其实都没有真正走进对话者的内心，所以得不到对话者的认同。

人总是不完美。接纳孩子的不完美，于自己、于孩子都是幸事。评判一个人，应该结合他的年龄；也可以扪心自问自己如何。没有人可以绝对静心，就连曾国藩也再三反思自己并不能做到真正的静心，何况是未经世事的少年。

即使我们确实曾心浮气躁，也不可以全盘否定付出的努力。很多时候，一句"不够努力"会让人特别沮丧。与其沉浸在沮丧里，不如想办法调整心态，找到问题。明白那个所谓的"失败"并非满盘皆输会更有意义。

我们在错题中找到她从来没有注意过的疏忽点。我说，好在考试时没有蒙对呀，要不然咱们就糊里糊涂错过了改正的机会，长此以往岂不是在大考中就大错特错了。考试是对学习的全面检阅。每一次"考砸"，让我们一次比一次更接近自己努力后应该得到的回报。

张小萌竟也有点庆幸自己没有蒙对。

苦口良药，总是正义的一方。可再怎么好的药，也要根据病人的体质下药，不然就可能是毒药了。

# 朋友 ⟳ 2017-1-3

元旦，老师发了分量足额的作业大礼包，多到张小萌东风无力百花残，泪眼婆娑恨意生，一边写着作业一边咬牙切齿地叫着老师们的名字。

但她还是准备了一大堆明信片，在百忙之中给同学写新年贺词。在写作业的间隙，她埋头疾书，写着对朋友们的无厘头的"么么哒"。我说："张小萌，你有没有一张是给我的呀？"她干脆地摇摇头，说："没！"

作业多到掉泪的她还抽出半天时间和朋友一起闲逛，抓毛绒娃娃，嘟嘴自拍，笑得前仰后合。

那个曾经说怎么也溶不进溶液的溶质，终于在合适的温度点、在合适的反应时间里，慢慢地溶进了高一5班这一大瓶溶液。

有些地方，我很佩服她。她总能找到现在比过去更好的实证。比如，她总能真诚地欣赏身边的同学：T同学超可爱，Z同学最靠谱，H同学实在太好看了……

我以为，一个人生命中最重要的朋友，绝大部分会在高中阶段出现。因为这个阶段，往往能找到志同道合者，友谊通常建立在彼此欣赏并有共同语言的基础上。我反对高中走班，其中有很大一部分原因是走班破坏了来不及巩固的友谊。因为人类的"坚贞"很难敌得过时间无声无息地消磨。我们在拥有自由选择权时，首先要拥有安放心灵的角落，而经过时间慢炖的友情，恰恰是安放心灵之处。

新年的时候，她说要感谢三个人——照例没有我。我竟毫无失落，大概已经接受自己是铁打的"替补"这一事实，所以像个旁人，因她拥有感恩的心意而倍感温暖。

谁说得清呢，那些生命中最重要的人，是不是已经脚踏五彩祥云，身披金色霓虹，化身"逗比"的样子，嘻哈着混进了自己的生活。

朋友圈里无数头像，愿你拥有几个你有废话可吐槽、有心里话可倾诉、有开心事可分享的人，你说啥都能明白，你不说也能明白。

## 勤奋和灵感    2017-1-8

张小萌的偶像Taylor Swift都两年没出专辑了，谈谈恋爱，泡泡帅哥，一点都不着急。可是我都替她的"真爱粉"张小萌着急了。这要是在国内，如日中天的明星还不趁着大红大紫的时候抓紧出几张专辑甚至转战影坛、综艺啊。

萌爸猜想泰勒是不是江郎才尽了。我认为泰勒也实在太勤奋了。等得天荒地老的张小萌很生气——泰勒怎么可能才尽、不勤奋呢？？？她着急地辩护，说泰勒在2017年必然要给全球粉丝最大惊喜，说泰勒才不会弄粗制滥造的东西来糊弄歌迷……

总之，鉴于泰勒是天后巨星，我们应该相信她具备一切张小萌所以为的优点。

张小萌在备战期末考试，作业多，怕来不及完成，急得不行。然而泰勒能置大把的金钱于不顾，只为等那一瞬间的灵感，绝不以"勤奋"来弥补没有灵感的空白，那咱们也把作业放一放吧，花太多时间刷作业，灵感都挤不进来了。

对于idea而言，灵感是源头活水，而勤奋是"活水"得以利用的过程——没有灵感，要勤奋何用？不过就是瞎折腾。

所以，即便勤奋是一种美德，但过分标榜便有许多副作用。

首先，惰性是一切生物普遍存在的品性。过分标榜勤奋，便是无视人性之惰。为了证明自己的勤奋但又不肯放弃惰性的人，便想方设法以表面的"勤奋"来掩盖本质的偷懒。这种现象，一方面导致造假成风，一方面掩盖假象和追寻真相会浪费大量的人力物力，最终导致信任的坍塌。

其次，"勤奋"的表象是花费大量时间。这会导致当事者缺少思考、享受、交流等时间。这些时间的缺失，导致人变得愚钝、烦躁以及不善表达，直接导致人向着机器方向演变——人就不能称为人了。

如今大力提倡创新教育，但仅靠勤奋是不可能达到创新教育的目的。留一些时间的空白给思考和"闲情逸致"，留给宝贵的灵光一现，既减轻负担，又增加乐趣，同时又带来更高更好的成效。

但现实教育中有太多毫无必要的"规矩"以及太多根深蒂固的伦理道德，老师和家长苦口婆心的爱都是要你"听话"。所以，好孩子就是守规矩的孩子，好学生就是疯狂刷题、夺取高分的学生，尚有几分奇思妙想的则全部被归进"逆天"的另类。

悟道分"渐悟"和"顿悟"两种。

太注重渐悟，大概是对自己的天赋不够自信。所以能力不足，勤奋来补。但反过来，我们是不是还应该问问自己：悟性不够，是不是应该思考来补呢？

思考是需要时间的，而顿悟还需要闲暇，如牛顿坐在苹果树下发呆才悟出万有引力、亚里士多德泡在浴缸享受才悟出浮力，所以我们反对"勤奋"霸占了我们的时间，挤占了我们的闲暇，夺走了我们的灵感。

当然，我们反对用战术上的"勤奋"掩盖战略上的"懒惰"。我们也一样反对打着思想"创新"的名义掩盖行动上的"懒惰"。

学校布置大量作业是一种可怕的现象——以大量的作业逼迫学生"勤奋"而扼杀了学生自主学习的主动性，同时因为作业多，很容易让家长认为是老师有所作为的明证，从而骗取家长的信任，使得老师在提高教学效率方面可以放心偷懒。

有时候"勤奋"是一个幌子，常常连自己都蒙蔽了。

## 克制的原谅 ✎ 2017-1-16

前天晚上，被作业困住的张小萌兀自发怒，半夜12点把已经睡着的我从床上拽起来，一定要我解决那困住了她的题目。可笑吧？城门失火，殃及池鱼。这般无理纠缠，让我很失望，决定不理她。

昨天，她把我的枕头搬到她床上，嬉皮笑脸地说：妈妈，我们和好吧。

我想起前晚自己下的决心，面无表情，说：看表现吧。

张小萌：要怎么表现？帮你一起烧饭，帮你洗碗，或者帮你收拾办公桌？

我说：表现不需要讨好，也没有标准答案，但我自然知道你是真心还是敷衍。

张小萌说：不行，我就是要跟你和好。

我说：不行，不可以逼迫我跟你和好。

张小萌又列举自己的好表现：昨晚10点半就睡了，睡前做了40个仰卧起坐，做了100个空中自行车，翻了2个体操动作。

我说：讲这些有啥意思，难不成还想要奖励？

张小萌：没有什么意思，我只是想告诉你，我虽然故意气你，但心里在听你的话。今早6:50起床，自己整理床铺，吃完饭复习。

我知道她在好好表现。可我真的不能纵容这坏脾气、这任性，还有不顾及他人感受的无理取闹。

今天要期末考试，早上张小萌背着书包出门，又转身说："妈妈，我会考好的。"终是不忍心，克制地回应："你都好好复习了，不要太紧张。"

站在窗下等车时，她转过身对着窗口喊："妈妈，原谅我。"我站到窗口，语气克制地回应："好好加油。"她点点头，落寞地低下头。

其实，没有父母会不肯原谅自己的孩子，我也一样。只是"爱人者，人恒爱之"，当一个人懂得爱，便会被更多人所爱、所支持、所庇佑。

## 从作文说起 ✎ 2017-1-17

小萌对期末语文考试的作文表示很满意，几次让我猜她写的是啥，还卖关子说我就算猜一千遍也猜不着。

作文题目是"风起的日子"。我觉得这个题目不好写；说它不好写，是因为仿佛又好写，所以很容易掉进某种套路，很难写出新意来。我虽然没兴趣猜一千遍，但也猜了十几遍，都没有猜出她写了啥，哪怕她给了我诸多提示，比如说是发生在前几年的一个暑假的事。

后来，我猜中了地方——青海，却想不出这地方和"风起"有啥关联。

卖完了关子的她说自己是从卖手工艺品的藏族老太太开始写起，写了转经筒，写了十万八千个长头，每一件事都与风有关；她说看到这个题目就想到了《阿甘正传》里面的经典台词"I don't think that when people grow up, they will become more broad-minded and can accept everything .Conversely, I think it's a selecting process, knowing what's the most important and what's the lest. And then be a simple man."（我不觉得人的心智成熟时越来越宽容，什么都可以接受。相反，我觉得那应该是一个逐渐剔除的过程，知道自己最重要的是什么，知道不重要的东西是什么。而后，做一个简单的人。）想起那次青海旅行所感，所以特别想写这些。

风起于青萍之末。张小萌解读的风，应该是"不忘初心"的风、"回归信仰"的风。

我很惊讶她在短短的考试时间写出这样不落俗套的作文，稍稍欣慰她终究已经是有一些值得称赞的东西刻在心上了。

成熟的过程，是逐渐剔除的过程，留下最重要的。

前几天朋友圈有一篇关于"断舍离"的文章也很热，大概的意思就是要懂得剔除——把那些当断不断的断了，把那些当舍不舍的舍了，把那些当离不离的离了，才能海阔天空，做人更纯粹，内心更清澈。

于是我们聊了很多发生在周围的事，包括家里的物件，讲了娱乐圈里的一些八卦，然后讲到读书这件事。

读书要注意什么吗？

用心、思考、总结，当然很重要，但最要注意的是切忌贪多——因为读书之"多"、作业之"多"、要求之"多"往往被认为是一种优点，所以就有了更加值得防范的东西。薄弱科目的练习切忌贪多，多会让人感到安慰，但偏偏就是这种"安慰"是真正上进的拦路虎。太多的作业，往往大而化之或者一叶障目，还会导致囫囵吞枣，而且让人身心疲惫，最终效果是不会好的。同样，优秀科目也切忌贪多，某些自己不擅长的，没必要为了名列前茅而花太多心思。人要允许自己有不擅长的东西。全方面优秀会让别人有太大的压力，让自己也有太大压力。有一些方面是擅长的，并且从中获得成就感和价值感，就够了。

那些真正快乐的人，是在某些方面恣意挥洒，而放弃那些让自己苦闷的东西。这些苦闷的东西，仅仅作为某一个时间挑战自己的一种载体，证明人的潜能，以此获得更多的快乐。

## 少年不惧岁月长 ∽ 2017-1-24

张小萌上初中时，总感到有些同学的成绩是无法逾越的。

高中一学期下来，曾经的"高山"不那么高了，而新的"高山"已经立在前面。

期中考试班级18，年级170+；期末考试班级15，年级140+。如果按照16个班级的平均成绩来，也可以是班级前10，平心而论，很不错。

明显感觉到她对自己的要求比从前高。这应该是好事，但又不全是好事。因为"欲速则不达"，而她还未必真的明白。期末考试前，她也发现自己学习上存在的问题。如果能把自己意识到的问题耐心解决，应该会轻快一些。

这也说明一个问题，每一个人的进步是始于内省。

高中的第一学期是相当有意义的。欧洲游学的经历以及接待德国学生的来访，是难得的记忆光斑；团支书和宣传部干事的身份，也是一种不错的历练——总结班级社会实践、汇报班级活动、组织明信片设计比赛、写讲座宣传稿……虽然感到学习吃力但仍克服困难，在如麻的事务中找到核心要点，掌控成长节奏。

一学期，参加了两场比赛。一场是关于英语口语，因为错过校内决赛而止步于校内名次；另一场是正在参加的"新希望杯"作文比赛。

看到她的新签名——少年不惧岁月长，觉得特别好。想起自己的16岁，孤傲地看着全世界，不知自己未来会干什么，但认为自己会干大事。

这就是少年吧，无知无畏。

## 干醋 ∽ 2017-1-25

霸气的张小萌从北京参加作文竞赛回来了。

把她爹的枕头往自己床上一扔，然后抱上自己的枕头，放在妈妈的枕头旁边，宣告：我跟妈睡。

睡下的时候，张小萌很严肃地说："有个事跟你谈谈。"

"啥事？"

"我给你说，你跟陈YH（她表妹）太亲近了，保持距离。"

"哪有啊？YH帮我卖书，对我确实好，我写篇关于她的文章有啥不行啊？"

"不行！你是我妈！"

"可我是她舅妈呀！"

"可是你们俩的关系超出了舅妈和外甥女的关系，我吃醋。"

"不是你不在吗？"

"就是因为我不在，YH趁虚而入，而你竟然把持不住！！我不在几天，就给我戴个'绿帽子'。"

"这是'绿帽子'？"

"我很吃醋！我在刷空间动态的时候，突然看到你写的什么乱七八糟的东西，竟然是写给陈YH的。我看完后就默默地关掉QQ。"

"关掉QQ干吗？"

"思考人生两个小时！想清楚我不在的时候到底发生了什么。"

"你怎么这么小气啊？你不是很爱YH吗？"

"我爱她可以，你不可以对她这么好"

"YH明天要来绍兴。"

"来干吗？本来我很想她来，现在我觉得她很危险。"

太无语了。

# 微光（张小萌）  2017-1-26

把厚厚的羽绒服塞进真空袋，挤出空气，这才拉上鼓鼓的行李箱。妈妈还是绞尽脑汁地想有没有落下什么，好像忘记了这不是我第一次一个人出远门。

变幻的风景在窗外呼啸而过，看着车厢前方的提示牌，这站是什么，下一站是什么，都清清楚楚。翻开随身带的小说，然而妈妈的短信如期而至，关于期末考试的各科分数和大大小小的排名在不大的手机屏幕里上蹿下跳，迷乱了我的视线。大家相继收到成绩，热烈地讨论。时间过得飞快，高铁一个省一个省地跨越，停在北京南站。

天气预报说北京很冷，绍兴颤巍巍摸着0℃等温线走时，北京就被深蓝色的色块覆盖。夜色漆黑似胶，路灯发出微弱的淡黄色光晕，-7℃的风在北方的大地上横冲直撞，行李箱的万向轮在高低不平的水泥地面上滚动，发出寂寞洪亮的声音。棉衣上带毛边的连衣帽留出一块半圆形的视野。

安顿好。很快摸清楚这所学校的小卖部所在地；也学会了点外卖改善伙食，在大门口激动得蹦蹦跳跳，等外卖小哥隔着铁栏杆递过来一大袋热乎乎的食物。

白天听的讲座纵然幽默风趣，到现在只记得专家浓浓的京腔。

六人间的寝室很狭小，暖气烘烤出莫名的温馨氛围。每一个早晨，6:00的时候六个人的手机铃声此起彼伏地响起来，然后有人陆陆续续地趿着拖鞋、打着哈欠把卫生间的灯打开，有人一脸睡意从床上坐起来穿衣服。比赛那天的早晨略微不同，挑了几支好用的黑笔，特意把马尾扎高，还多抹了几下脸，然后有点紧张地推开楼梯口那扇沉重的大门，冲进冰凉的空气里，跑进四营的队伍中。太阳斜斜地照着，将树枝、树干清晰的倩影一笔一画勾勒在墙壁上，无云的蓝色天空为幕布，背光的梧桐树剪影特别好看。

卷子发下来，雪白的纸张，印着清晰的黑色宋体字。我在考了一个半小时的时候搁下笔，看见旁边操着浓重的湖南口音的男生早就扔了笔趴在卷子上睡觉；有人的额头沁出了细密的汗珠，微微皱眉，笔尖"哗哗"地在纸上飞；有人神态自若，手肘边是写满的两页纸；有人和我一样，东张西望，然后看到偌大的考场里，清一色的黑头发微微攒动。

比赛完，北京顿时多了几分柔和。将暮未暮，远方天空的亮白色和另一边的纯黑交织着，路灯初上，气温骤降。我在操场上奔跑着，一圈又一圈，呼出的气体在鼻子前方形成一团团白气。凛冽的北风像刀子刮在脸上，鼻子通红。冻僵后硬邦邦的小腿逐渐暖和起来，后背逐渐有了一层薄薄的汗水。气喘吁吁地掀开小卖店厚厚的军绿色门帘，暖气立刻将眼镜糊得雾气迷茫。晚上坐在床沿，一盒抹茶味的八喜雪糕，一包膨化食品，膝上摊开一本《摆渡人》。寝室里放着英文歌，暖气片上烘烤着洗过的湿衣服；窗外有风把梧桐叶摇落的肃杀声音，夜空晴朗，有许多星星。隔着一条路是亮着灯的开水房。同学的爸爸买来北京烤鸭，酥脆的外皮和鲜嫩的鸭肉放在春饼上，把黄瓜条和葱丝蘸上酱料，裹起来，放进嘴巴里嚼，满满的，幸福的味道溢出来。和上铺的女生们打牌，放肆笑语洒了一地；熄了灯讲鬼故事，一边害怕得蜷缩在被窝里捂着耳朵，一边又细细碎碎听到恐怖的情节而笑着叫起来。一天劳累，不知道怎么就睡着了。次日醒来，室友都道我半夜的梦呓，是如此可笑。

我是第一次来北京，却不觉北京的气息和风景陌生。或许，对于每一个中国人都一样，北京就是陌生而熟悉的城市。

街头，戴着雷锋帽的老人推着车卖糖葫芦，一颗颗饱满殷红的山楂蘸一层晶亮的糖稀穿在竹扦上，密密麻麻地插在草把子上，诱人至极；油茶汤热乎乎的，冒着白气，散发出喷香的味道。燕园，高大挺拔的松树用翠色的针叶掩映着色彩鲜艳的雕梁画栋；古色古香的楼阁在如洗的蓝天下，与江南水乡粉墙黛瓦的小家碧玉不同，显示出高贵气质；未名湖如今结了冰，环湖的柳树一片叶子都不剩，依旧用光秃秃的枝条拂着堤岸，美得令人窒息。圆明园的大水法在蓝天下白得耀眼又令人心惊，黑天鹅在芦苇荡里觅食。拼了命赶路才瞥到一眼的辽阔的福海，走得飞快也来不及到达的九州清晏；或许需要一整天，才能真正细细品味这么大的圆明园。

最后一个上午，宣布奖项。对写作文只是抱有热爱而没有经过专门培训的我对自己的实力没有信心，开始紧张，怕被一同参赛的学子们远远地抛在后面。主持人宣布了一组又一组二等奖，始终没有听到我的名字。心里像打鼓一样乱七八糟——或许是一等奖呢，也拿不准？要是我没有获奖，那不是很尴尬？不知不觉中手紧紧攥着书包，都勒出了一道深痕。脸热扑扑的，手脚却冰块一般寒冷僵硬，呼吸不均匀了，连肚子都因紧张痛兮兮的，浑身难受。终于，在庞大的二等奖队伍中找到了我。我松了口气。虽然有些庆幸不是没有奖项，但也莫名地感到空落落。早就劝说过自己重在参与，也从未想过要拿很好的名次，可还是失落了，骗得了别人也瞒不了自己。手脚终于热回来了，好像是灵魂终于又嵌进了我的肉体一样。后来宣布一等奖的名单，居然又是一个庞大的阵容，许多室友都是一等奖，于是这种失落扩大成了一团硕大的失望，乱乱地挤在心头，久久不能散去。

又记起没有雾霾的北京天刚亮时东方天空出现的微光——不显眼的微光。

## 整牙 <small>～ 2017-2-7</small>

张小萌的牙，绝不是一般的牙。

这副不一般的牙，是在快一周岁的时候萌发的，那时我差不多已经望眼欲穿。之后，她不紧不慢按照一个月一颗的速度推进，终于在人家开始换牙的时候，她长好了乳牙。小学三年级，人家乳牙几已换尽，她姗姗换牙，全班都是她的换牙导师。

我后来慢慢忘记了等她长牙时的焦灼（一度以为自己生了一个没牙的小孩），只记得大家都说长牙晚的人有福有寿，那便当是老天对她的赐福吧。

乳牙整齐秀气，从不怀疑她会有一口好牙。

始料未及的是，我自己经历过的不算事的事，换作张小萌都变成了大事。首先，每一颗乳牙都需要借助外力拔掉；然后，等着做封窝术的六龄牙出了问题，间歇性牙龈肿胀，成为每一次身体劳累期间的定时炸弹——期末考试紧张会发作，乘坐飞机长途旅行会发作，熬夜会发作……

大约从初二开始，萌开始纠结自己的侧颜，经她自己研究，认为是下牙外突造成的。对于整不整牙这个问题有反反复复的N个决定，但最后还是决定不整——因为做个钢牙妹太难看。

但是，不想戴牙套的张小萌还是因为牙齿问题略显拘谨，有隐约的不自信。我在捕捉到这一信息开始，便渐渐倾向于尽快矫正牙齿——长痛不如短痛，但也只是建议，最后选择由她自己决定。

转眼高中一个学期过去了，整牙这件事虽然没有行动但并不代表就这样过去了，她和我都背着对方在网上查询关于牙齿矫正的信息，年满15周岁的小萌即将错过矫正牙齿的最佳时期。

下定决心去牙医诊所的导火索，是三天前的一次失眠。因为失眠，所以胡思乱想，想到牙齿，想了整整两个小时。第二天她跟我说："我想做牙齿矫正。"

人的一生要做成事情，总需要凭着几分冲动。

赶紧联系牙医。医生详细检查了她的牙况，发现她的大牙竟然还没有完全长好因而需要垫高；因为六龄牙的不间断发炎，需要调整拔牙的方案……总之，矫正方案的复杂再次体现了这不是一般的牙。

好不容易下定的决心，这回不能再退。挂了号，做了牙模，拔了牙，洗了牙，上了牙套，连续三个下午。

张小萌龇着牙在镜子面前左盼右顾，说："真丑！"又自言自语："好像也没想象的那么丑。"

真是感慨，人的每一分所得，都需要付出和努力啊，哪怕是一副好牙。

张小萌，我知道，你在下定决心矫正牙齿的那个晚上，一定是下定决心要让自己各方面都变得更好，所以才不在乎在最美的年华做个牙套妹。

## 要开学了 ⌬ 2017-2-9

不管愿不愿意，反正快开学了。好像行驶中的车子要进入隧道，或者是停在车库里的车子又要进入高速公路——前者灰暗一点，后者亢奋一些，反正是另一种状态。

感觉车子都还没好好保养就要接受考验了。我们全家都处在一种莫名的焦虑中，作为一个教学管理者，一个教师，一个学生，各种焦虑都齐活了。

中学开学是有热身活动的。前日路过二中，发现校园里竟然人头攒动，可见已经开张；朋友家的娃也回学校去什么冬令营了；张小萌的网课也开始了。

这个热身活动倒也不错，当是一个收心的缓冲期——没有上学时的紧张，但也没有了放假的闲散。

家庭主妇是第一个"热身"受害者——网课8点开始，7点就得起来烧烧洗洗伺候萌公子读书。

三天了，这个第四天的早上，正睡得黑甜，闹钟又响了。这睡觉的时间，就像中年人的日子一样，快得如白驹过隙，然后又一匹白驹过隙，总之觉得白天晚上的时间都不够用。迷迷糊糊嘟囔了好几句"我不想起床"，没人理我，还是滚起来，迷迷糊糊去准备萌公子的早膳。

这是戴上牙套的第三天了，还没适应，矫正器正在发挥强大的牵引作用，所以痛得牙齿都要散架了。这也是萌喝粥的第三天了。

都说假期是"弯道超车"的好时节，张小萌在放假之前也很想好好努力在弯道超车，但是还没想好，弯道就过去了。想必无数有心上进、无力振奋的中学生都是这样的，只怪时间无情，来不及等待大家开始行动。

1月18日期末考试结束，1月19～24日在北京参加作文比赛，1月27日除夕，1月28日～2月4日走亲访友，2月5日社会实践（人民医院义工），2月6～10日网课（期间6～8日牙齿矫正），2月12日就要开学了。能在这样的档期中见缝插针完成全部寒假作业已然不易。

正月里她曾问我："我能不能不做完作业？"我回答："我无所谓，你自己决定就好。"但终究，寒假作业条目上，一一打上了勾，宣告"完成"。

张小萌的碎片时间只够听歌、P图、刷同学的空间，搜了大堆的欧美音乐刻成光盘，拍无数的自拍、上无数道滤镜；读了《摆渡人》《你好，旧时光》，还有半部《荆棘鸟》；以最大的欢欣鼓舞和妹妹一起看了《举重妖精金福珠》，还花痴地问我："如果崔斯坦和南柱赫同时向我表白怎么办？"

假期多多少少还是有一些值得珍藏的记忆。比如，在北京参加作文比赛时看了未名湖畔，回来突然叹惜："想想还真的好想去北大读书啊。"我以为每一个有过这个梦想的学生，哪怕只有一瞬间，也是值得尊敬的。比如，把纠结了好几年的牙齿给矫正了，决定整牙的过程是一段成长，是舍得对自己狠心的决心，更是希望自己更好的期待。

16岁的少年羡慕6岁的小表弟，可以卖萌，可以腹黑，可以耍赖，可以生气，可以发疯，全部都被大人解读成"可爱"。于是她感慨童年一去不复返，只好不情不愿地走上无人喝彩的路，抒发"会当凌绝顶"的少年情怀。

长大，就是不情不愿，但又是义无反顾。

前天看了中央台的《开讲了》，已经78岁的舞蹈艺术家陈秀莲说"年轻与年龄无关。但是与理想的存在有关"。是啊，一个没有理想的人，便是老人了。

原来，追求，不仅仅是成长的需要，也是保持年轻的需要。人定不能胜天，但是我们应该在自己能掌控的范围内最大限度地做自己最爱的自己。

## 到底要怎样 ⌒ 2017-2-13

张小萌说：妈妈有时候很讨厌，让人不知所措。

比如：张小萌想要整牙，我找了一大堆整牙的后果，请她好好考虑考虑。张小萌不想整牙了，我又找了一大堆不整牙的后患，请她好好考虑考虑。一开始她觉得妈妈不支持自己的想法，所以很扫兴。后来她觉得妈妈出尔反尔，所以很生气——你到底要我怎样？

比如：张小萌不想上补习班，我举了很多的例子告诉她很多人都在上补习班，希望她认真斟酌。张小萌想上补习班，我又罗列了很多的坏处，希望她不要依赖补习班，请她再三斟酌。一开始她觉得妈妈对她不爱上补习班有意见，后来她发现妈妈原来对补习班很排斥——那么妈妈，你到底是什么意思？

比如：张小萌以前不复习功课，我说巩固很重要。张小萌现在觉得应该多做些课外题，我却又说做太多的题目反而会降低效率。

……

妈妈专门"唱反调"，张小萌觉得自己真的要被妈妈整晕了。

被这样对待的，不是只有张小萌，还有我的小同事。他们选A的时候，我总问："是不是选B更好？"于是有人就选了B。事后问为什么选B，他们会说："不是你要我选B的吗？你都忘了？"我没有忘！但这是我听到的最糟糕的理由！因为"你说的"背后，其本质是不作为，是思想上的懒惰，尤其可恨的是对更高职位者的盲从——这是对己、对人、对事都极大不负责任的体现。

其实，我什么意见也没有。但我，也绝对不会只是为了逗着玩。

我没有表达意见，只是提醒一下，做任何决定不能只考虑看得见的问题，还要想更长远的问题。考虑周全了，觉得当前的选择确实是最佳，并且能承受由此带来的后果，那就勇敢地去执行。我没有让你选择A，也没有让你选择B。我只是问，是得到A失去B你更能承受，还是得到B失去A你更加愿意接受。

最后的选择，每个人都得自己为自己做出。因为，我们都是独立的个体。

通常大多数人所做的决定，往往是顾着眼前的痛快，不会去考虑更长远的情况。比如饮鸩止渴，有可能是没想到鸩有毒，或者不知道有毒；我只是提醒一下搞清楚要喝的东西有没有毒，搞清楚了再考虑是不是无所谓有毒还是没毒。

值得注意的是，大多数选择不会立马看到后果。这就会让我们在一段时间内错觉自己的选择是对的。所以，这就更加需要在做出选择的时候养成辩证思维的习惯。

每一次"唱反调"并非是为了反对，而是婉转地指导你认识自己真正的内心，然后做出最符合心意的选择。

我不强求，因为能不能解读到，是一个价值观的问题，也是能力问题。

# 开学综合症 ⟨⟩ 2017-2-16

开学一周了，谈一下关于开学这件事。

其实，我可以想象张小萌对于开学的焦虑，16日报到后直接开始上课，接下去就要面对七七八八的课程回头考。经过假期的放松，那种争分夺秒的紧张想想都害怕，尤其是实在不想面对的数理化，扑面而来的压力让文科女感到窒息。

最怕看见她遇到困难时的眼泪，但她从来都不会在我面前控制自己的情绪——开心了就笑，得意了就狂，不开心就哭，生气了就恼。

她果然很焦虑。

15日晚上，因为感冒鼻塞厉害，呼吸比较困难，很难受。于是因为这种难受，她就呜呜地哭，哭得眼泪堵了鼻子，更加不能呼吸了，这下更难受了，索性大哭。张小萌真的很爱哭啊……

她说是因为鼻塞难受才哭的。我想是因为开学焦虑难受才哭的——开学是内在的原因，鼻塞是导火线。

本想不去搭理，可终究不忍心她不能安安心心去上学，于是一顿好言相劝。

我不知道，在张小萌无理取闹的时候，自己要怎样才能做到"气吞万里如虎"，每次都是向她的"无赖"低头。这么爱哭，是因为意志力太弱吧？或者，这么爱哭，是缓解释放压力的好办法？

第一天上完课放学，宣布作业很多。

第二天上完课放学，宣布作业很多。

第三天上完课放学，宣布作业更多。

第四天上完课放学，作业还好还好，但第二天有两门理科回头考。

这是第五天上完课，宣布作业超级多。

这开学一周啊。还以为可以慢慢进入角色，逐渐加快进程，然而，铁马冰河，杀得灵魂片片凋零。

挣扎着努力学理科的张小萌，与理科的缘分终究仅限于有缘无分，继续书写着"你在南方的艳阳里四季如春，我在北方的寒夜里大雪纷飞"这样的揪心故事。三角函数变换、圆周运动以及各种无厘头反应的化学物质，在不到一周的时间里就把她搞得灰头土脸。

回想起初中那段学习科学的苦难史，真怕，但又不怕——事实证明，办法总比困难多，虽然高中的困难是越来越大。

张小萌不能理解为什么别人看一眼就会的题目，自己就是想不明白，于是开始否定自己。

我说：张小萌，开门都用钥匙，你拿个锤子在那里砸门，能打开吗？钥匙开不了门，那也应该修钥匙，而不是换一个更大的锤子啊。开门一定要用钥匙，而不是大锤。大锤只会弄得自己精疲力竭。

是的，张小萌做理科，就像拿大锤砸门的"憨货"；就算砸开了一道门，又怎么还有力气砸第二道门呢？

但不肯认输的张小萌跟题目耗上了，使劲赌气，无法静心去找那把钥匙。

前半周就这样过得跌跌撞撞。

烦躁间隙，终于还是努力克制情绪尽量去分析问题，慢慢搞清楚一些不知从何而来的结论之来龙去脉。总算清楚了一些什么，但还是不甚痛快，因为没有很清楚。

亲爱的高中生啊，急不得啊，慢点终究学到了一些，太急反而会啥也没学到。打水的时候，急冲而下的自来水撞击杯底，杯底没有留下多少水；龙头开小了，水不紧不慢地流出来，时间虽长，但杯子能灌满。高中生若有所思看着水龙头，好像悟到什么大道。

道理都懂，可就是控制不了情绪。这就是成长吧。一次次撞南墙，偏不肯回头，然后一次次受教训，直到服服帖帖。做父母的总想把一生的经验教训都传授给孩子，让她少走弯路，可是每个人，大概是必须经由生活的教育，才能心领神会。

# 保持距离 ～ 2017-2-25

　　记录张小萌初中三年成长的《等风来》出版以后，广受好评。当我注意到自己仿佛略有"提供了一种成功教育案例"的想法时，心中有些惊恐，因为意识到表面的"成功"有时真的会让人迷失自己。

　　且不说"成功"本身就很难定论，更何况一个阶段的短期效应未必能说明长期的效应。这不过是一个真实的家庭教育的案例。

　　记忆中自己曾经是个"观望型"的妈妈，旁观张小萌的成长，在发现偏差时略做干预。但不知从什么时候开始，渐渐地变为"参与型"的妈妈。因为良好的亲子关系，了解到太多细节，相较以前对她的行为进行更多的教育。

　　过于注重细节，并非我所希望的。毕竟过于注重细节会蒙蔽对大局进行干预的准确性。我喜欢粗线条的基本判断。过于注重细节，会感到心累。所以，我向来是刻意和萌保持距离。这种刻意因为时间的作用而成为常态。

　　大约是初三以来，因为感觉她确实需要我，所以开始参与她的学习。这一参与，也因为时间的作用，而成为常态。时间的流逝是很可怕的力量，因为当某一种行为成为习惯以后，便习以为常，甚至觉得理所应当。

　　发现我对自己一些并不乐见的行为有些"纵容"。

　　比如说教，以前很少说教张小萌，但有一天我认为她该懂事了，有些东西她再不懂就来不及了，于是开始默许"说教"，认为其作为传统教育的一种方式，总归有一定的道理。为"说教"找到了理论依据，我便不怎么内疚，有时竟然根本不想刹车。

　　比如说训斥，以前很少训斥，但有一天我觉得她这个年龄应该达到某些认知而因为自控力的不佳而不够负责任，便好像正义在手，一定要把"邪恶"揭露出来。

　　比如不放心，记得她上幼儿园时我很不在意她的被窝够不够暖和，以至于老师打电话来提醒我该给她换厚被子了，可不知道为什么现在反而怕她衣服穿得不够暖，常常会为了衣服穿多穿少而浪费许多口舌……

　　这些毫无意义的太随意的婆婆妈妈的举动，皆因太过亲密，太过注重细节，太在意。可这又怎么能成为相互"绑架"的说辞？

　　陪伴久了，过多地参与她的生活，把她的重要性在自己的生活中放大了，大到自己变小了。力的作用是相互的，自己心累的时候，一定是让对方也感受到心累；自己感觉限制了自由的时候，必定是让对方也感觉到失去自由。

　　所谓的关心，仿佛只是一份爱意的表达，却起到了限制自由的作用。我所给予的无微不至的关怀和爱，所起到的温暖作用或许是煮青蛙的温水。

我问自己：太细小的爱，会成全什么？

关注这么多，终究是因为不放心吧？是怕她被教训，怕她吃亏，怕放手成为孩子走偏方向的罪责。但我知道，唯有生活的教训才是最好的老师。因为，终究有一天，在实现关注不到的时候，该发生的总会发生，该坍塌的总会坍塌。

相濡以沫，终究是为了最后能相忘于江湖，不成为彼此的绑匪。

# 春天来了 ∽ 2017-2-25

生命是一种奇怪的构造，蛋白质什么的有机物质，最后构成了生命体，然而还具有思想。而这个生命体，好像真的像春天花会开一样，到了春天，身体苏醒了，心花就开了。

张小萌说，刚开学，感觉班级里春意融融，平时不说话的同学，话也多了。

我说，是发春么？

大概吧。

刚开学的时候她跟我说，有人买了唇膏要送给她。我一直默默观察，很奇怪的是，过了2月14日，也没有看到那支唇膏。

很矛盾。应该说很庆幸她把这些"地下活动"告诉我，可又并不怎么希望听到这样的情报。

记得，《少年维特的烦恼》的扉页上写着一句名言"哪个少年不擅钟情，哪个少女不善怀春"，十七八岁的年龄，倾慕异性是很正常的，甚至或者还是好事。基于相互欣赏的真诚的喜欢符合生物学的科学道理。

虽然，张小萌跟我说了无数次"要做个清心寡欲的富婆"，可是这大好的春光，谁能保证做到坐怀不乱呢？

我只是担心虚荣心也在春天的时候开花，怕张小萌在别人春花灿烂的时候，接受"聊胜于无"的喜欢。

西川在诗里呼唤花"你就开吧，你就狠狠地开，你就轰隆隆地开"，可是再怎么样，梅花不会因为百花开在春天，就选择在春天争艳。因为它特立独行，只等待严寒的钟爱。

张小萌，你只要忠于自己的内心。

## 嗨，不生气 ∽ 2017-3-5

很快就发生了情况。

萌和同学去看电影，事前没有报备，事后也没有提起。我无意知晓后有点不知所措，因为是男同学。

她各种辩解。

我什么也听不进去，脑子里只有一个致命的问题："她啥时候学会了骗我？"后来想想很奇怪，我在乎的居然不是和男生看电影，而是为啥骗我。

稍后，又反思自己是不是多虑了。

每一个人都有自己的秘密。也许这些所谓的秘密在别人看来、在事后看来，都不值一提，但在当时当人，那便是不想为人所知的秘密。这便是隐私。

她既然选择瞒着我，一定有自己的考虑；任何人，哪怕是妈妈，也不应该剥夺自己拥有隐私的权利。

是的，每个人都有权保持沉默以保护自己的隐私。我应该选择尊重张小萌的隐私。无数次叮嘱以后，看她还是飞得东倒西歪，突然就闭上嘴，只是用力挥挥手，祈祷她一路顺风。

嗨，不生气。

## "渡劫" ∽ 2017-3-9

前一次追剧好像是6年前的《步步惊心》，那时刚手术，特别想用一种不同于常日的方式打发一些闲暇时光，于是便追了当时风头正旺的四爷与若曦。

这次倒也谈不上追剧，但总之是恰好陪张小萌重温了《大话西游》；又因为在书店的醒目处翻过几页《三生三世》，便也点播了几集《三生三世十里桃花》。

毫不相干的电影、电视剧和电视节目，却好像说的是同一个道理。那便是，要飞升上仙，必得历尽生劫。

22年前和萌爸第一次看《大话西游》，觉得很无厘头，很搞笑。20年里那些当年觉得可笑的台词都变成了经典。这次和张小萌看，才懂得嬉笑怒骂背后的无可奈何；原来的那些笑点，都变成泪点。这大概就是电影艺术高于电视剧的地方。每看一遍，都会有不一样的味道。而周星星，长于此道。

至尊宝终归是要去取经的。那些白晶晶和紫霞仙子，不过就是他成为一个合格取经人必须要经历的情劫。每一滴眼泪，每一次不堪回首的狼狈，包括那份很有前途的职业——山贼，都是命中注定的。至尊宝的命数，就像被压在五指山下的孙悟空，逃不出如来佛的手心。

本是用来消遣的《三生三世十里桃花》，居然元气十足像一部能量宣传片。

小仙想要成为上仙，便要受得住天雷滚滚，被天雷轰得天昏地暗还能擦干鲜血站起来，躲过了一劫便飞升了。

天赋异禀的上仙才有机会飞升成为上神。从上仙，到上神的路，便一定是足以让人灰飞烟灭的大劫。

人人都不想遭劫；可没有劫，无论如何也飞升不到上神。所以这劫，便是令人既渴望又害怕的时机，就看你是被摧毁，还是经受住。

即使是神仙，因为经受不住劫，要么灰飞烟灭，要么被打入人世受苦一世，历经看不透、舍不得、输不起、放不下的生老病死的苦。

只要留得元神在。

既然，九重天的太子都必须要历劫方能飞升，每一次历劫必定遍体鳞伤，普通凡人又怎能奢望没有一点挫折？

前些天，总是为萌有些莫名的担忧，怕她年少轻狂误入迷津。自看了《三生三世十里桃花》女神的飞升之路，便释怀了许多。毕竟，历劫是飞升的渡口。

以后，每次为张小萌担忧的时候，都会告诉自己：不必忧虑，那不过是成长，那是因为又一次的蜕变——每个人的成仙之路必有该有的波折。

每一个"别人家的孩子"身上，都有自己孩子的影子；每一个自家孩子的身上，也都有"别人家孩子"的痕迹。我在等，我会陪。因为我有期待，也有耐心。

# 自知 ∽ 2017-3-13

或许是因为我正在变老，而她确实成长了，母女相处的时间慢慢变成了我的话越来越多，而她越来越惜字如金。

怕有些话再不说就没机会了，怕有些话说了她没领悟，怕有些话说过了她忘记了，所以，就开始重复，或者进一步解读"话中话"；我便明白了，父母之所以唠叨，之所以命令，是因为感受到无能为力。这些唠叨便是无能为力的挣扎。

我的无能为力，是因为她自身的气场越来越大，而且外界对她的影响力也越来越大。这两种力量的一再扩张，我那向来稳操胜券的掌控力仿佛顷刻间便会分崩离析。

好似法力极高的神，最后也要归于混沌。

她总是热烈地向我推荐她喜欢的新曲，让我看妙不可言的歌词，让我听天籁般的歌喉，还有令人陶醉的节奏，可我更多想知道的不是这些。于是，她热烈地推荐我听新曲，我热切地想知道她在学校的所见所闻所想，好像同时开着两个聊天框，各顾各自言自语，得到的回应都是对方沉默的表情包。

因为相处的时间越来越少，我便有点恨周末的工作。这往往意味着我们不能有一个较好的及时沟通。凡此这般几周下来，我便很难踩中她的热点。

周六晚上，她终于听完一天的网课，我终于送走一天的考试，便有了一起散步的时光。也不知怎么回事，这次她说了很多关于高中的忧虑。

她说：初中时总有老师成天在耳边训诫，如果不努力便落得如何下场，虽不以为是，但总让人有些莫名的紧张感，所以稍有放松便觉得罪过。高中老师都和颜悦色，很少有人提醒不努力会如何，偶尔会有惶恐，却不知道该怎么用力，所以会紧张。

她说：初中时有活动课，大家拼命赶作业。到了高中，无论一天新课下来有多少作业堆着，一到活动课大家还是都往外跑，好像故意不把作业当回事。时间久了，便也习惯这样了，活动课便就是活动课。

她说：初中时遇到不会的题，大家纷纷往老师办公室跑，追着问问题。现在偶尔想去问问题，可没人一起去，慢慢也就没有了问问题的动力；和老师的距离也越来越远，问题就成了历史问题。

她说：初中时考了70多分便觉得很差很差，现在50多分才是不及格，即使考得再差，开始上新课了，便匆匆忙忙赶新课了，也就不理会那问题多多的功课了。

她说：高中真是可怕呀。一不小心就堆了很多问题，多到没有勇气面对。

她说：以前只要读书好就觉得什么都有了。现在想把书读好，也想参与更多的活动，希望受同学们欢迎，想要有丰富的高中生涯，可又没有把一切摆平的能耐，很难静下心来一心一意地学习。不想要自己只是盯着读书，可又不喜欢自己这么贪心。

她说：初中时老师总有许多命令，去接受总不太会错。现在同学都有自己的看法。当我的看法与大多数人不一样的时候，便会受到质疑，于是怀疑自己到底对不对。

她说：最可怕的是温水煮青蛙。因为在重点中学，无论多么不堪，老有一种其他学校的很多人在给自己垫底的错觉。这就使得人看不清自己所处的位置……

人贵在自知。因为有这份自知，在某些肤浅的行为背后依然会守住是非底线。

人的世界变大了，要面对的问题便更多。有些是问题，有些却未必是问题。任何事物总也有好的一面。比如这份"空闲"，或许浪费了学习的时光，可多了这份思索，谁又不认为这样的人生更加丰满有灵魂呢？藏在内心的不妥协的坚定，才是"苏世独立，横而不流"。

人性有弱点，所以谁都不完美。那个自知并且努力不让弱点横行的，便是英雄。

# 自欺 ∽ 2017-3-17

放学回来，张小萌很不开心，说：单元测验没有监考老师以致不少同学偷看，班主任决定不将本次考试成绩计入总评。不开心是因为对该单元成绩充满期待，对老师做出的决定表示遗憾。

我和萌爸异口同声问她有没有偷看。她说想但没做。然后我们两个以前所未有的严厉声讨这种念头。本想得到安慰的张小萌对我们的小题大做很是不服气，何况自己并没有偷看。

我和萌爸在待人处事上有许多不同，但是对于"学术诚信"持高度一致的意见。

其实我对萌总体上是有信心的，但鉴于不少学生把抄袭作业和偷看成功当作"幸事"，也担心这些所见会悄悄改变她的认知。比如，她会发现原以为严重的事并没有后果，那些抄作业的全对、偷看答案的高分反而得到了老师的表扬，甚至有时候还会受到"假清高"之类的嘲笑。

大多数学生对失信无所顾忌，根源在于家长对诚信的不屑一顾。

曾经遇到过一个小学家长，为了自家孩子考试成绩突出，专门去买了学校用于平时测验的试卷。每次考前让孩子做一遍，次次都能获得好成绩。老师以为这是个很优秀的孩子，甚至期末考了低分还以为不过是一时失误。发现真相时，家长还振振有词辩护："我就想让孩子考个好成绩，有什么错吗？我家孩子考得好，你不开心吗？"可怜的孩子，从一年级开始，就被自己的父母开始精神下毒了。

曾有一次处理作弊学生，家长跑来论理："我家孩子是个好孩子，他奶奶身体不好，他就是想考个好成绩让奶奶开心一下。这难道有什么大错吗？"

有那么一瞬间我是语塞的，实在想不清："为什么有些人明明是错的，却还是错得理直气壮？"

按照他的逻辑，抢银行的人想让家人过上好日子，那么我们就应该赞美他？贪官收点钱送孩子去国外读书，我们都应该谅解他？

相信世上的人不舍得对自己下毒，大多数这样做的人或许正在为自己得了便宜而沾沾自喜。

口渴的时候，千万别拿毒药解渴。

# 难题 ⟡ 2017-3-19

道高一尺魔高一丈。小天使一转身就变成了小魔鬼，瞬间就能击破为娘苦心修炼的道法。

自从出了《等风来》，那些走投无路的妈妈也会寻上我这个土郎中要一贴万能的"狗皮膏药"——感觉我这茅草诊所都快赶上能治"不孕不育"了。

前几日有个读者把《儿童心理学》中一段文字发给我，说《等风来》中我对张小萌的教育很符合书上的学术理论，相当于是理论的现实案例。我很感谢这样有依据的肯定，好让我觉得自己不至于在祸害他人。因为我很怕读者把这"苦儿流浪记"当作"成才真经"。

朋友遇到了头痛的问题，上高二的儿子想出国留学，连中介都已经找好了，就等爹娘点头、给钱，好拔腿走人。做爹娘的一脸黑线，没一点心理准备当然不同意。当儿子的便不高兴、不合作、不搭理人。朋友问我咋办。

我也没招。因为这么具体的宏大的选择还不曾发生在我们母女之间。朋友家经济应该不成问题，可情感上舍不得，又不放心国外的安全，实难爽快答应。

咨询了一下张小萌的意见，她说："好男儿志在四方，人家小小年纪就有这份主见和魄力，当然要支持呀。"你看看，这就是两代人之间难以逾越的沟壑。做父母以为自己言之有理，当孩子也以为自己十分有理——做自己，有啥问题？

张小萌正在写随笔，问我可以打个几分。

我说：我读一下，给个客观的分数。

张小萌说：读什么读，就不能给个高分让我开心开心。

我说：你咋这么无赖，既然这么要求，那就99吧。

张小萌说：都99了，为啥不是100？你终究还是不能随便给个高分。

我说：那就100吧，让你高兴一下。

张小萌说：这也不好，你还是仔细看看给个客观的分数吧。

于是我给了87，原因是开头不错，本来可以给个89，可是结尾差不多就是狗尾续貂。

张小萌有点悻悻。

这就是做父母的不易。因为孩子对父母的要求，既想得到最大的开心，又希望父母能对自己负责。而良药苦口、忠言逆耳，尽到责任又要让娃开心，谈何容易。

我想，朋友家的娃肯定很想父母遂了自己的心愿，可又特别希望父母能切实考虑周全不要做出一味迁就的决定，那么，在心愿的遂与不遂之间，总该都学着去接受更加理性的选择。

毕竟，有分辨力的人，再也不能靠"哄"骗取一时的"高兴"了。

# 恋爱观 ∽ 2017-3-25

**观点一：如果遇到你花光了我所有的运气，那么请你滚**

网上流行一句很文艺的表白——"遇到你，花光了我这辈子全部的运气！"深得少女心，无数人转发。

萌说，这话看了怎么这么气人！

一直到有一天看到"如果遇到你花光了我这辈子全部的运气，那么请你滚！"萌说：解气！就应该这样！！！

于是，揣着几分不安的我，稍稍释然。

**观点二：谁都有分手的权利**

有个高二的女孩因男友抛弃自己而寻死觅活，天天在QQ空间向全天下宣告"我等你"，不时上演以泪洗面的苦情戏。

女生们很同情这个女生，纷纷声讨渣男。

张小萌说：为啥我觉得这个男生好可怜？谈了个恋爱分了次手，然后就被全天下骂成"渣男"。虽然他是很渣，可他总有分手的权利吧。

我说：好像是呀，何况他自己都没长大呢。

萌说：一开始我觉得女生可怜。现在我觉得，男生天天这样被情感绑架，也受不了。

我说：对啊。萌萌以后要擦亮眼睛呀，既不要成为别人的累赘，更不要给自己找个累赘。

萌说：我不敢在同学面前说我的观点，要不然我肯定会成为全体女生的敌人。

我说：心中坚持自己的想法就可以了。沉默并不代表妥协，而是代表保留意见。

**观点三：谈过恋爱就要"贱卖"了吗？**

好朋友够贴心地警告萌萌：一定要找那种不会撩妹的男生，因为这样的男生没有情感经历。

萌大惑不解：为啥呀？

朋友说：如果人家谈过恋爱，那你不是吃亏了吗？

萌说：难道谈过恋爱的都要贱卖吗？

朋友说：对，所以你以后要是谈过恋爱，也要装作没谈过，不然人家会计较。

萌说：很奇怪啊！跟别人交往过，然后选择了自己，不是说明自己比人家优秀吗？因为他都有比较了，做出的选择不是更加慎重吗？

朋友觉得张小萌朽木不可雕也。

**观点四：人还是要勇敢一点**

同学们从来都不反对老师的意见；反正老师要求啥，照做就是了。

张小萌很遗憾，说：同学们啥都好，就是没有"一腔孤勇"，被动地接纳自己并不乐意的事情，没劲！

张小萌最近喜欢一首歌《借我》。她十分欣赏里面有一句歌词——"借我亡命天涯的勇敢"。她说，虽然人生不一定非得亡命天涯，但那份勇敢还是很宝贵。

确实，起码曾经有过少年轻狂，才能算得上是少年吧。

但愿任何时刻，你都会毫不留情地让那些"耗费自己运气"的人和事滚蛋！

# 插曲 ⌒ 2017-3-30

早上到办公室，突然想起张小萌要化学单元测验，于是很认真地用意念祈祷，希望她考好。

张小萌是个很在乎心理作用的人，每次考前都要跟我睡，说要沾点"学霸"气息，然后早上出门都会跟我说："妈妈，你要祝我考好哦。"我每次都笑答："当然。"

其实，我一次也没有认真为她"祈祷"过。因为我认为自己肯定是希望她考好的，没必要做一些"无聊"的虚无的活动。最重要的是，我觉得考试不过就是一个教学环节。

可早上的时候，突然觉得应该为她郑重地祈祷，突然相信美好的祝愿会在祝愿的对象身上得到苏醒。

这主要源于昨天晚上小萌的眼泪。

昨天数学没考出理想的成绩，而复习化学又遇到重重困难，让她感到自己的无能和无助。萌从前遇到困难在我怀里痛哭一阵就好，如今她已不愿把无助暴露在我面前，而我对她的困难确实也给不了有实际价值的帮助。

考试没那么重要，但成绩是对付出的一种肯定。持久战战得再持久，更需要一次次的肯定，才能有更大的力量往前走。

没有几个父母生了天赋异禀的孩子，他们一路过关斩将才得以笑傲江湖。张小萌也不是那种资质优异的孩子，所以读书还是很辛苦。但哪怕普通如小萌，也一样是别的家长羡慕的"别人家的孩子"，也有许多人羡慕我们有她这样"懂事又有才"的女儿。

看到张小萌在化学题面前无能为力的样子，知道她正在内心激烈地否定自己，我是多么希望她知道"我已经很不错了"！

跳出眼前的"局"，看得更远一些，方能回归到如何做一个"更丰富"的人。可是，高中生张小萌没有时间和精力来诠释"更丰富"，因为要对付这几天的单元考，于是拒绝散步，拒绝安排一切外出活动——很多次她爸兴奋地准备陪我们郊游，可是最后都被小萌的"我要做作业"无情拒绝。

很多从前用过的安慰，现在变得很苍白。因为她所想要的，只不过是用鲜花来证明春天。

努力是为了什么？是为了内心的丰富、自我的张扬和无价的自由。任何东西都没有比生命的丰满更加有意义。就生命的长度而言，一次考试一次作业，真的不需要在乎的。但考试如此密集，以至于张小萌没时间去想什么"生命的长度"。所以我就认真地祝愿她考出好成绩。

## "特困生" ⌒ 2017-4-4

说好的7点起床，可她歪着头、微张着嘴，四仰八叉地摊在被窝里，每一次沉沉的呼吸好像都在努力抽出体内密度很大的浊气。

前天她给自己定义了一个新身份：特困生——就是给多少时间都睡不够，特别特别困的学生狗。周一到周日，整整一周课终于结束了，以前总是首先想到去银泰城腐败一下，这次却在吃完晚饭的第一时间倒在沙发上，迷迷糊糊还嘟嘟囔囔要我给她按摩按摩。

"特困生"？呵呵，这个词倒是新鲜。张小萌损自己从不手软。我喜欢她像个旁观者一样谈笑自己的窘迫，好像在开涮一个毫不相干的人。

特困生很纠结，明明睡不够，可洗漱完毕，却不肯睡。因为这是一段属于自己的时间，想娱乐一下，提出要我陪着看宫崎骏的影片。时间不早了，很想勒令她睡觉，可也理解她那想要娱乐放松的心情，不想扫了她的兴，于是深明大义说"好"。

特困生她妈也特困，做了无数付诸实际行动的努力和困意做斗争，但终究在剧情还没进入高潮之时，完全被那种叫作瞌睡虫的东西征服，于是很抱歉地任由自己的脑袋倒向枕头。

后来，她也没有看完，因为瞌睡虫这种东西不是依靠意志力可以抵抗的。

周一放假，但早上还是没能痛痛快快睡个懒觉，因为有网课。她曾说不想听课了，但7:30一过，还是挣扎着起来了，闭着双眼、摸索着衣服，努力找准方位把衣服穿整齐。

大概所有的中学生都是特困生吧。这是一个奇怪的人群，好像永远清醒，又好像始终迷糊。

## 拍照 ∽ 2017-4-14

张小萌经常背着单反去学校。

就张小萌的水平，虽然举的是单反，但也只能算是拍照，谈不上摄影。

但这不妨碍她在学校有点风吹草动之时背了相机去咔咔咔……开始不过就是好玩，后来加入宣传部，被安排各种拍照任务，什么校园明信片，什么建校120周年纪念照……拍得多了，竟也讲究起画面布局，开始在乎远近镜头的处理。

水平还谈不上，但名气倒也不小。学校里有什么赛事，都有人拜托张小萌务必带相机雁过留"痕"，篮球赛、运动会、远足、班会，甚至每一次出黑板报，都不能错过。张小萌顺便正大光明地由着自己的喜好浑水摸鱼拍了一堆她心仪的"男神""女神"，而我们也顺便看到了学校二三事，大多数时候还配上摄影师手舞足蹈的讲解。

以前选修课总想着学点"有用"的东西，比如数理化啥的，这学期索性报了摄影课，大有一番要大干一场的意思。

于高中生而言，拍照这件事真的全无用处。可开心这种味道，绝大部分来源于

"无用"。读书再辛苦，也不至于要夺走关于幸福的全部。我倒希望，她还真能从这"无用"中得到一些自得其乐的小确幸。

只可惜，没人拍下张小萌屏气凝神盯着镜头对焦的模样。

# 动力 ∽ 2017-4-23

马上要期中考试了，那么多功课都要从开学的考到现学的，旁观者看看都觉得头皮发麻。

张小萌平日里做作业都忙不过来，磕磕绊绊、跌跌撞撞，好歹也是一路偶尔清楚偶尔糊涂过来了。没办法呀，身为理科生的娘和爹，没机会重新洗牌把自己的理科基因多传递一些给这娃。看文科生啃理科的样子，急得旁观者很想直接自己帮她啃了。

可是，不成的呀。

所以，张小萌毫无脾气向各种函数、向量、数列、有机、无机、牛顿和焦耳等"黑暗"势力低头，勤勤恳恳刷题。我呢，毫无脾气看她备受折磨。

爱，是双方之间共同的心跳。张小萌和理科之间的感情，建立在责任感上，而理科，却不懂风情，不怎么理解责任的伟大。

"张小萌，吃饭啦——"

"等我做完这一题。"然后，漫长的等待。

"张小萌，出去走走——"

"不行，作业都没动呢。"我就在旁边不断呼唤"张小萌，张小萌"，一直到她投降，赏脸一起去散个步。

"张小萌，作业那么多，是不是很想扔掉啊？"

"哎，还好吧，反正就这样啦。"

……

"妈妈，我最近有了3个成为我学习动力的人。"

"3个？都是谁谁谁？"

"一个老师，两个同学。"

"没有你妈？"

"我说的是学校里的动力，你不是学校里的。"

"那我也是吗？我能顶3个吗？"

"当然是！当然能顶！"

多让人开心的事啊。其实无论动力是谁都不是很重要。相信能成为动力的人应该是正能量的人。我也知道人在每一个点都应该有来自他人的动力。

"有动力的感觉是什么样的?"

"想让自己变得更好!也相信自己能变得更好!"

好吧,梦想还是要有的,万一实现了呢?!有动力,总归也不是坏事——安慰下我自己。

# 缠斗 ∽ 2017-4-29

作为高中生,谁也不能轻视每一次考试,何况还是期中考试。

今日娘儿俩换了战场,去学校图书馆用功。张小萌大战氧化还原反应,彻底被原电池电极反应打垮了。

想当初我高中三年有两年班主任是化学老师,高考化学也有90+。大学上的是冶金专业,三分之一的专业课是各种化学课:有机啊、无机啊、分析啊、物化啊。大学绩点全年级第二,毕业论文做的还是跟化学有关的甲壳素渗析膜分离某离子的研究,应该也是小半个化学专业人士。可是为啥我的娃在化学面前束手无策啊?

真的替张小萌着急,和数理化的缠斗如此焦灼,根本无暇顾及其他6门课。期中已是问题成堆,期末又当如何?

我本来想她读高中我就解脱了,反正我也搞不懂她的功课,所以随她去吧。

可是她非要搞懂!可又真的困难重重!于是她一边哭一边缠斗。

人心都是肉长的,我也不忍心。只好拿起她的化学教材研究起来,决定此番一定要帮她把这个电池搞定了,把氧化还原弄通了。

我觉得我此生最有耐心的时候,就是长吸一口气准备和张小萌一起打怪的时候。我做好了所有准备,无论多大的阻力都决不妥协。我又想起当初我站在跑道上陪跑800米的那种大无畏精神,那一刻我感受到自己身上确实存在跟伟大相关的爱。

跟张小萌讲原理,千万不能出错。因为她很可能对你讲错的印象深刻,当成真理,日后会在错的路上渐行渐远。

终于还是让她松了一口气,她觉得自己理解了,转而又得意起来,以为自己无所不能了,之前还希望考试别考这一块,转而又特别希望考试能考这一块。我看着懂了点皮毛的她那个得意劲,想提醒又不忍打击,劝她自己再回顾,并且把我当菜鸟给我讲解清楚。她才定下心来理了理,然后信心满满地给我指点起来。

我只想说,张小萌啊,任何时候都别失去信心,办法总比困难多,这些困难其实都是纸老虎,只要你静下心来一定可以战胜的。我还想说,张小萌啊,期末的时候问题会堆积更多，那时候你要记得今天我们越过一个障碍，以后我们也可以越过一个又一个障碍。

不要因为困难多就绝望。一个一个来，解决一个是一个。

# 病因 ⌒ 2017-5-3

4月中旬，张小萌突然腹痛，连夜去医院检查、吊针，好一通折腾。虽然做了B超，但是食物中毒、受冻着凉、肠胃问题还是寄生虫所致，并未可知。

如此，时好时坏，每天晨起饭后腹痛，白天也时而来电因为腹痛中途回家，也不时因为腹痛半夜醒来，不明原因。每次突如其来，然后又突然无影无踪。

又一次腹痛从学校中途回家，决定再次去挂专家号。

挂号费不便宜，却没配什么药。经过一阵望闻问切，专家说最大的可能是学习压力大、精神紧张导致胃部神经痉挛所致……

专家的诊断，印证了我的猜测。由于始终对每次的病因都带着模棱两可的不确定，萌爸在前几天曾跟我说会不会是紧张所致。而我，在她连续腹痛3天以后，就开始怀疑是这个原因了。

差不多是4月初的时候，和萌聊起学校生活。她说不少同学晚上失眠。当时她很不能理解，因为她都睡不够，倒下就能睡着，纳闷怎么还能有人睡不着呢。

我心知那是同学们学习紧张所致，所以每次看到她像头小猪四仰八叉地酣睡，我心里总是特别安慰。

每天晚上11:00~11:30睡觉，早上6:10起床，实际睡觉的时间不足6.5小时，在越接近期中考试的时候，睡觉的时间越加得不到保证，这还仅仅是对付作业。

而她的同学，据说有到夜里1:00以后才睡觉的。

学习的紧张，在不同的人身上有不同的反应。当我在庆幸她能酣睡的时候，紧张却以"腹痛"的形式表现出来。一天爆发几次的绞痛，无论如何不可能等闲视之。

我便比往常更加尽心一些，勉为其难做她能接受的健康饮食，比往日更加耐心陪同复习，尽量让那种无形的压力能够有效缓释。

大概是因为身心疲倦的缘故，这段时间萌显得比较娇气，也更依赖我。每天上学都像儿时一样一遍又一遍说"妈妈再见"，早上起床时我也会以打开音乐的方式帮她清醒。最近她喜欢《成都》，所以起床铃声就是《成都》。

放松是减轻腹痛症状的良药，有助于减轻焦虑感。一是尽量提高复习效率，让信心填补焦虑的空缺；二是尽量减少焦虑的刺激，学会在适当的时候放弃；三是适当运动和娱乐，使大脑从过度的劳累中解放出来。

效果还是比较明显，除了偶尔吃冷的出现腹痛，这几天腹痛的次数明显减少。最重要的是，学习觉得累了，对于打开IPAD看影片、在午后小睡片刻以及花半天时间去爬山，都欣然接受了。

大概是因为放假几天在放松之余仍有不少收获，张小萌说：期中考试后还得审视一下自己的学习方式，钻牛角尖的方式真要改改。我立马拍手叫好。而她又沉吟片刻，说："难！"因为功课太多，作业太多，难以有自己的时间去总结、解决学习中的存在的问题。

但在身体出现信号这个点上，我们要做的，不是继续战胜自己，而是退一步放过自己。一张一弛，是不变的文武之道。

# 期中考试后 ⌒ 2017-5-6

磕磕绊绊，满满当当3天的期中考试，每天回家都是"炸了炸了"，数学化学如何难，语文政治又如何拿不准答案，只有物理因为竟然完成了全部大题而感觉稍稍舒心，英语因为别人觉得偏难而有几分庆幸。

考完总要面对成绩，应该还是因为紧张过度，考后第一天去上学又腹痛难忍，终于在上午不得不中途回家。

想到即将出台的成绩惶惶不可终日，数学能不能及格？化学会不会分数很低？政治也有不及格的危险……如果3门不及格，那要怎么办？

"一次并不具备决定性因素的考试，无非就是一种检测——没有满分是提醒我们有努力空间，没有零分是告诉我们还有希望，纠结成绩是时间和情绪的双重浪费。"

张小萌对我的话很不满，说你为啥不像以前那样安慰我。

我说，因为我认为你比以前更加坚强，因为我认为你理所应当比以前更加坚强，而且，你明白安慰不过是一剂并不能根治疾病的止痛药，无益于根治问题。

张小萌"无赖"地要求我安慰一下，我很固执地不肯在言辞上过多地表达。

终于，各科成绩的短信陆续发来，化学还是挂了，其他都勉强过得去，以为差的也没那么差，以为好的也没那么好。

张小萌也从期中考试的失利中逐渐恢复元神，连说"靠谱，靠谱"。

好好差差，可算又躲过一劫。

# 选考科目 ∽ 2017-5-9

期中过后，确定选考的科目提上议事日程。

选什么？这是个难题，以至于市场上已经有了专业的选科软件和选科指导专家，但无论软件和专家多么专业，每个面对的人还是会纠结。

张小萌的选择也很困难，主要原因是没有特别擅长的或者没有百考不倒的"万里长城"。

选相对擅长的文科？还是考虑影响未来专业选择的科目？

娘儿俩并坐在草坪边的石槛上，天上月亮正圆，初夏清风徐来，今晚的天气煞是清凉。我想，这场景会是很多年后我和她分别在不同的地方共同的回忆，或者出现在未来的某一场梦中。

张小萌说：我想选物理！

啊？物理？那你该面对多大的困难啊？你确定？为什么？

萌：池塘里放了一条鲶鱼，或许会咬死几条小鱼，但这池塘却活了，有生机了。这物理就像是那条鲶鱼。我要是都选择了相对擅长的文科，一直记记背背，脑子里全部都是文字，那我的大脑会在某种惯性思维中慢慢僵化。物理虽难，可它会带给我不同的思维。

我：你要练思维不是还有数学吗？更多人会选择相近的学科，因为可以学得方便一些，省力一点。你选跳跃幅度那么大的，学习的压力会很大。

萌：我从初中开始，就一直在跟物理缠斗，大部分的时间和精力都花在物理上了，一旦学考完了、放弃了，感觉之前的努力都白费了，觉得空落落的。

我笑：你跟物理还斗出感情来了？

萌：我觉得大多数人选科是基于两种考虑，一是自己擅长的，为了高考得高分；二是选择专业面大的，为了有选择热门专业的机会。这两种选择看起来很理性，但其实都是妥协，都是为了高考，太功利。我还是想学自己想学的、想挑战的。其实专业无所谓好坏，没有一个专业好就业，但也没有一个专业一无是处，只要学好了一定都受欢迎。一辈子如果从事了一个热门的但自己并不喜欢的职业，那不就是胡乱地过了一生。你说对不对？

我说：很对！你果然一点也不将就。敢于"明知山有虎偏向虎山行"的人，是勇敢的人。

虽然接下去的选科到底选什么还未定，但这勇气足以让我欣慰。因为起码我知道，你还没有被大量的考试所催眠，你还是一个鲜活的少年，你知道自己是自己。

## 目送 ❤ 2017-5-23

张小萌在窗下等车，家里朝"车站"的三个房间的三个窗口有三人静静伫立——她爷、她奶、她爹，默默看着这楼下浑然不觉的背影……

而我，已经不知道在这窗后，拍了多少她的背影，穿不同季节的校服，背不同颜色书包，梳高低各异的马尾，明明都差不多，却一张也舍不得删除。

还有什么比这更长久保鲜的爱情，十六年来如初恋！

还有什么比这更和谐的多角恋，因为爱她，所以宽待彼此。

## 朋友也需要距离 ❤ 2017-5-27

因为出差，两个晚上我不在家；张小萌每天在家闷闷不乐，说想我。等见了我却不理会，多问了几句，泪雨滂沱淹没了一座叫作"友情"的城。

今早醒来，大大的双眼皮都变成了单眼皮。张小萌考砸过很多回，都没有这样痛彻心扉的难过。

每当看到她对朋友贴心赞美到无以复加，我就担心有一天可能会受伤。作为一个理性的人，也曾一次次暗示她，人和人之间的相处要保证自己独立的空间，友情既要经得起陪伴也要经得起搁置才会长久……

可是，张小萌心目中的友情是无话不谈，穿一样的衣服，戴一样的发夹，毫无条件支持对方的一切观点，甚至把自己的QQ密码都告诉对方。

为此，我多次提醒"你要学会拥有秘密，留一个没人可以窥见的角落"。

但她终究是她自己，QQ也是她的地盘，所以反对无效。我只能说少年就是清澈见底，只能祝福她遇到友情的真爱——没有兄弟姐妹的娃，有个贴心的朋友也很可以。

我不习惯有那种要参与我一切的朋友，不习惯把私密的事情和任何人交流。

张小萌不屑，说那样多没劲。张小萌什么好事都想着人家，好像她对别人有着重大责任。

然而，最近她不常说到人家。我觉得有些奇怪。连她自己也偶尔自言自语，说最近某某经常和别人在一起。又过了几天，她从别人那里突然知道自己早就被人家抛弃了，自己曾经吐过的槽、倾诉过的秘密早已满天飞……

如梦初醒的张小萌晴天霹雳，一时不知所措，怎么也想不明白友谊的小船怎么就没有症状说翻就翻了呢。

张小萌不是第一次被友情抛弃。是因为什么原因或者什么误会可能并不重要，重要的是在人际交往中怎么保护自己，起码不受到失去友谊之外的二次伤害（比如隐私被泄露，比如某个自己偶尔产生过的念头被广而告之）。

一个思想独立的人，应该是一个拥有完整自我的人。所谓完整的自我，就是不会跟别人分享自己的一切秘密，从某种意义上说跟任何人之间都是有边界的。

那种亲密到不敢稍有距离的关系，距离会成为亲密关系的隔阂。需要通过各种形式、喋喋不休来表达感情的关系，貌似亲密，实则廉价。真正的朋友是不在乎距离的，也不必过多表达自己。

任何一份感情在失去的时候，流着眼泪追问过去的誓言毫无意义。过去应该是真的，只是时过境迁，总要变化，发酵会酿出佳酿，也会腐化变质。

友情的考验是一次人生课的考试，就算被伤害也不放弃对世界抱着最美好的期待，就算被辜负但依然对对方抱着善意，那就是考试合格。

张小萌改了QQ签名："我一个人就是千军万马，四海潮生。"

## 懂了，不一定真懂 ⟨∽⟩ 2017-6-1

端午小长假。

周日张小萌上午上网课、下午看电影，周一上午参加英语口语比赛，其他时间做作业。

因为没有搞清楚英语竞赛的选题规则，所以没有做好准备，以至于这次出场几乎成了难以释怀的"黑历史"。

电影是《摔跤吧，爸爸》，关于雷霆万钧的爸爸和意志坚强的女孩之间的故事。笑了三分之一的时间，平静了三分之一的情节，还有三分之一时长总有泪水涌上眼眶。

用一种"强硬"的方式爱孩子，不是我的主张，但足以让我陷入思考。

在骨子里深信没有自我觉醒的说教没有任何意义。觉醒，需要外在的呼唤。这种呼唤，绝不仅仅是春风拂过小溪。"惊蛰"不是需要春雷吗？

吉塔和巴比塔背摔在地上时轰然沉闷的地动山摇，吉塔第一次离开家前往体育学院后任性变化，爸爸无助而失望的痛苦，爸爸放下一切到吉塔身边帮她重新站起来……无不令人动容。最后，在毫无心理准备、爸爸缺席的情况下，吉塔终于战胜内心的恐惧用实际行动证明了在"爸爸不能来救自己"的时候，"凭自己力量战斗，尽全力……救自己！"

教，最终是为了不教！

这个电影的设计出乎意料。因为肥皂剧总是在关键时刻有关键先生闪亮登场，而电影里吉塔最关键的一战中却没有主心骨爸爸的出现，但也是在最关键的时刻，对爸爸无限信任而非常依赖爸爸指导的吉塔，在濒临崩溃的时候拯救了自己。

这使我想起我和张小萌。每一次在她失落时伤心时无助时参与她的信心重建，每一次遮风挡雨，更多是想用实际行动的"示范"告诉她——不要怕，这样子去面对就可以了。我不说，但心里却在一遍遍问她："你明白没？你可以吗？"

张小萌曾说，上课听课都没有问题的原理，做作业的时候就没有章法了。读书如此，为人处世亦是如此。也许我每一次"示范"时她都懂了，可真的遇到却想不起来该用什么招数。

看到花不只有花，看到花能看到整个春天，示范才有价值。

吉塔离开家进入体育大学，以为拥有了世上最先进的技巧。然而，技巧如果不是建立在实力的基础之上，不过就是技巧，很可能弄巧成拙。见过了大世面的吉塔认为爸爸已经落伍了，在过分追求技巧的同时投机取巧的心理不断发酵，惨败之后对爸爸的依赖又变得无以复加；后来在爸爸的教导下又重新变强，但变强的只是她的功夫，她在心理上实际上已经成为一个真正的侏儒，因为她不再相信自己……

真正让吉塔脱胎换骨的是从最无助的挣扎中顿悟的那一刻，把爸爸传授的"内功心法"内化成为自己的力量。这是一次真正的胜利，不仅仅是赢了摔跤比赛，不仅仅是为女孩而战的胜利，更是超越自己的胜利——一个新的吉塔终于真正诞生了，她找到了她自己。

那些波折不过就是波折，只要自己不倒，没有谁能打败自己。电影背后的道理，你要去实践。

## 多维人 ⌒ 2017-6-15

张小萌是个依赖性超级强的娃，在家成天"妈妈，妈妈"，一点点事情就找妈妈，就像没断奶的娃找奶吃。张小萌还是个很不讲理的人，我错是我错，她错也还是我错，总之她全都是对的，有时候懊恼得我想跟她断交。张小萌脾气瞬息万变，一言不合就开心，一言不合又不开心，总之跟她在一起有种过山车的紧张感……

这样的张小萌做了班级的团支书，让我有种不真实的恍惚。

可她说离开我她就超级有耐心，超级坚强，超级有计划，超级超级好脾气……每次她这么夸自己，我好像看见牛在天上飞。

班主任说她做事靠谱，组织能力特别强，还说以后一定有前途。所以我就很纳闷，这真的是那个磨人的小妖精吗？

我问张小萌：你会在任何人面前表现一致吗？张小萌断然否定，说在不一样的人面前当然是不一样的自己。

那么哪个是真正的你呢？张小萌肯定地说：每一个都是真正的我。

高一已然来到期末，班级竟然被评为全年级唯一的一个市级优秀团支部。张小萌洋洋得意说，这起码有50%以上的功劳都是她的。就凭这霸道总裁，凭这任性公主，凭这磨人小妖精，还能领衔市级优秀团支部？

帮她一起整理班级荣誉的时候，发现班上同学有各种各样的奖状，比如"社会实践优秀个人"。我问她咋没有这个奖项。她说，这都是自己这位支书大人评定的，怎么可以假公济私评给自己呢。我说，你做得那么好，评个先进个人也应该啊。她说，一共就那么几个名额，占了一席多不好。

张小萌还真是把自己最不想做的事都做了——因为己所不欲勿施于人，把自己想要的都给了别人——因为爱吾爱以及人之爱……

张小萌正在周而复始听一首叫《勋章》的歌，歌词写道：

当我需要独自站在
远方的沙场
武器就是我紧握的梦想
而我受过的伤
都是我的勋章
是谁说伟大才值得被歌颂
乘风破浪后也不会一定成功
生命只能向前
坚定信念的人都是英雄
……

听着歌的张小萌在看一本书，叫《大明王朝的七张面孔》。

我觉得张小萌也有七张面孔。我说我懂她好像太高估了自己，我说我不懂她又好像太伤她的心了。

## 日久生情的物理 ⌒ 2017-6-20

高中生的选考科目终于定了——历史、地理、生物。

最后填报的时候，给我打了个电话，问我："我到底要不要学物理？"我毫不犹豫地答复："不要。"她又追问："为什么？"我完全没有半点拖泥带水回复："你不是这块料！"

她紧追："你说我没这个能力？"

我知道她会这么问我，就像我知道前面的问题都是一个套一个的，说："是的，你不是这块料，但你是别的料。"

张小萌成长以来，我从来没有给她贴上"你不行"的标签，即使是她在遇到困难时一次次否定自己，我始终都是努力帮她找到不放弃的理由，鼓励她继续前进。可是这一次，是她自己不想放弃，并且一次次肯定自己，我却断然告诉她："你不是这块料！"

这是我干预张小萌选择最直接的一次。在此之前我几乎没有干预过她，而这次竟然是她愿意直面困难而被我否决。

一直让她自己学会做决定。但关键时刻，我想用另一种方式告诉她，并不是每一种不放弃都值得颂扬。

张小萌的理由是：自己和物理缠斗了那么多年，尤其是中学以来，每天花时间最多的学科就是物理，虽然学得辛苦，但总归是有成效——起码能站住脚。张小萌的理由是：别的物理比自己差的都选了物理，为什么自己就不行。张小萌的理由是：不学物理好像就是个笨人，所有学物理的人才牛逼。张小萌的理由是：自己终归还是对物理有一点点的感情……

理由千千万万，可我只有一条理由："你不是这块料！"

我高二那年选科没有人告诉我更合适干什么，所以为了证明自己优秀而选择理科，也是因为学了那么多年而不甘心放弃……可到头来，我发现自己学理科只会考试、不会应用。根本不再用到的东西又何必花那么多精力、做那么多题目、受那么多煎熬？

我的理科比张小萌强太多了，但回顾自己，我认为自己并不是这块料，因为我对动手没有兴趣。这和智商没有关系，却和性格有关系。

高中时，没人告诉我认识一个人是不能用分数衡量的，而我偏偏用分数衡量了自己。为了证明自己优秀而选择理科，为了证明自己出色而一定要上重点大学，哪怕那个专业对自己完全没有一点益处。

我相信张小萌肯下苦功夫，也能考好物理，可没天赋的人举轻若重，有天赋的人却举重若轻；把时间花在让自己感到价值感爆棚的地方，会得到更多幸福感。

跟不擅长的东西死磕，就好像守着能凑合过日子的婚姻。仅仅基于责任的婚姻是成功但也是失败，我们不能早早放弃嫁给爱情的梦想。如果没得选，我们要说服自己；但若有得选，我们要成全自己。

物理虐你千百遍，你待物理如初恋。虽然我不赞成你的选择，但我为你有这份长情而欣慰。

坚持或许能证明直面困难的勇敢，但放弃更能证明自己遵从内心的勇气。

有时候，放弃比坚持更难。因为那是一件更困难的事——那就是接纳最真实的自己，探索寻找最闪亮的自己。

## 必修课 ⌒ 2017-6-24

每一学年期末，我都陷入一个怪圈，就是一边在期末的一地鸡毛中沦陷，一边在事务的漩涡中扑腾——考虑暑假旅行安排。年年如此，从未从容。

无数当时花了很多心力的事件在时光流逝中飞速后退，渐渐变得模糊，甚至不过尔尔。因为战斗永无止境，那有什么心思去回味或领略。就像这暑期的旅游，也是计划中必须完成的，不完成便意味着这一项职责不合格。

而张小萌，也仿佛把暑假旅游当作一年中必定会得到的精神大餐，说不上充满期待，因为有那种稳操胜券的笃定。

张小萌是走南闯北见过大世面的人，绝不肯草草打发这份稳操胜券的。我亦不敢轻易让这份"稳操胜券"变成失望，所以有时间便在蚂蚁、途牛找人家的游记，看看哪里更受张小萌青睐。要不在朋友圈问有没有出去旅游的，求带；还挖空心思想自己有没有错过什么旅行社的朋友……

张小萌对成都的执念好多年了。因为是她的执念，所以也是我的执念。

时间有条不紊、不紧不慢过去了。旅游这件事，稍一怠慢，就变得潦草。高中生的时间金贵无比，学习之外的每一刻，都需要更多释放；一旦潦草了，便少了滋味。

每一次出发，和期末成绩没有多少关系，甚至和行万里路读万卷书也没有关系。出发，就只为出发。换一个环境，换一种口味，换一张床，换一换熟悉的面孔，在无人相识的地方撒欢，让另一个自己复苏。

## 祝你考好 ⌒ 2017-6-30

早上放音乐请她起床；她像往日一样抱住被子，抱住最后几分钟的赖床时光……

舒缓的《成都》以及妈妈的骚扰最后还是把这个大脑和身体都想继续睡觉的娃从床上拽了起来。

给她整理衣领的时候，她闭着眼睛来了一句："妈妈，我爱你。"

我说：你怎么突然良心发现了？她说：我觉得自己一直都很爱你。

今天是高一的最后一天，继前天考3门、昨天考4门，今天还要考3门。出门时又说："妈妈，你要祝我考好哦。"

当然，每一次，我都祝福你得到你想得到的，成为你想成为的。

今天，一定要考好哦！

## 期末较稳 ⌒ 2017-7-2

期中复习时惶惶不可终日的焦灼历历在目，并且在很长一段时间里，张小萌一直莫名腹痛。医生的诊断和我的猜想不谋而合——因为紧张。

很怕期末这种情况会加剧，甚至为她偶尔吃坏了而腹痛担心是紧张所致。所以每次腹痛，我都会赶紧说明是吃坏了、受凉了，以驱走"紧张"的心理暗示。

期中过后，腹痛逐渐缓减，一个月以后症状基本消失。

因为对于朋友信任缺失的失望，她觉得上晚自习没什么滋味，索性在最后一个月没去上晚自习。

又开始了我加班、她自习的节奏。有时候想打破这种节奏，有时候又觉得人生苦短，这些陪伴也是难得的时光。

期末越来越近，她不算很有计划，没有如我所建议的那样列出复习计划，依然是数学、物理、化学，不过睡前开始背历史和政治。

学习的问题太多了，随便哪门课都有解决不完的问题。我很担心她对自己"这也不会，那也不会"的情况又焦虑起来，所以建议她不要去琢磨难题，毕竟难题太打击自信心了。

选科之后，她对物理好像更尽心尽力了，大有一种要善始善终的意味。之前一直纠结的天体运动部分也弄清楚了。很少再问我问题，不会的就用小猿搜题，仔细地看解析，然后在纸上写写画画，计算或者推理，偶尔把身子扭得跟麻花一样在判断电磁场的进进出出。

不知道是不是选科的缘故，那种焦躁一直都没有出现。晚上做完一门功课，然后在校园走一圈，继续下一门功课。我又能知道她在学校的情况，虽然大多数都是中午吃啥、晚上吃啥之类的琐事。这样宁静的状态，觉得结果不会很差。

考前两天停课复习。第一天放学回来报告："妈妈，今天生物课我听得真的超级认真，我把自己遇到的问题都去问了老师；可惜化学来不及整理，要不然也去问问清楚。"我说，没关系，能搞清楚多少就多少。心慌了，时间就浪费了。

为更好地鼓励她，我不止一次肯定她这次复习阶段的状态比之前进步很大，最关键的是心态很稳。

10门课，考试3天。

也担心当天的考试情绪影响第二天科目的复习，因为她向来喜欢沉迷在已经过去的事情里。然而，她选择去图书馆复习，把每一门课各分一堆摆在面前，给每一堆分配时间，有条不紊，竟然并没有跟我聊当天的考试。只在第二天因为会做的物理题做错了而有些闷闷不乐。最后一天吐槽化学考了说好不考的第一册、信息技术操作一下都会的东西非要背下来有啥意思。

昨晚发来成绩，还好还好，年级排名151。尤其是统考7门科目或许因为相对简单，竟然排在全年级100名以内。这也算是历史性的突破。

明天上午分析试卷，下午就要到选科以后的新班级报到，竟然连一个分别的仪式都没有。

高一，就这样结束了。

# 那个不会溶解的溶质　　2017-7-12

依照惯例，张小萌休业式前后我会对她一年的成长有个总结。因为匆匆安排了旅行，休业式那天几乎是放下书包就背上行囊出发去了清迈。同学们还在"自然醒"的那个早晨，她已经在清迈的鸟鸣中打着哈欠、伸着懒腰……

从最忙的期末，一下子跳跃到最散漫的旅途，对于我而言，是送给张小萌的有着仪式感的暑假大礼——无关成绩，也绝对没有条件交换。

我还记得她跟我说过："5班就像一瓶溶剂，我就像那种怎么也溶不进溶剂的溶质。我想找一个和我一样溶不进去的溶质，一起沉淀或者一起悬浮。"真快啊，这句话过去一年了，那个稍稍带着遗憾和失落的高中新生，终于接纳了自己的班级，但转眼大家又各奔东西了。

高中是从欧洲游学开始的。从德国回来之后的很长时间她都会忆起德国，听德国的歌。甚至每到寒冷的清晨，她都会说："这种冷就像德国的早晨……"

也曾纠结到底要不要上衔接班，但像每一次升学一样在忐忑中任性地放弃了衔接班。

还记得，在处理各种关系和做作业之间无法很好调和，因着急而痛哭。

那个不会溶解的溶质，在合适的时间和温度，竟然作为班级团支书而扮演了班级这瓶大溶剂的催化剂。

那个不会溶解的溶质，在百忙的学习中积极参加各种活动，比如做宣传海报、负责校庆120周年明信片的摄影……

那个不会溶解的溶质，第一次报名参加校运动会，200米和接力跑。

那个不会溶解的溶质，在远足的时候没有把重重的行李扔给男生，用女汉子的姿态自己背着包走在前面……

那个不会溶解的溶质，参加了2次英语竞赛和2次作文竞赛，明白了真正的优秀不可以只是舞刀弄枪，而是真刀实枪。

那个不会溶解的溶质，组织了2次假期社会实践活动、2次班会活动……

这一年，艰难地跟上数理化的节奏，甚至在物理成绩并不是很好的情况下对物理产生兴趣，在化学学不明白的时候死死拽住教学进程抠明白知识点。

她就是那个在大雨中跌跌撞撞奔跑，哭着说坚持不住了，却一直都在咬牙坚持的人。

高一过去了。出人意料的是，班级团支部被评为市级优秀团支部，而她被评为校级优秀团干部和校级三好学生。

"三好学生"，是一个遥远的记忆。小学时50%以上的成员都能评上的"五星级学生"，初中时仿佛被评过一次三好学生，竟因为在休业式那天出发旅游而没有领到奖状。在原以为考不上的Y中被评为三好学生，是万万没想过的结果。虽然这个三好学生没有大家以为的那样好，但那不会溶解的溶质，最终被5班这瓶溶剂接纳了。

一个年级的结束，意味着新一个年级的开始。

选科后重新分班了，高一的同班同学在新班级中竟然只有4个。那种举目无亲的怅然又一次侵袭心头。新班级如一瓶和之前性状完全不同的溶剂，张小萌这个溶质，不知道自己合适的温度和反应时间……而我，也像她每一次面对新环境时那样，几分忐忑……

## 木头人 ⌒ 2017-7-17

高中生破天荒报了一个暑假培训班，规矩还真多。

比如，上完课，要继续上自习，完成作业，等老师检查完了才能走；不能带手机，更不可以堂而皇之拿出来用；必须在培训班用餐；要按时做眼保健操，按规定

午睡……于是，每天培训班里都上演学生和老师磨嘴皮、斗智斗勇争取吃饭、离校
等事情。然后助教们像盯梢一样盯着学生，准确无误地告诉他们"不能这样，不能那
样"，并且以百折不挠的精神采用紧箍咒一样的"好言相劝"让那些桀骜不驯的学生
就范。

高中生每天讲师生之间相互磨叽或者咆哮之类的事，我像听八卦一样听培训班的
故事。说真的，没想到这个培训班搞得还挺像模像样的，才去上了一节课，他们还帮
着把暑假作业的答疑也做了。

也算是有良心的课外教育了。

高中生在那儿做作业效率挺高，因为除了做作业也干不了别的。我说别的学校都
是这么管着学生，所以高考能出成绩。高中生却说：上个培训班，我熬几天也就算
了。如果读书天天如此，我是拒绝的。学生又不是机器。那些把学生管得死死的学校
不过就是要学生考上大学，考上了大学怎么样就不管了……确实，无论是家庭教育还
是学校教育，其现状经常令人怀疑教育真正目的仿佛并不是为了启智，而是通过传播
规矩以养成被管教的习惯。

父母管孩子如此。不许这不许那，要听话。不听话的孩子就是大逆不道。听话的孩子最后都成榜样，父母很开心，省心啊。

一切都在控制中，大概就是管理的终极目标，也是教育者的"阴谋"。于是，一二三，不许动，不许笑，大家做个木头人。

## 暑假作业歼灭战…… ⌒ 2017-7-16

张小萌旅游疗养回家，第二天开始刷作业，傍晚就自言自语："这是放假啊，我居然做了一天的作业……"

我说："张小萌，你是已经忘记了那么久的腐败吗？一天还不到，你就以为自己做点作业都可歌可泣了吗？"

张小萌有点不好意思地说："不是，不是。"

萌爸倒很会做人，恭维说："那也要表扬的，这是放假哎。"

张小萌于是认为爹比妈客观——实事求是。

这个世道就是这样啊！讲大实话很难，相互唱赞歌就皆大欢喜了……

## 论父母的自我修养 ⌒ 2017-7-19

说实在的，父母真的不好做。不管是出于自私也好，出于虚荣也好，出于得陇望蜀也好，总之因为父母对于儿女太多的美好期待和愿望，十之八九又不能如愿，所以做父母的十之八九总是不那么欢天喜地的。

父母是一个特殊人群。娃小的时候无所不好，长颗牙都以为自家娃是天才；娃大了无所适从，同样的事放别人身上没啥大不了，放自己娃身上就是天大的事，横竖都担心自家娃不小心落后了。

做父母不容易，虽然十之八九是自找的，但因为人人都在找，所以父母普遍不容易。

学期中盼着放假，放假了就不用每天起早摸黑伺候太子读书了，放假了就可以每天睡个美容觉等到自然醒……当假期的脚步近了，又开始紧张，朝夕相处相互看不惯的日子就要来了，急赤白眼的日子不好过呀，又恨不得把"小妖精""小魔王"送回学校去管教。

朋友圈各种花式嫌弃熊孩子。不知是否暑假太热，做父母的脑袋都要爆炸了。

不知道是张小萌退步而我不能忍，还是张小萌进步明显而我的要求进步更明显。仔细斟酌，应该是属于后者。我对高中生张小萌的要求明显与以往不同了。我对她的要求就像挂在狗头上的一块肉，永远比狗腿更快一步，所以高中狗总是够不着。

明明以前定位她考上二中也会欣然，为何如今她在Y中成绩中上水平我也时有微词？明明培训班的助教说张小萌"真的特别认真"，为何我每次在意的都是她在玩手机这件事？

明明她并不至于让人要爆炸，但我也常有燃起熊熊烈火的冲动。

朋友圈有篇文章说不打不骂不惩罚孩子不能成器，底下一大堆人点赞评论。自以

为受尽委屈早就憋不住了的父母仿佛拨开云雾见日出，这样的文章为自己的粗暴和武断找到了理论基础，欢天喜地准备抄起家伙和孩子大干一场，起码是一副"你别不知好歹，要不然我就收拾你"的架势。

做父母的，要怎样锤炼自己的修养，才能坦然接受原以为的小天使其实是个小魔王，才能平静接受想象中的小棉袄却是把小飞刀，才能接受自己眼里的单纯而可爱原来心机又腹黑……

每一次张小萌令我抓狂，我会很气馁地"嘲笑"自己：这都是自己曾经让父母操心所得的报应。有时候也会腹黑："总有一天你自己做妈妈，会有人收拾你的……"这么想想也很解气。

实在看不下去了，就当她是别人家的孩子，可能会觉得情况没那么糟糕，一切都会好起来。于是你又变得从容，甚至云淡风轻起来。

做父母这件事，说的还是一个道理：出来混总是要还的。你总要想办法说服自己。

## 今天没带手机 ☁ 2017-7-22

昨晚张小萌突然说："以后我不玩QQ了，也不带手机了。"她总是想一出是一出。听过就算，有些话别当真。

早上送她出门，整理了一下书桌，没看到手机。心里笑笑，她也就是那么随便一说，果然不能当真。

茶几上放着IPAD，随手整理，居然发现了她的手机。果然没带！

这几天张小萌有敌情。

她应该很沮丧，每次有什么蛛丝马迹都没有逃出我的法眼。她使出浑身解数躲避我，可惜招数越多，破绽越多。

我说：张小萌，别耍什么花招，对你的考验仅止于诚意。诚意不是诅咒发誓，诚意是实际行动。

张小萌愤愤地说我不够信任她，但她也知道她的"愤愤"不过是虚张声势。

其实我从来不觉得她需要向我坦白一切，甚至把学会保守自己的秘密作为最重要的能力传授给她——拥有秘密的人才是完整的。很多东西，只可以由自己咀嚼、自己评判、自己抚慰、自己疗伤。这就是所谓的孤独。

孤独，是一个人的狂欢，也是最后的游乐场。不必担心被别人笑"傻白甜"，也不必被别人指责"腹黑有心机"，是成长和独立的标志。

张小萌没带手机，是为了表明"不玩手机"的决心吗？

人性最终总是向"得过且过"妥协投降。我但愿张小萌没带手机，不是为了向我表明"不玩手机"的态度，而是知道人性的弱点而切断自己受诱惑的机会。

说到底，我在乎的不是玩手机这一件事，而是我们在学习或工作时是不是心无旁骛，有没有三心二意想着手机里的人和事。我在乎的是，做每一件事都要投入，而不是好几件事情同时开工，最后都说不清自己在干嘛。

那些睡觉也没忘记读书的人，十有八九读书也不忘记犯困。

放下手机不意味着收心，捧起书本也不表示醒脑。想成为一个什么样的人，就会对自己的言行有要求，就不会用假装洒脱地说"没关系"来掩饰对自己的无能为力。

重要的不是为了跟手机划清界限，而是为了和三心二意的做事风格来个了断。

# 大方向 ⌒ 2017-7-31

男生喜欢女生。女生也喜欢男生。

有颜，自己的弱势科目又是人家的强项，关键人家不是喜欢自己嘛。

女生妈内心一番天人交战，选择上善若水。默默观察女生一举一动，仿佛并没有什么异常。

过了好几天，女生提出假期要抽一天时间和男生一起去图书馆做作业，顺便解决一些理科问题，发誓一定不逾轨、一定很认真。

妈没有反对，并且给予正向反馈："你做得真好！很了不起！"

女生很开心，又很不好意思："其实，我觉得自己做得还不是很好，还是会分心。开学后我要把QQ卸掉。"

当妈的说："每个人都可以做得更好，但每一件事真正能做到更好并不容易。你真的很厉害。"

女生说："有时候也控制不住自己，但我清楚保持距离才是对的。"

当妈的连忙鼓掌！

女生说："没有任何人、任何事可以阻挡我让自己更好，以前如此，以后也如此。"

　　虽然，在变得更好的路上，女生常放松自己，但大方向从未偏离。当妈的有时很想夺过管控权给女生指好路，命令她勇往直前不浪费多余的精力。

　　可人生只是个过程，她的人生别人又岂能越俎代庖？看她把控自己的方向，比帮她把控方向更有意义。

## 一次就够 ∽ 2017-8-3

　　张小萌之前推心置腹要好的朋友，在经历了一次算不得考验的考验后，单方面宣布断交了。张小萌虽然不得其解，但终于在不可置信中不得不接受了这一事实。

　　事情过去很久了。前几天前朋友托人来说情，想要和好。

　　我问张小萌如何处置。她说："不接受！不可能。"

　　我说："你还在生气？"

　　"当时很生气，现在不觉得生气。只是我无法理解她明明已经在背地里说我坏话却还若无其事在我面前总说'萌萌，你什么都好'，使我不能分清真假，太危险。"

　　我说："张小萌，你做得好，谁都没必要因为鸡肋的一点滋味而妥协自己。"

　　大多数人在一开始并不能看准一个人，所以对任何人报以真诚都是应该的。谁也不能要求自己是那个不能被辜负的人，但只要一件事，就可以明白是不是一路人。

　　道不同不相为谋。不必憎恨，也谈不上原谅不原谅，价值观不一样的人在一起无异于对牛弹琴，何必这样糟践自己。A有A的世界，B有B的方向，风马牛不相及的人没必要扯在一起。

　　人与人之间的关系，不需要通过确认然后正式宣布"我们是朋友"或者"我们不是朋友"，大多数关系并不需要通过证书来证明，也不需要借助第三者的眼睛来宣告。对自己喜欢的人，会关注他的说说。对他文字后面的话都明白。有好的电影想把链接给他，有值得言说的好事会@他。即使偶尔因为误会而冷淡，最后也会因为误会的解除而言归于好，不必说"对不起"，都会心领神会。

　　世上唯一不变是变化，谁也不能保证永恒。分享是美好的事，但对自己忠诚的人，不会把100%的自己暴露在别人面前，也不会要求别人100%暴露在自己面前。不彻底的坦诚，不仅仅是为了保护自己，也是给对方减轻负担。因为保守秘密是很辛苦的事。确定是秘密，不如自己也忘了比较好。

　　已经被拉黑的朋友没必要再去加回来，已经被拒绝的空间没必要再去敲开，已经对一个人关闭的心没必要再为他打开。世界那么大，那么拥挤，人生那么短。不必说得太清楚，爱懂不懂，解释太累。不必挽留太用力，爱走不走，拉扯太累。

　　张小萌推荐我一首诗，很美，适用于人和人之间的交往。


### 《我喜爱一切不彻底的事物》
### 张定浩


我喜爱一切不彻底的事物。
细雨中的日光，春天的冷，
秋千摇碎大风，
堤岸上河水荡漾。
总是第二乐章在半开的房间里盘桓；
有些水果不会腐烂，它们干枯成轻盈的纪念品。

我喜爱一切不彻底的事物。
琥珀里的时间，微暗的火，
一生都在半途而废，
一生都怀抱热望。
夹竹桃掉落在青草上，
是刚刚醒来的风车；
静止多年的水，
轻轻晃动成冰。

我喜爱你忽然揎住我喋喋不休的口
教我沉默。

# 描画未来 ∽ 2017-8-5

　　化学和生物，明明是两门很有渊源的学科，可在高中生眼里一个是毒一个是糖，生物再难也觉得好玩，化学做了5份学考卷的弱电解质问题错误率100%。

　　高中生在做生物练习，练习本上有一些脑洞大开的名校自主招生考试试题，也有一些和生物相关的专业介绍。于是，她就在看自己对什么比较感兴趣。

　　她问我与生物有关的专业有哪些。我正好在看本科专业介绍，说这里的解释是权威的；她连忙接了过去，如饥似渴地翻专业目录，然后迫不及待地看培养目标和核心课程。事实证明，她对生物确实有一定的兴趣。因为那一堆课程名称都令她有学习的兴趣。

　　喜欢生物对于她爸而言是个好消息，搞微生物免疫学的萌爸有种后继有人的欣慰。萌爸一直希望她能学医，但是她说不感兴趣。但是在看了医学相关课程以后，认为仿佛有些兴趣。我忙说医学真的是非常神圣的专业。

　　她又想起啥，整本书翻来覆去看，原来要了解建筑学专业。

　　那是中考结束后的某一个晚上。娘儿俩路过志廉楼的走廊，看到建筑学专业学生的设计作业展览。这一下子吸引了她的眼球，一幅一幅仔仔细细看了一遍又一遍，不断赞叹；说这个好，我也想学这个。

　　之后，我带她去听过建筑学学科的专业讲座。

　　这次她细细看了建筑学专业介绍，说每一门核心课程都非常有意思，相比生物，建筑学引发内心共振的喜欢。

　　想起之前看过一个叫刘方磊的建筑师主讲《开讲了》，阐述了作为建筑师的素质，推荐她看一看。看到主讲人说"建筑师必然是复合的，一边是技术一边是艺术，一边是感性一边是理性，一边是东方一边是西方，一边是传统一边是现代"，高中生忍不住感叹"妈妈，我觉得我天生就是个建筑师的胚胎啊"。

　　高中生急忙上网查找各大高校建筑学的选考科目，除了个别学校，高中生的选科符合大多数高校建筑学的要求。于是，开怀大笑。

　　我说："建筑学本科5年，你要跟你爸爸一样做本科后吗？"高中生不假思索说："我找个学医的做男朋友。"

　　不知道一个人早早知道自己未来要干什么是一种什么样的体验，因为我的人生一直都是糊里糊涂地按部就班。但我想，为自己的未来画蓝图，那应该是一种很美妙的感觉。

　　不管未来做什么，但这一刻，懂得塑造自己的未来，是时光流逝中很可贵的一个点。有幸你拥有一个让自己心跳的梦想，希望未来你有能力忠于自己的选择，不要像我一样一直只是被动地接受。

# 我再也不是你的英雄了 ∽ 2017-8-11

跑步的时候，我们聊高中生小时候超级爱哭的样子。张小萌说："我以后再也不要那么爱哭了。"

其实，我早就知道，她再也不那么爱哭了。因为做不出作业、找不到物品、弄伤了自己这些以前让她哭得稀里哗啦的事，再也不会让她声泪俱下了。

以前很希望她不要那么爱哭，可真到这一天，却又隐隐地不安。原来，哭，是代表求助；在谁面前哭，是代表对谁的依赖。在张小萌不那么爱哭以后，我悟到了这一点。

她开始一个人横冲直撞解决问题，或者在横冲直撞以后偃旗息鼓，把问题砸碎或者把问题堆积，就是不求助。我按照自己的理解，给她建议，或者帮她清理，但再也没有收到过"妈妈，有你真好"的表示，倒是"多管闲事"的嫌弃不时出现。

"妈妈，我对你太坦白了，以后我不想把什么事都告诉你了。"她半真半假地宣言。

"妈妈，我放着的语文作业找不到了，你以后不要整理我的书桌了。"她义正词严拒绝。

妈妈的建议不再有道理，而是不信任。妈妈的理念不再是有智慧，而是有偏见。妈妈的做法不再是正确，而是有问题。

我曾经觉得自己做妈妈一直在成长，以为成长到某个时刻就足够了。明明从来都没有停止，但自己的脚步依然没有跟上高中生的翅膀。

初中时，遇到问题都会第一时间找妈妈，相信妈妈一定有办法。说来我很感谢这个让我操了最多心的高中生，从出生以来给过我的信任完全值得我对她更好。

但我不得不接受，她慢慢认定"妈妈不是全能的"，甚至认为"妈妈根本没办法"，所以她不会再征求意见，所以她不一定选择听取意见，所以她甚至认为这根本行不通。

很多次想提醒她要注意什么，然后欲言又止。因为我知道没意义。有时候又索性畅所欲言，但总是被无情打断。

那个"妈妈永远有办法"的小萌不在了？还是那个"永远有办法"的妈妈不在了？

是高中生变了，还是我变了？又默默提醒自己，高中生变是正常的，我不变又怎能跟上变的节奏。

以前她会征求意见："妈妈，这样穿好不好？"现在她说："我自己会搭配的。"

以前她说："妈妈，这样计划好不好？"现在她说："我心里有数就行了，干吗要说出来？"

以前她说："妈妈，你说得很有道理。"现在她说："妈妈，你不明白我的意思。"

以前她说："妈妈，我们一起看电影吧。"现在她说："我一个人看就好了。"

曾经，我是那个脚踏七彩祥云的英雄；她的世界里所有的妖怪，都可以用我的办法摆平。

如今，英雄从云端跌落。她的世界里的妖怪，她一个人斗妖打怪。准备得一点不充分，考虑得一点不周到，赢了或者输了都随她去。

她说自己是个很靠谱的人，几乎每天都会默默反思自己的行为，那么用心的态度把自己都感动的。我想"呵呵"，可觉得她对自己的认同是真诚的，我不应该不当一回事。

想拿出家长的权威说"不！"，可是又对自己说"强制的权威终究是失败的"。在不认同她的做法的时候，又反思从前乖巧的自己是不是曾经藏着一颗叛逆的心，然后谨慎地判断自己的放手是不是足够负责。反思自己是不是太过纵容而养成她的任性，可是又对自己说"那都是本性，教育的力量微乎其微"。

一路都想点燃美好的火焰，但不得不接受许多不那么美好的东西也燃起了熊熊大火。人性内在的东西，只要有一点火星就会激活。每一个妈妈想塑造的天使，最后都必定成长为凡人，毕竟都是凡胎肉身啊。

当我再也不是她的超级英雄，我知道她已经开始是她自己，现在的优点、现在的缺点，都代表最真的个性和风格，即使我不能接受但也无能为力。以后，她的成长将一直是自我修正的过程。这个过程不会停止，就像我40岁的时候和30岁的时候很多相信的和不相信的根本就颠覆了。

我提醒自己这是正常的，可仍然填不满那块空缺。父母心不应该成为禁锢孩子脚步的理由，所以我狠狠心对自己说：儿孙自有儿孙福。最后的叮咛，我努力没有说出口，因为生活是更好的老师。

## 开学 ⟳ 2017-8-15

早上，她梳了好几次头发，总觉得这也不对那也不对，坐下又起来，起来又坐下，不知道还有没有什么没准备的。

手中有事做，心里的事就冲淡一些，也算是压压惊的方式。我们每一次坐立不安都是为了让心安定一些。

最近我们相处不太愉快。我们相处不太愉快的频率很高，但每次不太愉快我来不及在空间里记录，又和好了，当时那种大军压境的紧张也就烟消云散了。但这次，即使要开学了，也没有最后做到"一笑泯恩仇"。

对我来说，开学和放假一样，都需要某种方式来迎接，比如一次旅行或者一顿大餐，哪怕是某一种形式的放松。但这次真的没有。她在心里说："快点上学吧，那样我就自由了。"而我也在心里说："快去上学吧，眼不见心不烦！"

大概每一个少年都希望每一天苍穹洒下金色光幕，自己在光幕里天马行空，没有人可以阻挡自己的光和热。或许，是我不好，容易在春光里想到暮秋，也容易在寒冬里想到初春。而少年，更习惯春天里百花盛开，冬日里寂寥萧瑟。尽管我一直在紧追慢赶，但我们的频道还是出现了偏差。

其实这几天我一直在反思自己是否有必要把她对我隐瞒的真相戳穿，反思自己执着于让她认错有没有意义，反思自己是不是可以像那些心灵鸡汤所说智慧地装傻，反思她的错是人品的错，还是年龄的错，还是教育的错，或是根本算不上错，反思自己对于容错的范围是不是需要更大一些，反思自己对于自律的要求是不是过高……

反思得不到答案，自己总是被自己否定。黔驴技穷之时漫无目的在网上查找WHY或者HOW。网络总说逆反是成长。好吧，我说服自己，向来很有主见的张小萌又跨上一个新的台阶。

张小萌说：她是个对自己高度负责任的人，她有自己的底线，懂得怎样管理自己的行为。可她的底线和我设定的底线肯定不是同一个纬度。

我们看来都是很有自己原则的人，终究没有达成共识，没有像以前的每一次那样约定一条共同认定的准则。

晚上，我们互道了晚安。我还帮她吹干了头发，还一起看了《柯南》，可是，我们都欲言又止，用尽量简短的话进行必要的沟通，在心理上筑起了一道防线保持足够的安全距离。

从高一5班，到高二8班，是一个新的开始。

高考改革以后整个高考的战线拉得很长，尤其是招生方式的改革令学考也加入了高考的行列，或许大家被频繁的考试影响到无法从战略角度来看待问题，因为小战役小阵地耗费了太多的精力。明明知道应该把眼光放得更远，可每个阶段要完成的任务又把高远的目光拉到眼前。于是，"近视"是一切焦虑的罪魁祸首。

也许这些不愉快，是因为"近视"的缘故吧。现实让我们过于在意细节，所以我们都被禁锢在套子里，没有一次淋漓尽致。

是不是太小心了？真的没必要吧？！只管祝福就好。

那么，张小萌，开学快乐，愿你遇见自己喜欢的自己。

## 关于《围城》的闲言碎语 ⌒ 2017-8-16

最近《围城》在我家有一定的热度。起因是我诟病张小萌学习太功利阅读量严重不够，于是她随手拿起了《围城》。之后她爹也细细阅读了一遍，甚至把电视剧从网上翻出来品味。

每次看到各种讲述钱杨爱情的文章，我心里总会有一个隐秘的疑惑：能写出这么刻薄琐碎的婚姻之人，难道所写的故事里没有自己的缩影？每次我又会告诉自己可别小人之心，想必大师是对人性悟性极高的人。

然而，张小萌说《围城》远没有《平凡的世界》写得好。她以为钱钟书这样的大师会写史诗一般宏大的题材，结果竟是婆婆妈妈，而且整个故事核心与时代背景没有太大的关系，换一个环境放在现在也是一样的。这倒使我不由思考文学是有时代感更好还是放之四海而皆准更好。但我这样习惯于辩证思考的人依然不能摆脱标准答案的束缚。因为脑子里一时找不到从前老师说过的文学评价标准而无法做出比较笃定的判断。《围城》让张小萌失望的恰恰是这部作品具有讽刺意味的细节描写和比喻。比如"熟肉铺子"，她说一开始觉得很妙，然而通篇都是这样，感觉很婆婆妈妈，连一支秃了毛的笔都不放过，在卖弄文字的同时显出几分刻薄。

也许《围城》真的只不过是因满足了成年人阴暗心理而得到共鸣。比如现在网络上的"长得丑不是你的错，可是你跑出来吓人就不对了"，而《围城》曰"对于丑的人，细看是一种残忍"；说的人哈哈大笑，听（看）的人也拍案叫绝，却完全不顾及那个长得丑的如何感受。

高中生喜欢干净明了，世界不应该有那么复杂。

恰恰相反，张先生对于《围城》初见钟情，看到书上辛辣刻薄的话，便拍案叫绝，说钱钟书不愧为大家，心理刻画那么细致入木三分。张先生看到精彩处，有点像张小萌听歌听到高潮，一定要推荐给旁人，唯恐这段精彩别人错过了损失就大了。我们不看他递过来的书本，他便用极其别扭的普通话强行念给我们听，平时说话还挺利索的张先生每次念书便像生了锈的锯断断续续把好好的文字弄得支离破碎。于是，那可能精彩的内容便被我们不怀好意地重复打乱，故事变成笑话，主角从方鸿渐变成张先生。

虽然张先生十年耕耘仍然是钱钟书笔下高校里的小妾，但终于是属于科研工作者的行列，具有非同一般的研究精神。就像他看大秦帝国，一边读《大秦帝国》，一边看电视剧，一边研究《史记》，一一比对。看《围城》的时候也是书和电视剧同步推进。要命的是，看了好几天，还跟我争论"演李梅亭的不是葛优"，真是无语。

对于张先生来说，从前算不得读过《围城》，现在读来感受到了文字的魔力，好像汉语言对他有了新的启蒙一样。这当然是一本顶呱呱的好书。

对于张小萌而言，《围城》内容一地鸡毛，文字酸腐刻薄。我说鲁迅的文字不也很刻薄吗。她却说，鲁迅写的是战斗檄文，而《围城》是吵架，两种类型。

对于我来说，他们俩给了我新的启迪，再怎么好的东西，并不是对任何人都肯定的。记得当初我看不出《小王子》的妙处，而张小萌连续看了好几遍，说"太感动，太好了"，甚至把那颗代号为B612的星球视为自己的秘密花园。

不同的见解可以打开另一扇门，看到另一种风景，不过没必要争辩哪一个风景才是最真的。

# 不忘初心 　2017-8-18

这一波冲突有点长，长得我有点气馁。每天都想今晚改善一下关系吧，可最后却反而雪上加霜。

儿大不由娘，相信哪个做父母都有过这样的失落，我也一样，并不能因为我是个曾经被她称颂的娘而免于这样的考验。

有个中学邀我在新学期的家长学校讲讲家庭教育。

很高兴自己的思考或者经验可以帮助到他人，可是想到娘儿俩近期并不融洽的亲子关系，又觉得没资格去做这样的讲座。推销护肤品的人满脸粉刺，那护肤品能有多少说服力？

　　我和小萌在大多数时候的关系属于"蜜汁感情"，现阶段这种状态或许是"螺旋式上升""波浪式前进"的过程中低谷的那一段。其间我又进一步深刻地体会到家庭教育的重要性，懂得同样的事情用不同的处理方式会产生截然不同的结果，起码我想让更多的家长醒悟到这一点，作为教育工作者又不想浪费从这难得的教训中得到的经验。

　　说服别人之前，先说服自己。不管是为讲座做准备，还是为自己寻找答案，我又一次翻阅记录小萌初中三年成长的《等风来》。

　　高中和初中阶段又有所不同，所以同样的事的起因和后果也不一样，于是处理的方式也应该不一样，但对于耐心和信心的需要是一模一样的。《等风来》让我再次思考人生的长度、广度以及高度，让我再次思考遇到问题该怎么办，或者干脆不必理会，因为很可能并不是什么问题。

　　15岁和17岁是不同的。15岁的时候觉得妈妈能解决很多问题，17岁的时候已经很怀疑妈妈能不能解决问题，用同一种方式去处理问题得到的反应是不同的。

　　15岁之前，你要接受15岁和10岁不一样。17岁的时候，你要接受15岁和17岁不一样。女大十八变，不仅仅是容貌。

　　15岁以前的错误用言语可以帮助修正，17岁以后的错误需要用教训才可以帮助修正，因为17岁时更相信自己比15岁时有能耐，更能面对后果；也因为15岁时仅言语的描述就可以被吓倒，而17岁时不会那么容易被吓倒了。

　　虽然，现实教训比言语教育残酷，但要获得更强大的能量，总要经过更残酷的锤炼。

　　15岁时的失败，我当作是外界给小萌的考验，即使心疼也尽量乐观地看待。想到每摔一跤都是成长，所以她哭了，我也疼了，但是我告诉自己应该笑。

　　17岁时的自以为是，是不是应该当作小萌给自己的考验？所以即使我着急，但也应该学着去乐见其成。没有拥有过，那去放弃什么？世上哪有不犯错的人？

　　再读《等风来》，我在寻找讲座的素材，也在寻找教育的本质。当她17岁的时候，我是不是还能够要求她像小学三年级一样单纯，是不是还能够要求她只是真善美的化身？就像我当年终于接受了她不是学霸，只是个普通的女孩的事实一样，我也要去接受她也会有心计，也会想方设法隐瞒什么，只是芸芸众生的一滴水。既然温室里的花朵要移到不避风雨的野外，那也总要接受找不到完美无缺的花的事实。

　　案头的紫色小花完美无缺，可它是假的，没有脾气，也没有生命。窗外的紫罗兰始终没有长成我想要的样子，迟迟不见开花，可它是真的，常常抽出嫩芽也给我一些惊喜。

　　九寨沟美景在地震中被破坏，可谁又有资格说是被破坏。对于景色而言，这一次地震或许是为了酝酿更美的风景，只是你暂时还看不到。建设的样子，常常是一副破坏的模样。哪一条四通八达的大道不是从坑坑洼洼开始的？哪一世和平不是在战争后获得的？哪一次发芽不是在枯枝上苏醒的？

再读《等风来》，我又记起了事物的辩证性，对在错里孕育，失败生下了成功。我又何必紧紧盯着一个"错"的行为，而对可能引发的"对"无动于衷。看得见的好处，总是孕育着看不见的坏处；那么，看得见的坏处中一定也潜藏着看不见的好处。

我说服了自己，又找到为人父母的初心。所以，我也应该可以说服更多的父母，不要对自己的孩子太过焦虑，不要无限放大孩子的错，不要对孩子的进步视而不见……

细节多了，失了大将风范。想要赢取整个世界，就不要太过在意一城一池的得失，不要痛惜被打碎的坛坛罐罐。

# 一个菜鸟妈的自白 ～ 2017-8-22

婆婆来了又回去了，公主的早餐接力棒又交到我的手上。

我找了个本子，每天晚上把第二天的早餐谱记下来，放在餐桌上，不至于一早忙中出错。

8月21日，烤馄饨（萌钦点的）、南瓜饼、酸奶、苹果，注：别忘了带上水杯。

8月22日，蛋炒饭（配料：大虾、胡萝卜、鸡蛋、辣椒、葱）、玉米、酸奶、葡萄。

明天呢？面条？还是南瓜馒头？

闹钟定在6:00，晚上却怎么也睡不着，不敢睡得太沉，怕睡过头。第一个早上，手机竟然在5:40时响了，是婆婆打来电话问我有没有烧早饭。我还在床上，但为了避免不必要的解释连说"已经下锅"。接完电话闹钟还是没响，决定起床。因为萌钦点的"烤馄饨"我从来没做过。虽然婆婆跟我说了好几次程序，但还是没把握，还是早点做，万一失败了还可以有时间补救。

不料烤馄饨和南瓜饼效果出奇好——小主评价"比奶奶烤得好！"，顿时心头石头落地。不过这不代表日后都能如此，对我来说，运气的成分更多。

因为没睡好，白天各种困，昨晚又不敢睡着。张小萌说这有点离谱，为了起床居然就不睡着。张先生颇有大将风范，说尽管安心睡觉。我在确认第二天早餐程序已经了然于心后，检查了闹钟，决定安心睡觉……

今早在张先生"6点10分了"的惊呼中惊醒，糟糕糟糕，果然睡过头了。

张小萌已经洗刷完毕，而我竟然还没起床。披头散发直接进了厨房，洗了手，抹了把脸，打开冰箱把昨晚准备好的全部配料拿出来。

等我匆匆搞定端出，小主已端坐餐桌前，太烫，大概是没办法好好吃完了——昨天约好今天6:25出发的。

扒了几口，带上玉米和酸奶，高中生出发上学了。

惊魂未定的我，一直在思考明天怎么办。打开百度搜索"早餐食谱大全"，希望从中找一点我能胜任的灵感。

张先生跟同事吐槽每天接送孩子任务重大。同事却说等娃上大学了，工作了，再也不能天天在一起了，要好好珍惜这段时光。

好吧，想到未来的分别，我还是很珍惜这让我束手无策的每一个早上。总有一天这些兵荒马乱的时光都将成为回甘。

## 偶像   2017-8-25

萌爸收到张小萌下达的任务单——刻录一张艾玛·沃特森的演讲碟。

萌爸经常向小萌推荐林肯等名人的著名演讲，都不受待见。但因为喜欢《哈利·波特》里的赫敏，也喜欢赫敏扮演者——艾玛·沃特森。

萌爸立马在网上查找下载艾玛的演讲材料，顺道找了一段泰勒在演唱会上的即兴演讲，一并刻了进去。

自从上学以后很少有时间交流，这天晚饭却十分兴奋，好像不把心情表达出来就要满溢了。原来泰勒的演讲让她几近落泪，非要我们一起听听。

这段演讲有点熟悉。2015年7月我们一家三口在华盛顿听泰勒现场讲过。

类似的话我也常跟她说，但泰勒能令她感动落泪，我基本属于多余。也没什么不公平的，毕竟泰勒是偶像，而我只不过是她心目中的过气偶像。

泰勒的上一张专辑《1989》是2014年10月出的。这个懒女人红得如日中天竟然三年不出片，除了恋爱和分手之类的花边新闻，有时候杳无音信。

《1989》都会唱了，都听到耳朵起茧了，只好听些别的歌，差点QQ音乐的听歌榜冠军都不是霉霉了。为了还是霉霉，她在手机充电的时候放着霉霉的歌，不浪费一分钟表白的时间，虽然霉霉啥也不知道。就像2015年那个夏天，张小萌看到万众瞩目的霉霉激动到不能自已，可是霉霉并不知道这颗为她跳动的心。

上周娘儿俩一起睡觉，张小萌很激动很神秘地对我说"泰勒的新专辑这次真的要出了"，然后捂住脸，眼角眉梢藏不住满溢的幸福。

昨天新专辑的封面便在她的朋友圈传开。据说新专辑的某一首歌今天晚上北京时间20点要发布了，她一脸满足地说："人生又圆满了。"

张小萌不是个长情的人，背包、水杯、文具盒一个接一个更换款式，但对泰勒倒有一份难得的长情，至今依然是NO.1。

也好吧，在这个物质极大丰富、需求极大满足的时代，泰勒这样的"懒婆娘"让她懂得等待，锤炼耐心，珍惜来之不易。最要紧的是，在两点一线的学习生活中，竟然还有一种声音让她开心到飞，感动到落泪。这是多么美好的事。

# 高二了 ～ 2017-9-1

上了10天课，这两天休息，然后新学期真的开始了。

这10天，入驻新校园，加盟新班级，迎来新老师，还有3天回头考。课程太多了，随便完成一轮考试就得3天，而且是满满的。

张小萌前几天把贴在书桌上的初二时写的"新学期计划"撕了下来，但也没换上关于高二的新计划。

曾经的她说写下来是因为怕自己无所事事，好提醒自己。现在又说写在纸上只是一种形式，心中有数才是最重要的。我虽然觉得写下来更能表达自己义无反顾的决心，但她有自己的道理，也不能说那就是错的。

暑假的后半程以来，我刻意与她保持一定的距离。我清楚，这段距离于我是刻意的，于她却是自然的，铺盖自己整理，社会实践的PPT也没让我插手。

上学期技术学得不好，考得也不好。暑假催她补点技术，但她根本连课本都不翻一下；催急了，她说：技术很简单，但我不喜欢，以后考前突击突击就好了。同样是不喜欢，却刷了很多化学题。可见，不喜欢技术是更深一层的。

上学期每天早上都要我叫醒，音乐+温言细语，她闭着眼睛，一具不想起床的肉体+一个不想起床的灵魂，各种困难。这个热身期，每天早上不到6点就起来了。

每天都在乎自己的腿够不够直，腰够不够细，不管多晚，总要做完平板支撑、交叉卷腹才睡。我说睡眠最重要，她总也不搭理。我每次照说，她每次照做。我看我们俩都是对自己忠诚的人，绝不让自己不安。

照例包了书皮。不明白她对于包书皮的执念。高中生很少有人这么做了，但她大概要善始善终做好这件事。

这次回头考表现好得令我吃惊。倒不是成绩有多好（成绩还不得知），而是情绪非常平和，晚上复习也不忘听歌，到点了收拾书包睡觉，第二天回家后也不多谈考试，继续准备下一日的科目。我很怀疑她的技术是裸考的，但她好像也无所谓，搞得好像没考技术一样。据说数学有点难，但情绪还不错，因为班上的难兄难弟不少。

有一个不好的习惯，做作业的时候手机一直都在身边，因为会用到"小猿搜题"，但是音乐、P图、QQ空间时不时关注一下。她自认为自己心中有数，我亦不习惯下命令，所以总等着她自我醒悟，像初三的时候那样决然放弃手机。

高二了，开局平稳，好好坏坏，总要自己掌舵、拥有自己的航道。

# 别人家的孩子 ⌒ 2017-9-3

我有点怕同事这个物种，尤其是年龄相近的同事。

昨晚去操场跑步，刚踏上跑道就被同事B叫住，然后热烈地聊娃。她每次都是以"怎么样？"开头，我说："啥？"她说："萌萌最近读书怎么样？"然后，她问我答，难以招架。我每次都是被动的一个，一是回答不上来她的问题，二是我不知道该不该问人家的孩子情况。

相比同事，我显得不大像个像样的家长。每次人家说起对自家孩子有何要求，便只好难为情地说："可能我比较宠孩子。"毕竟，我哪里敢对张小萌提什么要求。

张小萌不容易，从幼儿园开始就生活在我同事的关注中。

小学时同事C的孩子和萌一个班，人家是班长，学霸，写一手好字，还超级漂亮，人见人爱花见花开，家长们都教育孩子要和她家的孩子做朋友。张小萌混个小组长当当都不长久，明显没有那么受欢迎。还好，同事C不是那种高调的人，再说小学也没啥高难度的，也算波澜不惊。

初中时同事D和E的娃同校，但不在一个班。两位同事也颇为低调，于是我们竟然在各种成绩的高低起伏中平安无事地度过了三年初中。

张小萌初三时我几乎不敢轻易露面，因为太多人"关心"升学。比如：肯定上Y中吧？创新班有没有希望？推荐生总没问题吧？……有一阵子萌很是低潮，这些话常常让她怀疑自己："我是不是让你丢脸？"

但最后，她竟然逆袭，闯进了推荐生的行列，于是也变成了别人家的孩子。

躲过初一躲不过十五，到了Y中，各种同事的娃都聚在一起了，一个小区都有好几个，这下子真是抬头不见低头见，每次考试的名次几乎曝光在光天化日之下。

同事A的娃目标是年级前10；我家的娃要是考进前100，一定是人品大爆发。

前几天同事F请客说娃考上上财，同事G的娃高二就签约北大了。他们无情地鞭挞着在分数海洋中挣扎沉沦的娃。做一个大学老师的娃，也真是不容易的。

人在洪流中保持清醒的头脑和自我的姿态不太容易，虽然我总是在努力不受外界的影响，但要命的是，外界总是纷纷扰扰。

大声提醒自己：不如就做个安静的陪衬者，未来拿个最佳配角奖也很好。

# 对手 ～ 2017-9-6

娘儿俩又较上了劲。鉴于张小萌的自以为是，我决定不搭理她。而她竟然也不搭理我。

我在电话里跟我妈说起这件事，老妈却批评了我，说你怎么可以跟孩子一般见识。我说："你明明知道错的肯定是她，为什么要替她说话？为什么不帮我、不安慰我？"妈妈说："她肯定错，但是她年轻犯错很正常。你不理她，她不好受的。"我说："我也不好受。再说她不小了，我只是想让她知道什么是对、什么是错。"妈妈说："没有父母赢得了孩子，你最后一定认输，又何必争一时输赢。"我说："算了，算了，不跟你说了，你这个没有一点原则的老太婆。"

挂了电话，心里想想这些天她是不是很委屈，又生气她居然毫不认错、顽抗到底。我问自己为啥这么生气，好像一半是一开始真的很生气，还有一半是觉得应该生气表明态度——是时候证明一下"我是你妈"了。一旦意识到自己被"一定要让她知道我的厉害"这样的念头所左右，发现自己好幼稚。

一直都认为自己做到了大多数妈妈做不到的，可是，我最终还是一个情绪的动物，并且理直气壮地为自己的情绪寻找理由——因为我也是人。

昨晚她提前回家，到家后又说要回学校拿材料。正好给几天没有出气的我找到了出气的理由——做事不用心！随便麻烦家人！

我准备扣动扳机把这些天酝酿的子弹统统发射出去。我从来没有怀疑"正义"的旗帜在自己手上，而正义必须战胜邪恶。她捂上耳朵，好像有金钟罩铁布衫护身，负隅顽抗。

就我们娘儿俩这种不能更亲的关系闹成这样，不得不说我感到非常挫败。这种挫败让我心伤，但心底又有一个声音对自己说："这是成长！"这是关于"我长大了"的行动宣言。

在我换子弹的间隙，她匆忙从书包掏出一张小纸条扔给我，然后又躲进她的金钟罩。

吵架最没劲的不是吵翻天，而是对方不搭理你。终于有回应了。打开纸条，是回头考成绩单，吓一跳，班级名次出奇高，欣喜之余又忧虑新班级到底有多糟糕呢？

没有年级排名，也不知道具体情况如何。但我也不能因为班级名次靠前就转变态度，那也太势利了。于是我在原来的火力上又加了一把火——"难道你以为考了个好名次就可以为非作歹了？一个分数有啥好了不起的。"这话一出口，我觉得特有道理，于是也更加理直气壮。

可惜的是，张小萌长长的学习生涯中，难得考了一次好名次，非但没有得到奖赏，反而莫名其妙差一点成了罪名。她自己一定也觉得特可惜吧。我希望她假装倔强的外表下在后悔"真不应该跟妈妈过不去"，这样的话，也算我赢吧。

对于一个亲密对手，她投降，你恨她没骨气；她顽抗，你气她辜负自己。

所以，我们都拿对方没办法。

# 闭关 ∽ 2017-9-9

温和的距离感，是温和的，但很难逾越。

张小萌很少从书桌前站起来，不是做作业，就是听歌或者刷空间。吃完饭就进了自己的房间，她钉在凳子上不管怎样干涉都无法撼动，无法知道她在想什么，学习的状态和情绪的状态都无法得知，无欲无求无怨的样子拒人于千里之外。

这种状态已经维持了好几个星期，没有撒娇，也没有愤怒。

也许这样也好吧，就像我妈不主动打电话给我一样，一定是一切OK，没有需求。作为招之即来挥之即去的对象，没有被神龙召唤，或该失落？或该庆幸？

张小萌好像进入闭关状态。

回头考的班级名次好到出奇，几乎是读书生涯中未曾出现过的。

原班级中等水平在新班级居然名列前茅，她也不敢得意，有着和我一样的担忧。

隔天，张小萌回家说："班上的同学理科实在太渣了，问的化学问题让我差点以为自己是化学学霸，居然真的好多人叫我学霸。"

我说："也许假的'学霸'当着当着，时间久了，就变成真的了。"

她说："我也这么想，也许我会成为真正的学霸。"

也许，这沉默寡言的阶段，被我视为"闭关"的一段，便是人生中一个新的成长点——不征求父母的意见，无谏言乱耳，凡事自己做主。

我怀疑她在试探自己的能力，想看看自己把握方向的准确性和自己前行的力量。

她没再让我早上叫早，没再在睡眼惺忪间"袜来伸脚"，没再让我帮她吹头发，更没再换掉她爸的枕头、宣布要和妈妈睡……很有毅力的样子晚上出去跑步，睡前练习平板支撑或者空中自行车，甚至周末也起得比我早，听着音乐、哼着歌做作业……

不知她是在自己的心里修了佛院道观，还是内心浊浪滔天而无法为人所知……

突然想起，小时候给她洗头，她总是叽叽喳喳。我会抗议："张小萌，你能不能不要像个死三八废话那么多啊？"她总是干脆回答："不能！"

又想起，也许就在不到一年前，她还缠着我这样那样的，说是因为爱我。我说："我也爱你，我可不像你那样。"她厚着脸皮说："因为我爱你比你爱我多。"

又想起，她比我早睡的那些寒夜，总是帮我挤好牙膏、放好洗脚盆和擦脚布。
……

为什么下一个镜头她就长大，就不理我了？

## 疏离 ∽ 2017-9-13

其实之前我好多次写给张小萌的话，但最后都默默删除。

对张小萌近期的变化，我非常无奈，甚至夜不能寐。好多天没有听到"妈妈，我回来了""妈妈，再见！""妈妈，晚安！"……每晚充满期待等她回家，然而每晚我一次次进出房间看一看没有任何笑意的人，头也不抬的人，然后默默地走开。

沉不住气的时候，我总是提醒自己——越是沉不住气，越要沉住气。

有个家长说她最近强行没收了儿子的手机，娘儿俩闹成僵局也在所不惜。我一方面赞叹这当娘的"斩立决"的魄力，一方面又想自己大概不会采取这样的方式。世界上没有一样事，因为你着急了，事就退缩了。我更相信着急时做出的决定十有八九都是有副作用的，最后的到达，很可能事与愿违。

每个人都有选择自己生活方式的权利，但那只是对不相干的人而言，我们对亲人又怎么会是"与你何干"的态度呢？但无论我多么不知所措，我仍选择尊重。

手机只是个外在的导火索吧？每次靠近，像一只刺猬一样紧紧把自己包裹起来，满满的防范；跑步也坚持要一个人，跑3.5圈操场用时60分钟；上厕所，甚至连洗澡都不忘带上手机……

前几天说过要卸载QQ，静心学习，如今并无半点动静。

或许简单粗暴能换来貌似不错的结果，那终究只是纸糊的彩虹。因为未经自省的人生没有意义。

## 蜕 ∽ 2017-9-24

自从出了《等风来》，总有人就孩子教育的问题取经。站在初三毕业的档口，回首来时路我觉得关于亲子教育不成问题，以为我和张小萌的关系基调一直会是浓情蜜意，也以为经历了青春期的她不至于让我产生无法控制的惶恐。

我想少了。或者说，作为妈妈，自己还太年轻，青春期有一道一道的关卡、一个一个的台阶，每一个台阶都有一些象征性的变化，而我对这些变化每次都不能应付自如。

如果说每一次变化有个缓冲也好，我好有一点准备，可每次我都是一头雾水发现自己处于一个尴尬的境地。这次是毫无征兆地对我关上了心扉，不主动交流；交流也不多说一句话，可以感受到她的不耐烦……

失落两字根本无法表述我的心境，想必她也能感受到我的情绪，却并不以为然，照例淡淡的——进了家便入了房间，关上房门的同时关上心扉，隔着门都能感受到冰山一般的冷。没有想过突然间迎来这样的亲子关系，不决裂也不亲近，好像和我没有关系了，读书、心情的状态，全无所知。

心里抓狂，想大声质问，叫醒她的"良知"，问问她良心是不是被狗吃了。可是又不想因为自己的失落去绑架她的情感，更不想因自己的悲伤去制造她的内疚。因为内疚而换来的"亲近"，毫无意义，但心里却又想她怎么就不体谅一下父母心。

心里发狠的时候，总想有一天她回忆这一段"冷血"时光会后悔，但又怎么舍得她会有后悔的一天。也许这么多放不下，最终都是希望她永不后悔。所以希望她珍惜。后悔是心痛的滋味，可是我拼了命希望她懂得珍惜又有什么用，因为她懂得这些终究要经过历练。

夜深人静，辗转反侧，不知所措。怕她迷失，怕她吃亏，怕她走了弯路，怕她从此以后和我们就是平行线了……不知是该表达我们的愤怒，还是该理解她的行为，内心困顿如困兽一般没有出路。从情绪的角度考虑，既然她这般无情，我也大可以不去搭理，可又真的很担心在这青春的十字路口因为我的"放弃"而导致她走错方向。

依稀记得有一些人在年少时厌恶父母的存在，于是拼命回想自己是不是也曾对父母不耐烦。我年少时期与父母聚少离多，所以并没有这样的体验。但萌爸说他好像曾经有过这样的体验，不喜欢回家面对父母。那是一段不能解释的情绪，只是烦躁。我想大概张小萌是来到那样的年龄。这个年龄对于父母的距离感并不会因为父母的开明而与众不同。是吧，大概这应该就是答案——说不出理由的自我封闭。

也许吧，就像她身体的发育比别人来得晚，她对于自由和独立的实际需求也比别人来得晚。而因为晚，所以爆发力更加强。也正是因为晚，所以我对此的接受力特别差。这种巨大的反差造成了她的决绝和我的无法释怀。

记得断母乳时我有不舍，因为每次吃奶时那双全心全意的眼睛从此我看不到了。也记得某一天她突然指指奶瓶表示自己饿了，欣喜之余又有一些隐约的失落。因为她不需要我替她代言生存的第一需求了。记得从10岁时就希望她一个人睡觉，可她总是磨磨蹭蹭，高一了还要常常找些理由跟我睡，可是过了一个暑假，她就只享受一个人的床铺了。

是不是现在这样的疏离，是又一次断奶？只不过这次是主动意识上的关于精神上的断奶，而我的失落是基于她主动地迈出一大步所以更加无法接受。

想起蚕，它的成长是一次又一次的蜕变。又想起蝴蝶，它会飞翔是因为破茧。

蚕蜕变的时候需要安静，需要呵护。人蜕变时，是不是也需要安静，不被打扰，不被质疑？因为那只是一个成长的必然的经过。

我不知道这些理由是安慰自己还是真理，但也是因为在生气和失落之中依然冷静地思考，所以才证明了自己作为妈妈和别人不一样。

不知道蚕蜕变的时候痛苦不痛苦。它不吃不喝，几番挣扎才得以重生。那么，张小萌进入蜕变期会不会有痛苦，会不会力不从心？我是不是应该更温和地理解她，而不是非要苦苦追问连她自己都无法得知的原因？

换另一种角度看，或许功课让她无暇顾及身边人的感受，偶尔有空儿却又希望可以和朋友玩，希望可以自娱自乐听音乐上网，所以没有时间和精力再留给家人。

而家人，往往是给了时间还要更多的人群。当发现沉默能从过多的关心中解脱出来，或许她就尝到了沉默的甜头，所以就决定一直沉默下去，不做解释，只要清净。

或许张小萌需要更多的理解，虽然我也需要更多的理解，可我在不惑之年早就学会了辩证地看待问题，而她在轻狂之时尚不知如何圆滑地处理一切关系，只是一味地冲破惯有的阻力，然后承受这不理解的压力——很可能她自己也觉得自己无法谅解，因为每次问为什么的时候她都不知该如何回答。

也许，很生气的时候其实不值得那么生气，很担心的时候其实不必那么担心，她所经历的只不过是一个正常的孩子本就应该经历的。如果会受伤，那一定是一次大的成长。每一次冬天的到来，都孕育出新的春天。

远远地看，静静地等，我在提醒自己，这一路历练的耐心还不够，我要更耐心。

## 变化 ⌇ 2017-9-28

已经好久没有记录张小萌，是因为有些东西我不知道自己所见所思是不是真相，所以不敢轻易评论一个有各种可能的少年。

昨天想要写，突然意识到已经很久没有写"考砸"这件事了。初中三年的日志就光顾着各种花式安慰"考砸"，以至于觉得自己在安慰人这件事上已经颇有心得甚至可以出书了。《等风来》其实就是一本"失败心理抚慰技巧"。书出版的时候，深感自己江郎才尽，关于安慰的套路已经全数用尽。

很久没有写考砸这件事，倒不是考砸这件事已经不存在了；相反，考砸更常见了。所不同的是，她的态度发生了很大的变化。

不知道是因为被虐多了，还是因为坚强了，或者是因为被虐多了所以坚强了。

昨天收到学考模拟考成绩，与预期相差甚远，于是想着如何帮助她跨过心理关。

然而，就像考前陪睡自动取消，从回家的敲门声中并没有听出情绪的波澜。她没有哭，洗完澡就在啃化学题。她和化学关系紧张，大概一直没有找到一种合适的反应酶，所以一直都没有被氧化、被加成，做了无数题目还是隔着一层膜。我问她，知道成绩吗？她点点头。我说："你怎么打算？"她说："努力呗！"我说："需要帮忙的话，找我哦！"她点点头："嗯，知道了。"然后继续做题。

很奇怪，这样的状态不是我以前一直期待的吗？有点怀念当初她在我怀里痛哭寻求安慰的样子。她情绪平静，坚定前行，仿佛一切都很对。可我深知每个人的力量都是有限的，希望自己能够为她加一分力。

有时候想想，成绩能说明什么呢？每个人最后都是自己该有的模样，一时的毫厘必争有什么重大作用吗？可转念又想，万一失去的毫厘真是千里之谬的临界点呢？

每一次她的变化都很突然。就像我奇怪9个月的她怎么不会爬，她突然从房间爬到了客厅；就像我纳闷5岁的她何时会戒牛奶，她突然不再喝牛奶……

以前觉得做妈妈很难，一程一程以为自己在做妈妈这件事上已然百炼成钢，可是在新的事上，依然如同第一次给她换尿布一样无所适从。

生活教给我们智慧，但是智慧是无法说教的。任何高僧大德的智慧都来自苦难，任何智者的彻悟都来自痛苦，没有人是真正因为说教而成佛的。

想不明白的时候，我也时时在提醒自己，所见并非真相，一切从长计议。

很多我们看到的不一定就是真相。比如，孩子出言不逊，不一定是憎恶父母，而是想尽快结束眼前无休止的唠叨而获得内心的自由。人是情绪动物，尤其是青少年时期。当我们认为自己气得够呛的时候，要知道对面的少年气性比我们大，他（她）也抓狂得够呛，很容易不择言词。

年轻人因为一点小事走极端的概率比大人大很多，年轻人开快车的情况也普遍很多。因为身体像火山一样正在生长，所以情绪也像火山一样容易爆发。地理因素决定文化传统，身体因素决定心理状态。很多事情，时间是唯一的药，你给他时间，疗效出来了。

人终生都在叛逆期，尤其是读书较多的人因为认识到大千世界而找不到和自己平衡的环境，所以会有不满和痛苦。终生叛逆的人最难以和自己相处，和他人相处的时期恰好在花样年华，你想让他是你想象的样子，比拉九头牛还困难。

如果我们愤怒，多半是因为表象遮住了双眼。每一件事都可以有多种解读，不幸的是我们总解读成最糟糕的样子。如果我们失望，多半是自己想多了。每个人都想做好孩子，如果你不够信任，反倒唤醒了另一个想沉沦的他（她）。

所以，不如等等，从长计议，其实没有那么糟糕。

# 听话的潜台词   2017-10-4

我们从小就被教育要"乖"。乖的最大标签就是"听话"，听一切长辈的话，延伸开去便是"孝顺"的源头。

乖的孩子省事。当然也不尽然，父母吃了一辈子的苦而总结了很多人生经验教训，想传授给孩子让他少吃苦，所以乖孩子不吃亏。

我在大学接触到因为专业不合适而痛苦的学生并不在少数。在新生第一课上曾问学生为什么选择这个专业，十有八九是父母的意见；问他们自己有什么想法，十有八九是茫然。

学生甲，文学爱好者，好端端的汉语言文学专业就读，同学少年，意气风发，写文章看问题都很有思想。可父母考虑到就业问题，希望他转入会计专业。那时甲虽然有一定的自我意识但终究屈从于父母"为你好"的劝解，尽力转为会计专业。三年后，面临毕业再见，得知其在新专业远没有在原专业如鱼得水，而且对于从事会计工作一点兴趣也没有，感觉几年大学白读了，叨叨："当年要是没转专业就好了。"

学生乙，高考时为了不浪费分数听从父母要求填报了当时热门的会计专业，结果一学期下来3门课不及格，学不下去了。想转小教专业，可因为原专业成绩太差根本不可能转入同样也很热门的新专业。父母看到孩子实在坚持不下去了，四处求人，一遍又一遍陈述当年如果他们选择小教专业就顺顺当当录取了，但无论怎样，转专业的游戏规则总要遵从，最后也只好选了一个不很中意的专业转过去，以免四年后拿不到毕业证书。

学生丙，没有费太大精力转成心仪的专业。然而，父母家人出于就业的考虑，强烈要求她放弃转专业，继续就读原专业，于是她放弃了。放弃了不甘心，又去新专业旁听，发现那才是真爱，于是又想反悔。然而彼时试听期早已过去，一切尘埃落定。当她发现自己真的失去机会以后，终于体会到失去的痛苦，又不甘心，然而最后也只能在别人廉价的劝解中面对现实。

每次遇到这种事，脑子里就会浮现一句话："如今流的泪都是当初选专业时脑子里进的水。"无一例外，痛苦的根由都是因为"听话"，而父母的错轻而易举被忽略。因为"都是为你好"，好心办坏事在我们的社会是需要被无条件原谅的。

"听话"无疑是一种美德，也是大人对孩子表示欣慰的最大的肯定，因其具有广泛的群众基础而生生不息。

听话的人，分三种。一种是自我意识已经被完全扼杀，不知道自己是谁，不知道为什么活着，不知道自己应该如何，只知道别人让我如此就理该如此，只知道大家都如此我便如此，所以本质上"听话"于他不过就是一种条件反射，没什么痛苦，是真正意义上的傀儡。另一种是有自我意识，但因为道德舆论的压力把"听话"当作"善念"固化于心，怕自己的选择引起他人的不快，尤其是令家人不开心，于是努力遏制自己的欲望。这种人因为选择"听话"而一辈子生活在辜负自己内心的痛苦中。还有一种是懒得抗争，懒得对自己负责，懒得去发现自己想要什么，你让我如何便如何，错了责任是你的。这种人属于主动"听话"，他自己没有快乐或者痛苦，把自己当作自己的旁观者，花自凋零水自流。

民主到来之前，第一种"听话者"是多数，遵从一切理所当然，一切的"新"都是叛道离经，挣脱是魔鬼；互联网普及之前，第二种"听话"者是多数，他们思想已经觉醒，但身上背负太多，所以不敢挣脱；互联网之后，第三种是多数，没有人会真的认为哪一种选择是必然对的、哪一种选择又是必然错的，不反抗是因为懒得反抗，是因为无所谓。

如果一个人连自己的主人都算不上，连自己的主人都懒得做，又怎么能做集体的主人翁呢？一直"听话"的人一旦觉醒，就像沉睡多年的火山喷发，其破坏力是很可怕的。

张小萌一直都叛逆，也大概因为一直都叛逆，所以一直也不算很离谱，就像一直在释放能量的地表不至于蓄积大的火山爆发。但我仍会不时被气得不知所措。事后想想，大多数生气还是因为她"不听话"，在潜意识里认为：我是她娘，她应该听我的，或者我的一片"苦心"她竟不领情……她爸问我是不是后悔给她太多民主，以至于难以驾驭。我会遗憾她没有接受我的建议，有时候也会懊恼自己为啥不专制些，但客观来说，我依然宁可她是个"不听话"的孩子，这起码证明她是一个"活人"。

每个人都属于自己，悦纳和控制，旁人只能给一些建议。

# 好在有诗和音乐 ∞ 2017-10-6

高中生的假期可谓是"管它南北与东西，躲进书房成一统"，专程来看望她的爷爷奶奶依然很少能见到她——门内与门外的距离。因为没有门票可买，所以跟"镜中花水中月"一样如隔天涯。

记得自己读书时代也喜欢成天待在房间里，宁可做作业不愿意和人打招呼，有时家里来了客人，我妈再三催促才无可奈何去打个照面交个差，然后又回到自己的小世界。

所不同的是，从前大家都夸我心静，大门不出二门不迈，像个读书人的样子；现在我们却埋怨张小萌没礼貌，猜测她可能在玩手机，担心她管不好自己。

其实，青春时节诉求都差不多，她和从前的我又有什么差别？

有时候又觉得她宣示长大的方式还是比较温和的。也会听从我的劝告去散步，也会聊一些她正在感兴趣的人和事，前几天央我帮她买两本书——《朱生豪情书全集》和王小波的《爱你就像爱生命》。又几日，她为"秋千摇碎大风"那些"不彻底的事物"所动心，要买张定浩的诗集。

每次在她把作业塞进书包以后，翻开诗集时，有说不出的安慰。安慰的不仅仅是她依然热爱阅读，而是在这兵荒马乱的高中生涯，依然保有这份诗意，说明梦想还可以为天马。

高中生对音乐的喜欢体现在放学回来第一件事就是打开QQ音乐，如同饥渴难耐；体现在和她散步无法跟她好好聊天，因为她一路都在陶醉地哼着音乐，从前是强行推荐给我听，现在是强行唱给我听。

这一次她聊的是摇滚，说的是"林肯公园"，说摇滚是真正有情怀的音乐，从来不唱小情小爱，都是人间大爱。

我年轻的时候不喜欢摇滚。那种嘶吼就像愤青，另类的打扮只是为了博人眼球，一直到三十多岁才居然发现自己有点懂摇滚了。这就像我读书的时候不喜欢鲁迅，而一直快到不惑之年才有点明白鲁迅的伟大。可是高中生在初中的时候已经开始喜欢鲁迅了，并且主动阅读了鲁迅的散文集和小说。摇滚是呐喊，是举世皆浊唯我独清，是痛心疾首的呼喊，和鲁迅的文字一样，是投向敌人心脏的匕首。

我三十多岁才开始明白的事，她十多岁就开始明白了，比我觉醒得早啊。

当我们一起讨论摇滚，谈论各自被影响过的音乐，音乐蕴含的美，音乐渲染的爱，莫不是颤动心弦。爱音乐的孩子，又何须家长患得患失地揣度长短呢？

好在有诗和音乐，传递世界的美好。

# 100种制裁 〰 2017-10-9

那天晚上，应该是前天晚上，睡下的时候有种散了架的感觉，霎时我体会到了放弃的解脱，觉得瘫了，以后再也不累了。

但我终究没睡着。那种放弃的瘫软只是片刻，我就再次陷在细节过滤中不能自拔——你和我尖锐对峙的场面，以往你骗过我的种种……我便问自己，要拿你怎么办。

昨天我一天都没有展颜，觉得自己已经忍无可忍，不能这么认输了，而且就算最后输了，也一定要给你点厉害瞧瞧。我想到美国对付伊朗这样不听话的家伙，就可以制裁——我也可以制裁你！于是，一整天，我都在思考怎么制裁。我一声不吭，想了100种制裁方法，然后想象你受到制裁以后的反应，就觉得很痛快——叫你跟我斗！你怎么可能是我的对手？我有经济主动权，你的一切都是我赐给你的，你有什么资格跟我发生冲突？

在100种制裁方法里，我决定先要没收你的手机。于是，我当机立断把手机从你房间拿走，藏起来，想象你找不到手机以后的愤怒和悲伤——这就是你跟我对着干的结果。

……

时间一点点过滤我的情绪，我开始有时间回想自己年少时候的事情——那些我自己觉得没什么大不了的事，如果父母知道了会不会勃然大怒？只是，我做的事，父母不知道；你做的事，一不小心又被我知道了。

可是我又不甘心。虽然我从不认为孩子必须服从父母，可是终究还是放不下身为母亲的架子，那种高于常人的尊严感。所以我还是决定制裁你。所以我又仔细地盘算如何制裁你。

不听话就要挨打。这种外交政策好像是一种霸权主义？！我又想我怎么能这样对付除了有脾气其他啥都没有的你呢。你除了认输别无选择。可是我真的会赢吗？用强制手段获得的胜利有意思吗？难道我在乎你不甘心的屈服吗？

覆水难收！如果真的和你决裂，是不是以为从此我们就是形同陌路？你对为了生存而屈服于我并不快乐。这是我想要的吗？

所见的就算是事实，可是有我所想的那么严重吗？你的态度确实令人抓狂，可是人为了一口气不都是不计后果吗？

难道你唯唯诺诺的样子，我就满意了吗？

我想着从此以后貌合神离的关系，觉得索然无味。于是，又说服自己把手机放回原处——我还是希望你情我愿，我不在乎勉强和强制。

世上的制裁，除了激发斗志，没有能真正压垮谁。能被制裁压垮的，也是不值得收编的。

什么也没行动，但想着要对你冷淡一些——不管怎样，我得让你清楚"我生气了"，后果很严重。

晚上你回家没搭理你，早上为你准备早餐也一言不发。你不满说："你不会态度好点啊？"我心里一阵爽——谁叫你得罪我？！要你好看！

你上你的学，我上我的班。

可是等到下班的时候，我再也想不起你过分的事情，脑海里只留下你的好——我责怪自己怎么对你说那么绝情的话，责怪自己怎么因为你的脾气而否定你全部的好，责怪自己干吗要把有些错看得这么严重——年轻的时候不知轻重也是难免，我责怪自己让你在家不开心上学不安心……我只想跟你说："对不起！"你肯定有错，但是我错更多。因为我枉活四十多年竟然还是这样冲动，因为我自认为够民主却还是有那么多专制的思想，因为我举着爱的旗帜却仍然伤害了你……

你也冲动，你也霸道，你也伤害了我，可是，我应该给你时间去成长。我为什么要跟你斤斤计较——难道就因为爱，就可以有理由成为伤害的尚方宝剑吗？

我记得自己曾经周全地想了100种制裁方法，本想一一列出来，威风凛凛，够严厉。可是，现在我一种也想不起来。只想跟你说："对不起，我不该生那么大的气；对不起，我不该因此而全盘否定你。"我明明知道，你会对自己负责；我也明明知道，你只是争取自由。

前天晚上的冲突也未必不是好事，让我有机会反思自己，促使我更快地接受你长大了的事实。亲密当然是好的关系，矛盾的激化也应该是重新审视关系使双方关系更加宽松的契机，从而得到更大的更长远的互信。

一个独立的人的成长，总要挣脱一个个"相濡以沫"的关系，拓展自己的江湖，才能得到更大的空间。

我应该永远坚定地维护你的成长，耐心地等待你慢慢柔软，而不该这么着急。

# 沉住气 ❧ 2017-10-13

上午有两个未接电话，我却并没有注意，一直到张小萌放学后提醒才发现。

昨天说数学测验了，肯定很差。今天成绩发来，果然！没有人在面对失败的时候欢天喜地，纵然我很明白挫折是"飞升上仙"之路，但那也要在说服自己后平静接受。

看到短信的瞬间，感觉到心沉了下去，手头在做的事暂时无心再做——担心，还有心疼。

我如这般沉重，可想而知她的挫败感有多么强烈。谁不想在自以为诚意付出以后有好的回报呢？所以我心疼一定难受不已的她。那两个电话，正是她在看到成绩以后痛哭时给我打的电话。很遗憾自己没有接到。因为她已经很久很久没有因为一点小事寻求安慰了，所以我遗憾自己没有在她需要的第一时间给她拥抱，也遗憾自己错过了可以给予她温暖的机会。

一则担心她的数学成绩，二则担心她会丧失信心。数理化是老问题了，但是数学总还是保持中等水平。最近大量的时间和精力花在即将要学考的化学和物理上，所以大概顾不上全新思维的立体几何了。几何是一种很难找到规律可以传授秘诀的数学，它的美往往只呈现在能懂它的人面前，只可意会不可言传。很明显，现在萌暂时没有感受到其中的美，于是每次面对都哀鸿遍野。

傍晚回到家的时候，她没有再像初中的时候那样放声大哭，而是"平静地"到房间做作业。我在烧饭，不知道像她这样向来喜形于色的少年是怎样做到"平静的"。曾经特别渴望她在考试的输赢中有大将风范；当她真的很平静的时候，在心里却又希望她哭一场发泄发泄。

后来我问她："是不是很伤心？"

她轻描淡写地说："不过就是考砸了一次，不至于我的数学就没救了。"

听了这话，顿时轻松起来，倒不是因为看到了闪闪发光的未来，而是因为我很欣慰她在经历无数次"一蹶不振"以后开始懂得给自己暗暗注入力量。虽然我知道她的轻描淡写是表面的，但表面的"无所谓"何尝不是"不认输"，也何尝不是用暗示的手法提升自己的情绪。

很多事，你觉得没什么大不了，一直这么想，就真的没什么大不了。

很多次，你觉得自己有救，就会有信心，就真的在摔跤的地方爬起来，拍拍尘土继续走。

我说："张小萌，屏住！"

她问什么是"屏住"。我说："拔河的时候大家不都是憋着一口气吗，大家都死死憋住不松气。因为松气就卸了力气，就垮了。学考的时间快到了，屏住这口气，把这一仗先打了。"

屏住，所谓一鼓作气也。

张小萌说："懂了，懂了。"

那就不要因平日的测验成绩而自乱阵脚。沉住气，稳住脚，我们要做的，永远都是战胜自己。

## 爱美 ∽ 2017-10-14

张小萌小学五年级，成天只知道吃，每天放学回家要吃掉几乎半头牛的食量。她不爱擦润肤霜，不爱逛商场（但爱去超市），更不爱试穿新衣。

那时候我教育她"女人要从小注意保养"，然后追着她抹上润肤霜。

初三开始，一下子换了个人，食量越来越小，衣服越来越讲究。上高中后，花在衣柜前面和镜子前面的时间比吃饭的时间长。如果不是一定要穿校服，那每晚都要搭配好第二天的穿着——什么款式，什么颜色，甚至袜子的颜色和长度，扎辫子的皮筋，什么鞋子，全部都要仔细过滤一遍。要补水，防治痘痘和黑头，用洗面奶认认真真洗脸，芦荟胶啊、绵羊油啊……

你都不能相信，那个曾经"吃吃吃"的妞竟然是眼前这个在乎刘海长短，考虑麻花辫还是马尾辫的女孩。

我说："张小萌，过了——"

她却回我："女人要从小注意保养！"

我说："过于注重外表会分心。"

她说："无稽之谈！穿得美美的，心里美美的，人也有精神，行为也美美的。"

我竟无言以对。

她变得比我更爱逛商场，看到流行的少女新款便目不转睛，两条腿便迈不动步子了。

哎，女人。

这次测验考砸了，贱嗖嗖如我，立马和颜悦色待她，哄着一起散散心。

没有比购物，尤其是买衣服释放不痛快更快的途径了。那双死气沉沉的眼睛很快就有了活力，这件不错，这件还行，这件我好想要……

她娘超级痛快大手一挥——都买！

拎着一大袋衣服，问她："是不是很开心啊？"刚刚还沉浸在悲痛中的张小萌笑说："不好意思不开心啊！哈哈哈！"

其实，失落的心情很难一下子填满，别人的安慰也大多苍白。但生活中除了有精神上的价值体验，也还有感官上的快乐体验。不开心的时候，花点钱买个开心，也好。

那些年港片告诉我们——做人嘛，开心最重要了。只有开心了，那些类似阳光的力量才能穿透云层照进现实，照亮梦想。

## 反思 〰 2017-10-15

我在看《教育是没有用的》这本书。书名和我的观点一致。我一直觉得自己有这么明确的教育观念，也算得上是小半个教育家了。

充当书签的是前几天萌萌写给我的明信片——娘儿俩争吵后她写的"道歉"。她说了"抱歉"，也说了自己是个"有觉悟、会反省的人"。每次她写的时候都是一副"苍天在上"的样子，但总是"黄狗发愿"。这张明信片写了以后不过两天，娘儿俩发生了更大的争吵。我们都觉得自己是对的，所以都理直气壮。但这一次是我设身处地反思以后给她写了"道歉信"，也是写在明信片上，跟她说"对不起"。

抽屉的角落能轻易翻到张小萌的"道歉"，大概四五张，有的是由作业本撕下来的小纸片，有的是一张卡。这些大概是她写过的全部的"反思"。每一次都不是我要求的，而是她自我反省后的歉意，偷偷放在我的床头。而这一次，是她在睡下去的时候跑到我的房间扔在我的床头柜的。

这一次和上一次，起码相隔三年了。以后，会不会再有都不一定了。而我给她写道歉，是第一次。

写和说，郑重的程度是不一样的。我在写下"对不起"的时候，就下定决心今后要进一步反省自己的想法和行为是不是背离了"爱的教育"。

我和萌爸有比较大的分歧，就是：父母权威是不是教育的理论基础？萌爸很强调父母权威，而我从心底认为倚仗父母身份而得来的权威是专制，所以传递给萌萌的信息是：自由平等真理才是权威。

但我发现自己做不到彻底抛弃父母权威。当张小萌"没大没小"的时候，会"悲愤"地认为"良心都被狗吃了"。虽然在心里我也提醒自己这种想法和"我是你爹你得听我的"这样的武断没有根本性的区别，但终究做不到一笑了之。

那天和张小萌争吵的主要原因是我发现她有欺瞒行为，所以我很愤怒；她在意的不是自己的行为，而是"你怎么可以随意翻看我的东西"。于是她很愤怒。而我更生气的是：我的发现完全是无意的，而她竟然给我扣上"不尊重隐私"的帽子。而她之所以这么生气，在我看来完全是真相被揭穿时候的"恼羞成怒"。

争吵一下也好。自从她越来越大，为了顾及彼此的感受我们很少有正面冲突了。冲突使我们各自心中积累许久的怨怼都爆发了出来，如大坝开闸奔流直下，激动万分地口不择言。争吵也使我们暴露了自己的尾巴——她早就想反了，而我早就想剿了。

我花了整整两天的时间平复，从一开始想了起码100种制裁方法要惩罚她，想象受到惩罚以后的她像只"落水狗"心里就暗爽，从一开始的每一种制裁都感觉不足以表达自己的任性，到最后反而写了一封道歉信给她，充分诠释了"时间是治愈的良药"。这样的结果，并不是认为全是自己的错而她是对的，而是我认识到了自己的错，认识到自己是个中年人应该比少年懂得克制，认识到自己对她的爱竟然有许多的附加条件……我为自己感到惭愧，所以道歉。

对于少年来说，"面子"可能更加重要。我的急于"纠错"并非是尊重的最好的选择。而她没有太多能够为自己辩驳的理由，便只好拉上"隐私"来作为挡箭牌。

在张小萌上高二以后，我对她的嫌隙比从前多很多。我一直给自己找理由，认为自己对她的嫌隙是因为她变了，没有以前那么尊重大人的意见，变得一意孤行、我行我素，所以教育她是应该的，唠叨她是她活该，甚至为了证明"自由来自自律"而打算理直气壮地限制她的自由。但在我的心底也仍然有一个微弱的声音在提醒自己——这是伪正义，这是反动教育，这是非人性。

疏导，永远强于堵截。当我想粗暴地堵截，另一个我就警告自己"这样不对"，提醒自己反思教育中智慧不够，因为只有失败的人才会歇斯底里地叫嚣："你会后悔的！"

她变了，是正常的。因为她在变得更独立，喜欢摇摆着接受风雨的洗礼，慢慢地适应在风雨中成长出自己的姿态。而我竟没有及时接受她的变化，那是不正常的。风雨中的花朵，看起来总没有温室里的花朵那么完美；而自诩民主的我，在潜意识里一直在期待风雨中的她依然完美。

书中有一段话这么写："人究竟是怎样发展的，其实我们是无法真正做到准确分析的，就像用电饭煲煮米饭，究竟饭是怎样熟的，我们并不知道，也不需要知道，只要到了时间打开盖子就是香喷喷的米饭。如果在过程中，我们总是揭盖，最后打开时，米饭一定已经夹生了。"

不想米饭夹生，所以静下来反思自己，尽量不做傻事。我应该永远坚定地维护张小萌的成长，应该耐心地等待她慢慢柔软，而不该这么着急。教育者是孩子的学生，我也算是张小萌用整个成长作为案例来教育的笨学生了，但我是第一次做一个高二学生的妈妈，不那么游刃有余也正常的。

## "反动" ∽ 2017-10-25

难得一家三口散个步，发现校门口门卫和外卖小哥正在起争执。这几天门卫管得严，外卖小哥进出挺不容易，正在声嘶力竭地骂娘。

正是晚饭时分，想必是叫外卖的学生太多了。我和萌爸很自然吐槽学生"连吃饭都不愿下楼"的懒症，主张禁止外卖进校园，又感叹外卖毁坏了年轻一代。

张小萌大为不同意："你们怎么会有这样的想法呢？为什么要禁止外卖进校园？暑假里你们也在办公室叫过外卖，不是很方便吗？不能因为几百个不上进的人就禁止一万多人享受外卖带来的方便。你们这个想法很反动。"

我立马在脑海里搜索各种理由，用来反驳她的反对，用来支撑自己的观点，比如规矩……但被自己一一否定。因为我想到的所有理由不过都是家长式的、武断的"禁止"。因为禁止了，你就没有"坏"的机会——我承认，这是反动。

张小萌说叫外卖本身并没有错，给很多人带来便利，至于学生懒或者乱花钱，跟外卖的存在并无关系，外卖不过是进一步证明其本性罢了。张小萌又指出学生叫外卖的原因也很可能是因为食堂太差了，出去吃又太费时间，不得不叫个外卖满足一下胃的需求。

也是，外卖犹如手机，犹如一切方便、快捷、好玩让人上瘾的生活方式和科技产品，它本身没有错。你禁止得了外卖进校园，禁止得了手机进校园吗？那些被外卖毁掉的人，就算没有外卖，终究也会被其他所毁。难道要把一切潜在的"危险"都禁止？

一切宁可错杀一百的禁令，不过都是承认无能和失败，不过都是用武断的手段、捆绑的手法获取表面的服从，但也同样使人没有进步的机会。开放的社会，谁都不能禁止任何不违法的行为，尤其是大学生已是成人，完全有资格选择自己的行为方式。

所有的"堵"，除了能欺骗自己不会有任何意义。我何以会想到用"禁止"来维持秩序、保证正确，可见我"民主自由"的外表下依然隐藏着封建强权的思想和对"洪水猛兽"的恐惧啊。

# 愿你被世界温柔以待 ◌ 2017-10-30

昨晚我扎扎实实做了一个梦，梦见我们在廊桥分别，彼此说"再见"。

每年你过生日，我都会不自觉地回顾你的成长，不知不觉，有的场景就正儿八经地回顾了十五六回，但每次回顾的时候，都感觉有些东西想不起来了。尽管我一直在记录你的成长，但文字也并不能让我记得全部的细节。

幼儿园和小学一年级的时候，每天早上我们一起出发，在廊桥分别。你和外公往廊桥去你的小学，我穿过马路到河西校区上班。分开的时候我们说"再见"。我穿过马路再回头，看到你也回过头看我；我走几步再回头，看到你也一样转过头看我。每次看到我回头，你便举起小胳膊远远地喊："妈妈再见！妈妈再见！"一直到我们再也看不到对方，然后定下心来走自己的路。那时候我想过很多次是不是调去美术学院工作，这样就可以每天送你上学，每天接你放学了。

妈妈再见！这四个字，伴随着我们的生活。我出发去上班，你在门口抱着我的大腿，一次又一次说"再见"；我出了门，你便立马跑到客厅，趴在客厅的窗户上挥手说："妈妈再见！"我也举起手说："宝贝再见！"然后你又以最快的速度跑到卫生间，从窗口探出小脑袋，笑嘻嘻地喊："妈妈，我在这里。妈妈再见！"我在心里笑你太黏糊，但也配合你的黏糊说："萌萌再见！"你又迅速跑到主卧室的窗口后，我已经走得比较远，你大声喊："妈妈再见哦！"我背对着你，举起手摇摇手，便从你的视野里消失。

小学的时候你总比我先到家。在家等得时间长了，便开始拨打我的电话，瞎扯一通，把学校里鸡毛蒜皮的事情都汇报完了，就吩咐我："一定要按时下班，早点回家哦。"我说:"好的,宝宝再见!"你说:"妈妈再见。"但就是不挂电话,非要让我先挂电话。我问:"为什么?"你说:"妈妈听到电话挂了的声音会难过。"我觉得自己被粉红色的泡泡所包围,我明白了父母为什么爱孩子,因为赤子之心如此可贵。

有一段时间我在南山校区上班,下班晚一点的时候,你会穿过垃圾街到南山校门口等我。记得你初一的某一天等了我许久,远远看到我就喊:"妈妈,我都等你半天了。"然后笑得像吃了糖果的孩子:"妈妈,你知道我等你的心情吗?"我笑问:"啥心情?"你说:"感觉就像等恋人一样心焦。"被人等待是如此温暖和幸福。

无论在学校发生什么事,考好或者考砸,和同学是开心还是不开心,都要等我回了家以后才打开话匣子,叽叽喳喳说个不停。外公抗议为啥一路上这么长时间都不说,非要等妈妈回来了再说。你悄悄告诉我:"我就想让妈妈第一个知道。"你"押"着我看你喜欢的动画片,听你喜欢的音乐,因为想跟我分享。我也曾抗议你为什么非得"逼"我喜欢你喜欢的东西。我说:"我就不这样对你。"你说:"因为我爱你比你爱我多。"

温暖的时光,三天三夜也说不完。

我当然给你准备了生日礼物。不仅如此,今天散步时看到商家在赠送气球,我混在一群小朋友堆里排队,特意要了粉红色的爱心气球。今天我在朋友圈看到有大病筹款,虽然并不熟但又一次送上了自己的爱心。每一次献爱心,我在心里想的都是你和外公外婆。我有私心,因为我希望这些善举能够被记在你们的福德账本上。

愿爱美的你,更在乎内心的美丽,用美丽的心情去爱自己、爱身边的人、爱所从事的事情。

愿得到时会乐开花的你,更明白付出的幸福,明白自己为他人获取幸福时所感受到的价值,为棒棒的自己骄傲。

愿世界的美好,都被温柔以待。而你,当然是世界的美好。

愿你也报世界以歌,感恩自己所有。

生日快乐!

## 转身 ☙ 2017-11-1

张小萌已经睡下了。每天她睡下了,我才放松了,也踏实了。

日子过得真快,明天要第一次学考了。今晚她难得和我一起去散步,聊了很多学校里同学之间的趣事,身边那些各有千秋的各有优点的同学——看来她还是没有变,见一拨人爱一拨人,现在她又喜欢上了高二8班的各位。比如,一起混欧美圈的

SDY\FYL，逗比的TTT\CYH……还有相互之间可以轻松英语对话的SDY，只不过小萌飚的是美式英语，人家溜的是英式英语，两人在英语课上朗读课文，同学们笑言可以去合办一个"新东方"。

我始终相信，高中三年一定会遇到气味相投的人，高二8班的某些人会沉淀为小萌生命中很重要的人。

她一反常态居然10点就睡下了，搂着生日时我送的绒毛小象，看起来安定踏实。睡前她细细收拾，身份证、准考证、各种笔、橡皮、尺子，还有手表，装在一个透明的文具袋里，一点都不需要我操心。

散步时已经夸过她了，成长非常非常快，变得很独立，自控力也越来越好。

张小萌向来是个很依赖妈妈的人。妈妈好像是一种安全装置，任何紧张和不安的时候都需要拽在身边。

我向来做好打持久战的准备，所以没有指望这种状况会突然改善。因为很可能我是她释放压力的唯一出口。读书不是件容易的事，能够帮她疏通一下情绪也是好的。但我也一直试图从各种角度用不同的方式帮她，一边帮她一边希望她慢慢变得强大，可是收效甚微。她也知道："自己要是能坚强一点、能更自信一点就好了。"但总归是有这个心，关键时刻没这个力。但这个困扰我很久的问题好像已经解开。

孩子的成长是渐进中的突飞猛进。9个月时她还不会爬；我和我妈打电话正在吐槽"她怎么还不会爬"的时候，她却从卧室爬到我身边。当我正在担忧她太过依赖我的时候，进入高二的小萌以一种令人应接不暇的速度拉开了距离，以前必须要我参与的、必须要听取我意见的情况一夜之间消失了，一开始刻意保持距离，到完全习惯于自己处理问题或者求助朋友解决问题。由此，我的担忧转为伤怀，但也一再劝解自己这是成长的必由之路；心里不痛快，却又告诉自己这才是对的。为她成绩倒退着急，但还是提醒自己"只有她自己才是唯一的解铃人"……

道别的时候，总有一个人先转身。我懂。

理论只有付诸实践才有意义。不安之中，依然用实际行动支持她的独立，不打扰，不过问。有风的地方才会飞得更远。等待的人要有耐心。

学考来临之际，我看到了她的独立和强大。没有一次求助于我，也没有一次因为遇到困难而焦躁，问老师、问同学、问小猿搜题，不气馁、不发火、不哭泣。台灯下的身影，像雕像一样，在草稿本上写写画画。

对于最不擅长的物理和化学，她勇敢地给自己定下了A的目标，而且不管几次摸底考试如何不理想，依然没有放弃朝这个目标努力。这需要很大定力。因为这首先要相信自己有能力，还要相信自己有耐力——我以为相信自己并且用行动表达这种自信，是任何一门功课的学习成绩都无法替代的成长。

临近考试，她没有慌乱，从容地做好准备，早早睡觉，很坦然的样子。

我喜欢这样的张小萌，江山在握的样子看起来气场很强。我能做的，只剩为她准备早餐，争取让她觉得"好好吃"，帮她洗晒被子，让她睡觉的时候闻得到太阳的味道。

愿你所到之处，遍地阳光。

# 两败俱伤 ⟳ 2017-11-7

又，又，又冲突了。

真的一件很小的事，最后爷儿俩都受伤严重，一个说再也不管了，一个说再也不爱了；一个叹气，一个哭泣。

怎么会搞成这样？我责怪小的不懂事，更责怪大的太冲动。

大的因自己的权威受到威胁而愤怒，长幼无序，没有天理。小的因大的以大欺小而愤怒，倚仗身份替代"真理"，封建家长。

大的怨我宠坏了小的。小的怨我没有主持"正义"。

一个气得血压飙升，一个哭得上气不接下气。

对于说服任何一方，我都束手无策。伤人者自伤更重。毕竟，事后的后悔都是显而易见的。

拜托了，请不要伤害自己。

# 小进步 ⟳ 2017-11-13

有一次，看到有朋友晒了用电饭煲做的蛋糕，松软、可爱。掂量了一下，觉得家里的物资基本齐全，于是心血来潮想要给萌萌做一次好妈妈。面粉、鸡蛋、牛奶、糖……除了厨房到处都是散落的面粉，结果是："蛋糕"焦了，电饭煲报废了。我的老娘来收拾残局，说我就是专门用来捣乱的。不等她发命令，我早就发誓以后再也不瞎折腾了。

对，我就是那种在朋友圈晒一次"厨艺"就会引起大量围观的人。

早餐真的是个考验，因为一切都要以张小萌吃得下作为考核是否通过的标准。我已经记了两个多月的早餐笔记：干湿搭配，用什么材料，用什么锅，下锅先后顺序，估计要多少时长……不这么记下来，刚起床的我就会站在冰箱前发呆一会儿，那就来不及了。

早上张小萌说搭配炒饭的汤真好吃，吃出了"爱的味道"。前几天她夸我做的酸菜鱼很正宗。

自己也感觉到变化。原先烧饭之前满心都是无奈，准备食材毫无心情，总算弄熟了。现在开动之前想的是家里有什么食材，如何搭配，想象她喜欢吃的口味，想象再放点什么一定会很特别，想象加点什么颜色一定会很好看……于是炒锅、炖锅、煎锅、高压锅、蒸锅统统都用上了，两个灶头同时开工，在油烟机的轰鸣里，人间烟火是另一种诗意。

其实，有没有做好一件事，大家都清楚，只是假装不明白。那些躲不过的事，不如用点心做好，不浪费所有时间里的情绪，做好了也会生出些许乐趣来。

每一段经历都值得珍惜、感恩，因为不经意发掘了新的自我价值。

# 讲座 ∞ 2017-11-19

2015年10月14日，我在日记里写道：小萌上学之前，我从不怀疑自己有一天会成为"成功家长"，是那种可以站在台上跟大家分享育儿经验的角色，我想我要告诉大家养好孩子的品性比上培训班重要，我要告诉大家激发孩子的潜能比灌输知识重要，我要告诉大家放手比牵手重要……万事俱全，只欠东风。东风，就是张小萌闪闪发亮的成绩。它一直没有如约而至。所以很遗憾，我从来没有介绍育儿经验的机会。

从这个意义上来说，我为今天的讲座做了十年的准备。

早上出门时，我对张小萌说："谢谢你，让妈妈有与别人交流家庭教育理念的机会，你成就了妈妈。"

真的，我曾无数次感恩她选择做我的孩子。如果有投胎这一说，她一定是觉得我不错才选的吧。如今因为她，拥有新的身份，走上新的讲台，我一定要好好表现，让她为我骄傲。

准备了13张幻灯片，准备的时候就知道多了，所以把本来放在后面的最重要的一张调到前面。结果，才讲到第六张，也就是调上来的这一张，时间就过去了一个半小时，有点意犹未尽。整个过程家长们求知若渴的眼神，还有若有所思地点头，安慰了我的意犹未尽。

宣布讲座结束那一刻，家长们一哄而上抢走我带去的《等风来》。那失控的场面完全出乎我的意料，犹如电影里的饥民哄抢粮食。

关于家庭教育，无助的家长何尝不是"饥民"。只是未知我的《等风来》能不能解决他们的饥渴难耐。

学校的副校长说，一个孩子还在读高中的家长谈家庭教育是需要勇气的。因为他们曾经邀请过孩子比张小萌更优秀的学生家长谈家庭教育，但人家唯恐孩子考不上顶尖的大学所以不敢应邀。

我承认自己有这些顾虑，但我以为那些顾虑不过就是功利的"成功观"作怪。

讲一个初中生成为一个高中生的故事，本身并不在于考上重点高中这个结果，而是在于孩子树立信心、乐观应战、永不放弃的过程，更在于家长锤炼耐心、有效激励、共同成长的过程。这些经过都已既成事实，并不会因为后来的故事而发生改变。所以，我愿意在萌萌还在上高二的时候跟别的家长分享心得。因为在那一段特定的时期，我感受到家庭教育对孩子的影响有多么深刻，我怀着"拯救地球"的心想帮助太多无助的家长。

张小萌有她自己的成长，不会因为一个讲座而改变方向。

再次谢谢张小萌，同行的一路，我也成全了自己。

# 网暴 ⌒ 2017-11-20

张小萌现在有越来越多的秘密了，好多次都忍不住要跟我说，却又突然刹车——"还是不说了。"弄得我很抓狂。大家都懂得，八卦之火熊熊燃烧起来，突然来这么一盆冷水，能憋出毛病来。

失落。那个无话不说的张小萌，背叛了对我的亲密。

有秘密的人内心才丰富，我并不想她简单得像一张白纸。我就这样安慰失魂落魄的自己。

周六，张小萌遭遇了网络暴力，绝对是无中生有，委屈得也顾不得什么"秘密"就告诉了我。看着眼泪稀里哗啦的张小萌，我本来想教育她自省的念头瞬间转化成对网暴者的无限愤怒——瞬间还产生了以暴制暴的冲动。

张小萌情绪激动，放下期中复习，开始执着地追踪造谣者，过了23点还在扒线索，坚决要挖出"凶手"……

周日，我们一起去"贡茶"喝茶。我带了一本《教育是无用的》，她带了《历史》课本。

张小萌背了一会儿书，看了一会儿手机，突然安静地依靠在我的肩上。

我说："张小萌，你怎么啦？"

张小萌羞涩一笑："哦，好感动啊。"

我说："咋啦？"

"要不给你看看吧。"

"好啊好啊，快给我看看。"

张小萌刷了一下手机，却又说："算了，不给你看。"

"说话不算数，没劲。"

"好吧好吧，给你看，我截图给你。"

原来小萌的"死党"准备全力出击，搞一次伸张正义。

受伤的张小萌已经被朋友的温暖所包围，委屈的眼泪也被敞亮的笑容所替代。

## 觉悟 ～ 2017-11-20

期中考试第一天，张小萌一早起来又在抱佛脚，《逍遥游》《出师表》《滕王阁序》啥啥的。

昨晚背哲学，关于事物的矛盾性、客观性啥啥的。

我问："你理解'静止是运动的特殊形式'吗？"

"没时间理解，背了再说。"

"所谓特殊形式就是，静止是速度等于0的运动嘛。"

"尽胡说八道，不要把物理和哲学掺和起来，把我搞晕了。"

"万事是相通的，这就是矛盾既对立又统一的意思。"

张小萌没空儿搭理我，课文读得上气不接下气，连早饭都来不及吞咽，几次背诵都半途搁浅。

倒也没有因为背不出而气馁，看一下书，继续背，继续背。张小萌在家向来无理惯了，虚张声势逃避自责是一贯手法。看她背课文屡屡受挫并未暴躁，要么是并无烦躁，这境界很高；要么是克制了，这也不容易，克制的原因是有责任心或者是开始懂得、在意家人的心情。

一直都担心情绪易爆的她容易伤人也容易自伤。然而这个期中考试的早晨，短短的几分钟时间，我看到了她真正慢慢变得有耐心，看到些许成人的暖色，于是忍不住夸她"不烦躁，有耐心，能坚持，能成大事"。

张小萌便也觉得自己很有境界，很有觉悟地表示：这是理所当然的，不过是小事一桩罢了。

# 拍照的角度 ⟨⟩ 2017-11-21

第一次做关于家庭教育的讲座，用什么样的方式能够打动在座的父母呢？用什么样的方式能够在第一时间抓住他们的心并相信我呢？

我选择了自己做得最多的一件事开头，不是陪做作业，不是陪吃大餐，不是一起旅游，而是拍照片。萌爸头痛我们家电脑里的照片多到无法整理。我的手机也常常因为存储了太多的照片而卡到抓狂，可并不能因此改变我对拍照片的热情。

喜欢美好的事物，看到了就想用照片记录下来。这世上最最美好的，不过就是张小萌。

我从给张小萌拍照的角度开始讲座，照片从正面全脸各种姿势配合的小姑娘，变成了一个个大步流星的背影，慢慢又只有早晨窗下等车的身影。照片上的她，从占领全屏，到只剩一个角落……未来的未来，终会只剩一个念想中的点。

准备PPT时，便告诉自己要好好珍惜张小萌。我讲的时候，家长们都安静了，放下了手机，因为由萌而想到家里那个"小魔头"还是"小天使"傻傻分不清的娃。

早上，张小萌又要上学去了。怕冷的她，不得不向我准备的热水袋投降，抱在手上，放不下来。

窗下的她东张西望，我不由自主将窗户打开一条缝，举起手机，拍下她背着书包等车的样子。

这样的场景，每天有，都差不多，不过就是扎着马尾辫，穿着校服，背着书包。

但也有不一样，今天有点毛毛雨，天色还是很暗。有时候太阳已经出来，晨曦洒在她的身上，感觉她像披着霞光的小仙女。有时候她就傻傻站着，有时候却又踱来踱去，有时候又翻出课本在那里"抱佛脚"。她有好几个书包，黄色的很靓，绿色的文艺范，蓝白相间的小清新，有时也拎一个帆布袋。她会换发型，马尾辫最多，也会梳麻花辫，或者扎丸子头，有时又披着发……这些不同，让每天差不多的场景，有了一点点变化。照片好像都差不多，但又真不同，所以哪张都是绝版。

以前拍完照回看不满意，就让她配合重新摆姿势，所以各种特写。

现在没那么多讲究，往往是拿出手机，就已经被她发现或者她已经变换了位置，根本没有机会下手。出来的照片，哪怕是个背影都很难得清晰。有时候抱着侥幸心理，在背后叫她一声，等她转头过来的瞬间就抓拍，所以手机里尽是聚焦不到位的模糊影子；怕她看到不满意，自己就乖乖地删了。

很多照片删了也就删了，可是鼓起勇气整理，整理完了还是留存——谁知道下一个背影要什么时候才有机会拍到呢？

我和她的关系如《三国演义》：分久必合，合久必分。

小时候她对我各种依恋，然而我向来大大咧咧，随便她如何成长，以至于她认为她爱我比我爱她更多。直到初二下半学期因为多种原因开始下决心好好陪她。这一陪陪成习惯，很是过了一段相亲相爱的日子。也不承想到这如胶似漆的感情，某一天突然又开始冷却。而这一次，是她主动迈出脚步。

记得她断奶时我隐隐失落，也记得她刚上学时我无端担忧。这一切，和现今她一个人学习、一个人去图书馆、一个人睡觉、一个人想静静给我的莫名惆怅一模一样。孩子越独立，母亲越失落。相反，母亲越失落，说明孩子越独立。所以，我告诉自己：这是好事。

时光的弓是不会拉回头箭的，我应该庆幸，在能够陪伴的时候，做到了最大的诚意和耐心。所以，箭呼啸往前飞去，我没有遗憾未曾把它好好握在手心。

每个人的人生舞台，每一个阶段，妈妈这个角色，都有不一样的戏份。如果我是一个好的演员，就应该演绎好她的人生剧本中的每一次出场，即使沦为没有台词的群众演员也不含糊。

明显地感觉到，这半年来我写张小萌时的心情不太一样了，越来越多的是关于她渐行渐远的感慨。这就是我感受到的她的成长，照片的像素越来越低，文字能描述的画面越来越少。

每天晚上问她："明天你穿啥？"她答："我自己会选的。"一样的答案，可是每天还是单曲循环。

每天早上站在窗后看她等车，一样的风景，可每天还是定格凝望。

就像从前我们在一起读书、做作业的时候，我知道那会成为追忆；而今日的单曲和定格，也会成为往后不可再追的回忆。

等我们挥手告别，各自转身遇到他人，一定要好好进入别的角色，和别人演好对手戏。

## 微笑向暖 ∽ 2017-12-4

鼓足勇气出差一星期，回家后总觉得有些变化。

床上还是离开时的被子，茶几上还是离开时的摆设，连张小萌的房间也和离开时毫无两致。

隐约感觉父女俩的关系微微向暖。

那天萌爸因为结石发作疼痛难忍，送她上学路上龇牙咧嘴。萌进校的时候很担忧，关切地问爸爸要不要紧，萌爸挥手示意没问题。后来我跑去医院与萌爸汇合，挂号、B超、碎石、配药……一番折腾后回家。路上接到"陌生电话",竟是张小萌打来的,问:"爸爸要不要紧?痛不痛?"满是担心的语气,还说上课时一直都在牵挂爸爸。搞得副驾驶座上的我差点落泪,连忙告诉她不要担心,妈妈和爸爸在一起。

那天她睡得晚,跟她聊妈妈不在家和爸爸相处如何。已经在被窝里的她突然微微一笑,说:"其实爸爸早饭烧得挺好吃,就是油多了点。"然后还跟我絮絮叨叨描述爸爸做的饺子放了什么神秘调料,总之味道鲜美。

说真的,难得萌肯定爸爸,也难得萌记挂爸爸。回想起来,前一次她担忧爸爸是2014年10月初爸爸孤身去美国前夕,总说"不想爸爸一个人去",但爸爸出发那天挥泪道别后,便再也没有因为什么而继续担忧。

也难怪张小萌。成长的过程,爸爸缺席的时间太久,久到她觉得和爸爸很难表达亲热。她一直觉得爸爸不懂自己,很严肃。

萌爸也很少夸奖女儿,思想传统的他根本不懂00后少年的想法,总觉得少年的想法都不太正确。

晚餐时间,萌爸突然跟我说:"萌主动提出要买习题集,可见她是上进的。"我说:"这一点我从不怀疑,你也无须怀疑她对自己的责任心。她所有的没有做到位都只是一时的行为,但这些都不能抹掉'她是个有责任心的人'这个事实,而且以后也是。"

萌爸点头认同。

我很高兴萌爸由一件小事解读出女儿的好,辨识到女儿的闪光点,虽然他好不容易解读出来的内容是我从来没有怀疑过的。

这是因为对彼此的认同——弥足珍贵。

萌爸要参加一项评比。萌问我:"妈妈能不能帮到爸爸?"我说:"也许!"萌便认真吩咐我:"那你一定要帮助爸爸。多一份力,爸爸多一份胜利的希望。"

我觉得,女儿心里装着爸爸,比什么都重要。

夫妻俩逛商场的时候,我指着橱窗里的衣服说:"萌萌穿这件衣服肯定好看。"向来不主张萌萌穿得太讲究的萌爸毫不犹豫说:"那买吧!"

一次短暂的退出父女之间的关系圈,不经意培养了暖暖的父女情,虽然还是不知道该说什么话题,虽然并没有太多的嘘寒问暖,但家里的空气在这个初冬暖了许多。

愿老张和小张,成为彼此眼里最美的风景、最暖的棉袄。

# 主角 ∽ 2017-12-20

前日张小萌点名要吃大虾。昨日特地去超市买,顺带买了菠萝蜜、草莓、柚子,满心想的都是她应该补充点水果，全是挑时鲜的买，贵就对了。临了觉得也该买点别的，看来看去买了棵大白菜，才0.79元，可以炒好几次年糕。

昨日萌又嫌冰箱里的粽子、南瓜饼、饺子不合口味，说弄点小笼包或者生煎包吧，菜包也行。得令！今日便又去觅指定早餐。还好，找着了，明天早餐没问题了。晚上散步又去一趟银泰城，没想买啥，结果还是买了她爱吃的色拉、牛奶，还顺了一支护手霜，一瞧袋子里又全是给她买的。

我同事常说起他们夫妻俩在孩子上大学以后的"凄惨"生活，比如冰箱里还剩半个萝卜，应该还有一点肉骨头，或者花6元钱买了两条秋刀鱼，竟然还有两株青菜……他说这些时从不怕别人笑话。事实上我经常因此而笑话他，对自己抠门得要命而给女儿读书准备的都是上百万的教育基金。

前几天张小萌突然决定傍晚回家。我听说她已经吃过晚饭，便没有特意准备什么，一碗萝卜、一盘青菜、一盘西红柿炒鸡蛋。她到家临时决定要再吃点，我连忙加菜，蒸上烧好的牛排上桌。吃饭时，张小萌一再说我们吃得"太凄惨了"，说我们俩的伙食还不如她一个人在学校一餐吃得丰盛，什么小火锅啥啥的……我说还不错啊，有荤有素的；她连连摆手，说"太简单，太简单"。

我就想起我同事家的晚餐。那天他在食堂买了酥鱼，估计再加一份萝卜，这已经是豪华配置了。

张小萌的早餐，5个很小的小笼包12元、1个土鸡蛋2元、一份水果10几元，要是再来份酸奶，没30元下不来。

目前对我来说，工作之余，最重大的课题就是"萌萌的早餐"。但因为能力问题，尽管费尽心思，依然很难让她满意。

每次去银泰城，看到好看的衣服，第一念头是张小萌穿上应该如何如何，便立刻忘了自己暗自下过很多次决心——真的不能再给她买更多衣服了，付钱、打包，喜滋滋地想象她试穿衣服时候的顾盼生姿。

逛淘宝也一样，最新潮的阔腿裤不能少，加长的修身裤不能少，加长加绒加厚的打底裤也不能少，少女风衣自然是要的，足够保暖的羽绒服当然也要，轻便的面包服也很好，黑、白的好搭配，军绿的显气质，灰色的更大方……总有理由为她下单，有时候怕买来的不中意，就买两件风格不太一样的，相信总有一件被相中。

原以为自己脱俗，可仔细一想，表达爱的方式，更多还是粗暴的买买买；就连书包、杯子、本子、皮筋、发夹，都能搞一个展览。大多数东西的功能是重复的，添置起来其实也没什么用处。而这一切的冲动，不过是因为喜欢她背上不同的书包而换一种鲜活的心情。无用的才是礼物，有用的叫生活用品。

向来怕麻烦的我，晚上动手榨了橙汁让她带去，回来时喝完了，老母亲的心便得到莫大鼓舞。

超级明星的粉丝，都是这么贱嗖嗖的吗？

## 自我管理 ∞ 2017-12-21

处在新一个"断乳期"的娘儿俩，她想断，我舍不得断，不似从前——我狠了心要断，她号哭着不舍。

可是我没有理由不给断。况且，我作为足够理智的知识分子，怎么可以婆婆妈妈？

看她起床后在"照花前后镜"，看她睡前在衣柜前挑选"轻裘绿罗红舞裙"，看她写作业的时候"手不释机""余音绕梁"……便忍不住想要接管过来——毕竟高中生啊，你懂不懂克制！

张小萌往前独行的去意已决，一切勉强都是毫无意义！我便很小心地问："张小萌，你真的能管好自己吗？"张小萌稍稍顿了顿，说："没有问题，我自己管得挺好。"

好吧，我本来想把她存在的问题梳理一二以作警醒，便把全部废话都硬生生憋回肚子。作为"开明"的妈妈，我得信她能调节好。

前几天，张小萌在说说里说："天气冷了，做什么事都容易放弃。"而张小萌确实很轻易地放弃了作文比赛，放弃了参加运动会，甚至放弃在休息日和我一起去跑步……我不知道，多次"放弃"会不会形成强大的惯性，就像滚下山的石头停不下来，毕竟放弃是那么容易，躺着就行，而坚持是那么辛苦，一直都要憋一口气。

重新提气需要强大的内动力，就像停下的汽车要启动需要更大的驱动力，会燃烧更多的燃油。可是，没有尝试过"放弃"，大概也不会晓得世界上真的没有"躺赢"这样的奇迹。

人性中有"偷懒"的成分，所以接纳她没有全力以赴。人性中有"贪婪"的成分，所以也谅解自己常有的焦躁不安。但她总归是自觉的，对自己负责的；而我总归是理智的，绝不歇斯底里。

张小萌说不想上英语课，因为英语课太浪费时间，希望我能给她出具一份"同意不上英语课"的证明。听课的是小萌。我好像没有权利要求她必须听不喜欢的课，也没有办法帮助她"亲"真的亲不起来的老师，所以只能尊重她的选择。于是建议是否换个班级听课。张小萌自己找了年级大课表，说安排好了，每天分别去谁谁谁的课。那就祝愿她的选择不辜负她的勇敢，有好的收获。

最近每次数学作业大多只能是个"B"，而这样的数学水平竟然在班上也算好的。然而，我也只能眼睁睁这么看着，指望她某一瞬间的顿悟。她上幼儿园时我以为数感只要训练多了自然就提升了，她上小学时我以为她的数学可能要到初中才崭露头角，她上初中以后一直都只能"跟上进度"，那时候就明白高中的数学会是一场攻坚战……但她终究还是在自我管理的同时总结学习的心得，在一次次小的顿悟中一点点打开。期中数学年级304名，一共860人，中上，虽不稳定，但好歹收获了些许信心。

昨天回来跟我说为迎新晚会准备的舞蹈入选了。她原以为我会担心影响学习而反对，而我却真心因为她难得的热情而喜悦：一是可以适当调节一下枯燥的学习生活，二是难得她竟然愿意上台表现自己。练习，试装，试妆，盘起丸子头，要透明的肩带，舞蹈鞋，还有白袜子……"妈妈，这样，然后这样，然后这样这样，好不好看？"好看！

放手，不得不放。走得正或者不正，欣喜和忧虑，都憋在心里，只是静静地看，虽然无数次想伸出手，无数次想指令，无数次想告诉她怎样更好，然而除非她喊"妈妈，你来看"或者"妈妈，快帮帮我"，我才会出手。

张小萌，你可以管好自己，你可以更勇敢，也可以更自由。

# 内伤  2017-12-25

突然发现自己的QQ被张小萌拉黑了。

这样的事以前在别人身上发生过，我觉得跟我没有关系。

张小萌的QQ号是几年前我为她申请的。我是她的第一个好友。从此，这样神圣的关系就一笔勾销了。

她又长大了。我这样心酸地安慰自己。

假装根本不在意这件事，或者干脆就当作没发现被她拉黑了吧。

# 一种选择  2018-1-22

又好久没有写张小萌了，实在是距离让我难以落笔。想了解更多一些，但无论如何询问、表白、分析，言语总是多余。或是她不以为然暗示打住，或是自己觉得无趣欲言又止。哎，父母儿女的缘分，总是渐行渐远，我也没什么好叹息的。

从前，关于某件事，我会用她能听懂的方式打个比喻解释给她，让她了解原委，引导她该从什么角度去思考看待问题，如何做出自己的选择。她总是频频点头，赞叹妈妈考虑周到。现在我要是再打个比喻，她会说："妈妈，我又不是小孩子，你跟我讲这么简单的道理。"搞得我自己也觉得幼稚。

所以，现在能做的，是希望她看到更多的事，从别人的方式、别人的结局中读出"自己想要的是什么"。

书，电影，音乐，都是价值观呈现的载体，也许有一句话击中灵魂，会热血沸腾，会感动涕零，会怦然心动，会幡然醒悟，渴望自己成为怎样的人……我曾迷恋于那些梦话一般的文字，但从某一个时候开始，却又讨厌这其中粉饰、做作的影子，越平实越笃爱。

但少年可以有"为赋新词强说愁"的矫揉造作，也可以有"上天可揽月下海可捉鳖"的血气方刚。

三周来张小萌第三次看电影。《无问西东》，我看，是重拾少年情怀；她看，是思考人生初心。

张小萌不懂王敏佳为什么会糊里糊涂就成为"破鞋"，更不懂为什么会可笑地成为"特务"，就像不懂《芳华》中苗苗穿了一下人家的军装就被孤立打压了。为什么竟然在某些年代这些根本不是事的事会要了人的命？要了命，还没有人需要为此负责。

风花雪月，家国天下，封妻荫子……任何一种呈现，都可以是一种选择。高尚是高尚者的墓志铭，卑鄙是卑鄙者的通行证。任何一种选择，都是价值观的呈现。

我们在看故事，流泪了，心痛了，无奈了，震惊了，无语了……是什么唤醒了自己的骄傲？

那个唤醒自己骄傲的故事，应该就藏着最真的自己。

我们俩各自抹眼泪擦鼻涕，离场的时候各自红着眼，互相都不觉得尴尬。很好，说明我们在彼此面前都不需要伪装自己。

张小萌没说自己最感动的点在哪里。相比于从前我们一起看《死亡诗社》，她很少再表达自己的观点，或者是读书太忙以至于拙于表达，或者是她不像以前那样容易被故事呈现的价值观所影响。

毕竟不是命题作文，所以不必说。我只是希望我们都可以看到更多人、可以做出更多选择，恍然大悟："哦，原来还可以这样生活！"看到过，才打开视界，才看清自己，才能学会以自己最喜欢的方式做出选择，给自己人生这篇文章写下多一些参考。

没有固定答案，但《无问西东》里所有的人，都在思考："要到哪里去？"

"人把自己置身于忙碌当中，有一种麻木的踏实，但丧失了真实，你的青春也不过只有这些日子""什么是真实？你看到什么，听到什么，做什么，和谁在一起，有一种，从心灵深处，满溢出来的不懊悔也不羞耻的平和与喜悦""你想追逐的功名利禄，祖上全部拥有过，我只希望你体会人生的乐趣，希望你结婚生子，不是给我增添子孙，是想你知道为人父母的乐趣。我怕你还没有想好怎么过这一生，你的命就没了……"——我很羡慕张小萌，在少年时有机会听到这样的话，接受这样的思想，而不是"你要是不好好读书，就只能务农！"我也很庆幸因为自己的努力，张小萌的起点比我高，追逐的不仅仅是"生存"，可以从容体会人生滋味。

你尽可以大胆做梦，尽力捍卫，好好过这一生。

# 这不太好吧 ✎ 2018-1-29

暴寒天气，教育局犹豫不决，是放假还是不放假？昨天总算决定初中、小学提前期末考试，高中还是按常规进行。

整个周末在暖洋洋的空调间"奋战"期末的张小萌不管教育局如何决定，跟我说她周一不打算上学，要我跟老师请个假。

她虽是笑着跟我说的，但我感觉好像不是开玩笑。于是我笑着调侃："不是吧？高中生居然还在一个周末以后跟家长耍赖不想去上学？"她怕我以为她不过是开玩笑，尽量从自己也觉得有点开玩笑的要求中严肃起来，但仍做不到不笑，只能用言语再三声明："我说的是真的，不是开玩笑的。这件事我想了好久，我是郑重决定。"

"张小萌，你觉得好笑不好笑，一个重点高中的高二生跟妈妈说不想周一去上学，想赖在家里。这是不是太说不过去了呀。"说真的，我一点也不觉得奇怪，可是我认为自己应该义正词严地拒绝——这是一个正常的高中生亲妈该有的态度。

不知怎么我也严肃不起来，只是觉得好笑——好笑高中生提出这么幼儿园小朋友一样耍赖的要求，好笑一个高中生的亲妈竟然觉得"不去也没关系"。但出于道义，我还是"强撑"着反驳："这样不好吧？都要期末考试了呢。万一最近老师有重点的秘籍要传授呢？高中老师一节辅导课要多少钱？你一天不去上学，折算成辅导费得有多少钱啊？这可是Y中的老师啊，其他学校的学生想请都请不到呢。"

"我就是怕万一。每天都以为老师会讲不得了的知识，可每天就这么过来了，尤其是进入复习阶段。反正也没有新知识，我不如在家安安心心按照自己的情况复习。"

"啊？按你的意思，你觉得上学收获并不大，难不成你的高中就是自学成才？你的高考就是自学考试？"

"差不多吧。我做出不去上学的决定是对自己负责任，我有自己的复习计划。明天我就跟你去办公室背语文，按照上学的作息时间就好了。"

"难道，我真的要帮你去请假？为一个因为天寒地冻不愿上学的高中生撒个谎说感冒了？我可是很正直的人，不会说假话。"

"你就帮我请假吧，你就帮帮我吧，现在就去说，现在就请假，请完了我好安心。"

"张小萌，人家高中周末都不休息，你过了完完整整的周末还要赖学，这不好吧？"

"妈，你快去帮我请假吧，快去……"

然后，我帮她请了假。于是，现在她在我办公室做作业，一会儿说冷，一会儿说困，一会儿说头昏，早知道就应该送她去学校。

一直到现在，我仍然很奇怪她居然跟我说不想去上学，也很奇怪自己居然就轻易答应她不去上学。

这是不是不大好——

## 子非鱼 ⌘ 2018-2-6

朋友圈有篇文章大热，是一位中学校长写的，讲的是"雪未下而课先停"这件事。作者回想自己当年即便风雪交加仍在门窗不全的教室读书，感慨现在的学校教育缺乏担当、如今的学生吃不得苦，感叹在娇惯环境中成长的青年一代如何能担当未来的家国大任。

我，默默地把这篇文章递给萌看，是因为内心有共鸣。用别人的话来表达自己的意见并且完成教育的目的，可以说是借物喻理，或算是"借刀杀人"。

张小萌看了一下，没发表任何意见。

我追问："你以为如何？"她一副不屑的神情，甚至有点情绪，反问："说我们这代人辛苦的是你们，说我们这代人娇惯的也是你们，那在你们眼中我们到底是辛苦还是不辛苦？"

我竟语塞。

她索性长篇大论起来："一代人有一代人的快乐，一代人有一代人的痛苦，我们在享受更多物质的同时担负更多的精神压力。大人们为什么要把自己没实现的让孩子们去实现，自己承受过的也要孩子们去承受？如果说非要受苦才是锻炼，那么有车大家也应该走路，有暖气也应该冻着？"

有道理啊！如果说意志力需要通过"虐"才能维持，那是不是人类发现了火种以后，还应该茹毛饮血？

张小萌的话让我沉思。我们，自诩为有知识有文化的中年人，曾经痛恨过老一辈跟我们忆苦思甜说"吃不饱穿不暖"的自以为开明民主的一代，在来到人生的收获期，是不是开始倚老卖老对下一代的人生指手画脚了。

做父母不容易，做孩子又何尝容易？孩子太在意成绩，说他不够豁达；孩子无所谓成绩，说他没有上进心。孩子话多，嫌他话痨；孩子话少，怪他冷漠。孩子怕冷穿得多，说他没有意志力；孩子不怕冷穿得少，说他只要风度不要温度。孩子有学习以外的爱好，说他不专心；孩子一心只读圣贤书，说他太狭隘……关于下雪天的停课，决定的是大人，非议的也是大人，而被决定又受非议的却是像棋子一样被摆布的孩子们。

每一种观点都有其产生的正当缘由。我给张小萌推荐文章没有错，错就错在推荐时内心有说教的意味，而不是批判性接纳。如果是前者，容易造成不同身份的对立；如果是后者，则是敞开心扉的坦诚。

成年人总是在过往的失败中形成自己的价值观，因为无力指导自己的人生，便把这些"金玉良言"一股脑儿传递给下一代，大多显得刚愎自用、不容置疑。父母的格局影响孩子的成长，越来越具体的期待，仿佛是找到了落脚点，但毕竟"格局限制了想象力"。因为我们太容易以已有的经验做出定向的思维，并且毫不犹豫地冠上"正确"的帽子，否定"正确"以外的一切。

试想，老一代苦口婆心地教诲，哪一件不是我们亲身经历过才接纳的呢？那么，我们又有什么资格剥夺下一代用自己的人生实践来形成自己的价值观，来认同我们那些正确的废话。

所谓中年的油腻，好为人师大概是最难以清洗的污渍了吧？张小萌的观点，足以警醒我要保持谦逊，要警惕中年人的自以为是。鱼的快乐和痛苦，不是你可以评判的，哪怕你以为更舒适的热水，鱼却不这么认为。

何必因为担心有一天可能会饿死而不肯吃饱每一餐呢？很多事情，遇到了去面对就好。杞人忧天，不过是庸人自扰。

# 小小的肯定 ∽ 2018-2-7

如果张小萌有需要，我每天都可以换着花样表扬和表白。

母女之间的关系，好像也是"敌进我退，敌退我进"。在很长的时间里，张小萌一直表示愤愤不平。因为她觉得她爱我比我爱她更多，她会因为我跟别人相处太久而吃醋，会在我打球回家时帮我脱下臭烘烘的球鞋、换上拖鞋，会帮我准备好洗漱的热水，会为了讨好我像个"女神经"一样做各种夸张的肢体动作，会在出门的时候回头索吻，会在我离家的时候依次从每一个窗户探出脑袋一遍又一遍喊"妈妈再见"……那时候，我们的关系明显是我处于上风，一个眼神就让她像个"狗腿子"一样揣摩我的心思行事，只为妈妈露个笑脸。但我总是一副高冷的样子，一次又一次提醒她：

"太黏人了，受不了。"

是啊，太黏人了，受不了。可是，不黏人了，更受不了。

高二这个学期，长长又长长，我们之间的关系像关进了速冻层，没几天就冰火两重天，而且一直都没有解冻的意思。她从无厘头的女神经切换到高冷的女神，对我的态度从"狗腿子"切换成了"渣男"。我从一开始的不在意，到后来预感到有问题，再到后来着急，最后便死心了。

有时候想，难道我和张小萌的缘分到了另一个分水岭？有时候又想，不可能就真的回不去了吧？但无论是回得去还是回不去，我知道我要摆正心态重新接纳一种新型亲子关系，以后可能还要接纳节奏更快的关系变换。我劝慰自己应该悦纳这些情理之中的变化，亦提醒自己不要把自己的失落折算成张小萌内心的负疚。

唯一不变的是变化，我们唯有被变化推着往前走。

本来不抱希望的事，却在期末前两周发生了微妙的变化。

那日早上因为一点小事又闹不愉快。我不想让她一大早心情不好，平静地送她出门上学。晚上放学回家的时候，她若无其事递给我一朵纸做的百合，打开一看原来是写给我的话，说因为早上的情绪一天都觉得对不起妈妈，自习课的时候再次想到而无法继续做作业，便给妈妈写了这一页纸。其中写道："无爱的人万劫不复，有爱的人生生不息。您是后者，我想我也是，但却活成了前面的样子。"

我妈曾经说过，为人父母如果要跟子女斤斤计较、耿耿于怀，那又何必为人父母。我自己也深信越是纠结就越是深陷其中。所以，尽管一开始不容易，我还是学会了把高中生的暴脾气在最短的时间里"像蛛丝一样轻轻抹去"——好歹，我容人的功力比她深厚，理该我先释怀；终究，她在青春期，我还没到更年期，理该我退一步；何况，她读书辛苦也算不容易，我已经明白工作对我的意义所以算不上辛苦，我自该多体谅她；再退一步说，当妈的都不谅解她，她又如何指望这世上还有谁能不计较自己？

如果不是她写的话，我早就忘记早上的事。即便她写了这些话，也并不能使我对她"从此以后改了吧"抱有希望，但好歹让我再次强化了对她品质的确信——心性总归不错，行为得靠时间来修。

那日我给了回复，要她不必对自己耿耿于怀，世界上没有谁是完人，相信自己会变得更好比自责更有意义。

然而那日以后，那种久违的亲昵便开始复苏。她又开始在我面前耍宝、耍赖、撒娇，再没有口不择言。

我并不指望就此一切如初，因为母女关系始终也是往前发展，螺旋式、波浪式，但总的趋势是越来越远：儿女是上天赠给我们的一块磨石,用来磨去我们的轻狂、躁动与恐慌，并在打磨的同时赋予我们新的生命意义。

昨日考完最后一门课，终于算是放假了。晚上带她出去吃饭。她突然夸我"在同学们中印象很好"。我很奇怪。因为我很少参与她的交友，尤其是高二以来，离她远了，离她的朋友就更远。

但她同学中关于我的形象，总归是她塑造的。同学们认可我，必定源于她的认同。

记得以前她每天要跟我表白多次，而我从来都是大大咧咧理所应当地收下了。再次听到她婉转的肯定，我很庆幸。

# "渣男" ～ 2018-2-9

不知哪天的哪一瞬间，一定是被张小萌气得神五神六的时候，脑子里闪过"渣男"两字。

委屈如我，觉得"良心被狗吃了的"张小萌简直就是"渣男"一枚，仗着我对她的不离不弃，不断辜负我的期待，欺负我的善良，欺骗我的感情，还动不动倒打一把给我扣诛心大帽子。以前她明明是"狗腿子"，难不成，母女感情出来混也是要还的？每次我想起她从前"狗腿子"做得不错，就拍拍自己的胸口说："忍忍吧，忍忍算了。"

刚才张小萌居高临下跟我说打算跟我重新和好。我说："哪有什么和好不和好，本来就好的呀。"傲娇如张小萌立马说："我本来想原谅你，没想到你一点认错的态度都没有。算了，看你表现再定。"我便没了气焰，说："你还是跟我和好吧，我错了。"张小萌盘问："你是真心认错了？还是因为我生气了？"我说："主要是因为你生气了。"张小萌说："认识不到位，重来。"……

虽然昨天晚上大哭一场的是她，但她真的是入戏太深，我真的没有错呀。可是，我担心张小萌看到这篇文章不服，所以，还是说我错了吧。

冤枉啊……

"渣男"最典型的情况就是说话不算数。在我面前，张小萌真的不可靠，分分钟撕毁约定、协议，那些发过的誓，指过的苍天，说过的甜言蜜语，眨眼就消散在风中。每天晚上她都说早点洗澡，可是总要拖，我一遍遍催，总要到忍无可忍的地步，母慈子孝的画面几乎要切换到咬牙切齿，她才施施然毫不在意抱着换洗的衣裤去了卫生间。

"渣男"还有一大特点是"耍大牌"。还没烧好饭，她说饿了；烧好了，她说等一下。饭菜都凉了，我们都要吃好了，她可能还在卫生间办大事或者"还有两道题就好"。这大冷的天，全家一起吃个热饭不容易啊。

"渣男"常常有了新欢忘了旧人。一旦遇到同学，哪怕是在QQ里小有动静，她便立马扔下我，一头扑进QQ，在跟别人的嬉笑热聊中随便搭理我一下，在我说了一大堆话以后突然抬头一脸懵懂问我："你刚才说啥？"然后我再详说一遍，而她随便听完以后三言两语不甚走心地打发了我。张小萌的新欢一任接一任，男的女的都有，我这个正宫如冷宫。

"渣男"对于一切正确的理解以自己的标准为标准，而不是以真理为标准。比如，她嗓门大，她说怕我听不清；我嗓门大，她非说是我对她有意见。又如，她的那些狐朋狗友放她鸽子，她都特别理解；我要是放她鸽子，她就各种不理解，说我当初为啥要答应她。再如，她认为好听的音乐，就是好音乐；我们认为好听的音乐，都是老土，土到"令人发指"。

"渣男"变脸比变天还快。偶尔大发慈心和颜悦色，跟你讲讲段子，说说不靠谱的笑话，自己放松够了，立马正襟危坐，说："给我来点水果，然后你可以走了。"我刚刚心花怒放的心秒冻，悻悻地去厨房准备水果，切好、端过去，然后退下。

张小萌为了给我机会"洗心革面"，刚才递给我一张小纸条，吩咐三件事：打印寒假作业、拿酸奶、买地理北斗地图配作业本。我先拿酸奶，再打作业，把买作业本的事扔给她爸。

忍不住恨恨对她说："张小萌，你知道渣男吗？你就是渣男！"她完全不在意我的指控，翘着兰花指放了一下电眼，纠正说："明明是渣女！"

我同事说我很贱，大概只有张小萌能收服我。何止？！张小萌面前，英雄气短，我哪里只是不贱啊，简直就是认尿。

每当"渣男"在外受了伤，从来没有半点愧疚之心第一时间上门疗伤，疗完了伤，又拍拍屁股浪去了。然后，我还是伫立在风中，等她……

无能为力，就写篇文字散散心。

# 剩下的都是美好 ⌒ 2018-2-10

哎，每个人的人生终究不完全是自己的。比如我，总得张小萌放假了，才觉得是寒假真的开始了。

吃过晚饭我在书房电脑前，张小萌在房间台灯下，她爹又去实验室了。

我用QQ问："出去走走？"窗口跳出一行字："不，我要做作业。"我撇撇嘴回："哦"。又跳出一行字："你生气了？""怎么会？你做作业我生气，我成啥了？"

停！我那么爱生气吗？看来我对张小萌的"嫌弃"让她敏感了！那我真的错了！

这半年，张小萌的变化如破茧成蝶的过程——别人看来如静候花开，对蛹而言却是雷霆万钧的历劫，伴随痛苦和挣扎。

《大鱼海棠》的歌词："我松开时间的绳索，怕你飞远去，怕你离我而去，更怕你永远停留在这里。"大概是我在这个过程中的心境。

这次期末考试张小萌不满意，看得出是真不满意。整个班级学风不佳，成绩堪忧。意志并不坚定的人一直在糟糕的学风中扑腾，学习能力不是特别突出，但还是一直在自主弥补整体性拖下的后腿。虽也跟着着急，但也只能安慰自己：在这环境中"苏世独立，横而不流"是对人格最大的锤炼！

对成绩"不够满意"并不是因为退步，而是她进步后对自我要求水涨船高。

张小萌向来容易受环境左右，但在这样的环境中，一边顶住内心随波逐流的念头，一边兢兢业业做好团支书工作，挣扎得挺不容易。

这学期，参加了学校的艺术节活动。挺好，就当一次次排练是读书后的消遣吧。

这学期，代表班级参加800米跑步。没想到啊，曾经也是站上跑道就发抖的屁人。

这学期，参加了中学生英语能力竞赛，获得省二等奖。把获奖证书随便塞在一堆"废纸"中，大概是这个奖没有想象的那样高不可攀，所以没当一回事。

这学期，我没有再插手任何事情。比如年度总结的幻灯片制作，一点点修改和建议都没有参与。

这学期，物理和化学学考双双B级。刷了几十份试卷，一心想考A，终究实力不够。也是，15%的A全给高三的选考生都不够，所以考B已经是很了不起的成绩。

这学期，手机问题一直是我们矛盾的一个点。客观地说，张小萌玩手机也不算过分，但要认真盘点，因为手机浪费的时间和精力还是不少。考前两周卸了QQ，情理之中，但也意料之外。虽然现在装回去了，但那两周的主动，我依然刮目相看，因为克服惰性、战胜自己真的太难了。

槽点不少，但毕竟，剩下的都是美好。

## 国泰民安 ∽ 2018-2-22

春晚彻底被我们冷落了。有笑点有深度、可以打发时间的综艺节目天天有，春晚已然成了团圆夜的一个象征意义的摆设，没有总缺点啥，但有跟没有也差不多。

初一那天去走亲戚，萌萌插不进大人的话题便窝在沙发上看电视——春晚重播。有一瞬间我注意到她的眼睛红红的，不好意思问她为什么，又想或许是我看走眼了。

回程的路上，她跟我说起观看春晚的一个小片段。说零点在泰山敲钟祈福时，那朴素不过的一声声的"国泰民安"新年祝福，让电视机前的她想到这四个字的实现来之不易，因而眼睛红了。

我没想到衣食无忧的少年会在这样一个槽点多多的大杂烩晚会上触到一个点，而这个点是对传统祈福的感动和对这个时代的感恩。为她的这份珍惜而感动，便主动跟她说我最大的心愿是世界和平。她竟然没有笑，只是若有所思点点头。

突然想到今年是戊戌年，那便是戊戌变法120周年。这120年，中国发生了什么变化？中国人发生了什么变化？

春晚大概也如年夜饭吧，每一个节目都是一道传统菜，有特定的使命，所承载的使命是其他综艺无法替代的，已经成了一个庄重的仪式，把那些世俗而美好的祝愿大声说出来，说给大家听，更说给自己听。

比如泰山祈福，是国家的梦想，也是百姓的希冀。

## 相互吹捧 ⌇ 2018-2-26

**镜头一**

囡：妈，我想吃梨。

娘：好，妈马上去买。

囡：真的啊？你刚刚才回到家，你真的愿意去买？

娘：当然，心甘情愿，马上出发。

……

一小时不到，娘拎着梨和其他水果回家。

**镜头二**

囡：哎呀，这个猪娃娃好可爱啊！妈，我要这个猪娃娃。

娘：买！

囡：啊？这么贵，还是不要买了。

娘：买！你喜欢就不贵。

囡：妈，你不能每次都这么纵容我。

娘：这是纵容吗？千金难买喜欢，你喜欢就买下，再说这也不是要摘星揽月。

囡：算了算了，可能等下我又看上别的了。

娘：好，看上啥了说。

**镜头三**

囡：妈，你真好。

娘：你觉得你见过的妈里你妈排在哪个位置？

囡果断伸出一个指头。

娘喜滋滋：一等奖？

囡：头一名！

娘：真的呀！我见过的娃里，囡也排在头一名。

囡使了一个挑逗的眼神：妈，我们俩这算不算相互吹捧？不大好吧？

娘一脸谦虚：哪里哪里，客观评价罢了。

一个月前，在一次晨起时候的不愉快以后，张小萌破天荒给我写了一张纸条，开头是"to ma ma"，结尾是"from mengmeng"。

当日，看到纸条的时候是出乎意料的。因为这一个学期这样的事已经太多，边伤边愈，我已习以为常，并已经迅速成长；对这种冲动不以为然，努力让她的脾气不再对我有杀伤力。写得有点长，看文字的时候略有几分感慨，想想她对自己的态度不佳有所反思而颇有自责，终究还是有良知的。但大小姐脾气如潮涨潮落，过不了多久总还是要涨的，好好坏坏耸耸肩，别太当真。所以，略微宽慰的同时，相信隔阂是发展的大方向，对再次拥有和谐的亲子关系并不抱什么希望。

所谓徒添烦恼，就在于一厢情愿。算了，算了，我只管待她好，不必计较她是不是有同样的回应。

然而那天以后，从开头的稍有隔膜生涩，竟是越来越平顺，以至于到最近她又变得像半年前一样黏我：叫她有欢欣鼓舞的回音，又假意嗔怪我打扰了她；要我待在她房间陪她做作业，突然腻了又大手一挥"好了，你可以走了"，然后投入作业不再理我；偶尔又撒娇要跟我睡，像小时候一样拼命闻我的头发，起床时把脚伸过来要我给她穿袜子；考前两周卸了QQ，假期第一天列了学习计划；正月里家里无论多热闹，玩一阵以后就下决心回房间刷题……

向来挑食的她也不怎么挑食了，外婆烧什么吃什么，当然也可能是外婆烧得都好。不想做的事，跟她商量一下，有时候也同意了。

那个让我困惑整整半年凌厉如风的娃，又不可置信地回归成小棉袄、女神经，各种鬼脸、各种"无赖"、各种亲昵，好像这半年的冰封千里都是我的错觉。

我纳闷：张小萌，你为什么之前为啥这么高冷啊？

她一脸无辜：啊？我有吗？或者说咱们不要聊不愉快的吧。

好吧，今朝有酒今朝醉。既然向我投怀送抱，我就先笑纳吧。少女的心六月的天，谁知哪天她又换了一副模样呢。

张小萌说像我这样的妈不多。我说像你这样的娃也很少。我们俩挽着胳膊一起散步，她一天几十次跟我表白"妈妈我爱你"，读书回来看到我开门扭着身子甜腻地宣布"麻麻，我回来了"，做完作业一把剪刀一卷双面胶低头认真做手账，每天认真梳理错题，还能一口气做50个仰卧起坐……

我真的感恩这一切。

安心耍赖吧。离开羽翼遮蔽之时，必定可以"决起而飞"。

# 套路王 ～ 2018-2-28

重修旧好以后，张小萌完全把之前自己的各种"渣"都抛在脑后了。

昨晚跟我睡，叽叽喳喳很多话，跟喝了假酒一样，得意忘形之际跟我说了自己小时候如何骗我在一起睡觉的各种套路。

**套路一：有蚊子**

睡下了，总是想着妈妈，听到蚊子的声音，感觉像是救命的，立刻喊："爸爸，有蚊子。"爸爸跑过来打蚊子，打不着，就说："要么你睡到妈妈那里去，爸爸睡在这儿好了。"就抱着枕头慢腾腾地走到你们房间，你一看见我就说："囡囡，快过来。"噢耶！

**套路二：做噩梦**

睡下了，没有妈妈在身边，睡不踏实。好想抱着妈妈呀，可是爸爸妈妈说长大了要独立。怎么办？怎么办？努力睡，还是睡不着，不如就做个噩梦啊。于是在床上酝酿，呜呜发出声音，一开始没眼泪，后来真的有眼泪了。一开始声音小，妈妈怎么还没听到，那就声音大一点。妈妈果然来了："囡囡怎么啦？囡囡怎么啦？"我不说话，还是哭。妈妈使劲摇我："囡囡醒醒，你做梦了？"我就睁开眼继续呜呜。妈妈说："妈妈跟你睡吧，宝贝。"然后躺下拍着我的背，一会儿我果然睡着了。

**套路三：肚子痛**

睡下了，睡不着啊。上个厕所，哎哟，肚子有点难受，赶紧抓住机会。"哎哟，哎哟！"才叫了两声，妈妈就跑过来问："怎么啦？怎么啦？""肚子痛，哎哟。""啊？妈妈帮你揉揉。"妈妈帮我揉，问："好点没？"我说："揉着好受一点，不揉就痛。"妈妈说："那妈妈跟你睡，帮你揉肚子，你就不痛了。"噢耶！和妈妈一起睡，还揉着肚子，真的好舒服。

**套路四：被窝冷**

睡下了，一点没有妈妈的被窝舒服，直接大声叫："妈妈，我冷！"妈妈说：

"不会吧?"然后我就在被窝里抖。爸爸说:"要不你跟妈妈睡,那边被窝都热了。"噢耶!爸爸钻进我的被窝,是不是有点可怜?

**套路五:害怕**

睡下了,各种难受,我想妈妈。可是又没有什么理由,怎么办?有一次,我就爬起来在客厅里徘徊,犹豫了好久,还是鼓起勇气到了你们的房间,站在床边哭。爸爸妈妈突然醒了,连忙问:"囡囡,你怎么啦?""呜呜,我害怕,我害怕。"妈妈一把抱住我,说:"有啥好害怕的。过来,来妈妈这里。"接下去,当然是爸爸去了小房间,我进了妈妈的被窝。

……

张小萌每讲一个套路就笑得花枝乱颤,一副小人得志的样子。

真是没想到,这十多年来自己竟是生活在张小萌的千般套路之中!我说:"张小萌,你能不能有点人性,怎么好意思这样骗你妈?你想跟我睡,你直说就是了,为啥搞这么多套路。你简直就是个戏精。"

"你不知道,我想跟你睡的时候,忍住的次数比使用套路的次数多多了,我不是觉得不好意思吗?"

"戏精,你有没有演出失败过?"

"一般来说,只要我用心,都是成功的。不成功的都是我没用心。"

"你能成功为啥就没用心?"

"良心不安啊。"

"你小小年纪那么多套路,像话吗?"

"哎,小时候为了跟你睡,我什么招都用了。"

"有被识破过吗?"

"没有,因为我每次用的招数都不一样。"

俺的一世精明,都被雨打风吹去。

# 难忘的一天 ⌇ 2018-3-8

收到短信的时候,我瞟了一眼,有点不可置信,what?100!搞错了吧?

小学三年级以来,好像就没有这种分数出现过。大概总分是150吧?对了,应该就是这样!

在线上问了下老师总分是多少,老师说总分就是100。老师还颇有深意地说:"她和两个同桌是这次考试的前三名。"本来正在升高的肾上腺素,一下子就像水银柱一样落了下去。

什么意思？我说："这么说这成绩不靠谱，怪不得这么厉害。"

老师又说："也不一定有问题，她100，另两位都是80多。"

问题肯定有，我知道她的两个同桌都是理科渣渣，成绩肯定有水分。而她虽然正在进步，但考满分，又有多大水分？

放学回来，恭喜她考了高分，又问前三名是他们三个同桌。她知不好，直接跟我说："妈妈，我做了不好的事。"

心里一紧："什么不好的事？"

"我把答案给同桌看了，还把选择题的答案告诉后桌了。"她怯生生地说。

气不打一处来。这种触犯底线的事，无论是正式场合还是非正式场合，永远都不要碰。

我看得出她的懊悔，问："就这？"

她又补充："倒数第二题我对了一下答案，是对的，没改。"

"张小萌！分数有这么重要吗？教育过你的诚信，就这么不在意吗？"

"老师不在，很多人都在偷看。我想考好，所以就看了。"

"这不是理由。你有这个想法问题就很严重！"

她哭，说老师会不会也这么认为、是不是以后再也不相信她了。我说你自己去坦白吧。

她想了想，鼓起勇气，说："你不要听，我给老师打电话。"

我退了出来，关上房门。

好久以后，还我手机，却又趴在桌上，说感觉自己不但犯了错，还出卖了朋友，对不起朋友。

是啊，不面对不安，面对了也不安。这就是做错事的后果。

底线的事永远不要触碰！碰了底线就没有纯粹的快乐。今日哪怕考80分，本来也是高兴的事，现在考了100也不能开心，是不是很亏？安心是最大的自由，分数只是个蝇头小利，笨人才用最宝贵的自由去换取一点点蝇头小利，以这种方式帮朋友也不过是"塑料花"友情。

一直自诩自己不一样，却还要跟随明明知道是错的大流，哪有半点不一样？

张小萌懊恼地低着头，不像平日我教育她就一副战斗的警戒心。

晚上睡下了，才跟我讲白天发试卷时，全班疯狂庆祝班里出了一个100分，简直扬眉吐气。讲数学课上老师如何每讲一道题都要夸一次张小萌，然后大家又鼓掌；讲自己的试卷如何在班里飘了半天才回到自己的手中；讲后桌夸考了100分的她看起来简直浑身都在发光；讲自己最满意的是做出了原本无把握的题；讲老师报名次时本来兴奋的心情突然沉重起来，因为前三名竟然是他们仨，显然太显眼了；讲过了一阵子大家又沉浸在兴奋中……

我感觉到她初始发自肺腑的开心、后来发自内心的忧虑，以及努力使自己麻木的心境。

她问：爸爸有没有知道这件事。我说：知道了。她问：爸爸会不会觉得我很坏？

我说：人难免在诱惑面前松弛，又借着别人的错粉饰自己的错，觉得无所谓，但有的弦永远都不能松。今天考试这件事做得很不对，但数学在进步是肯定的。另外，勇于面对错误，不得不接受同学的误会也很有勇气。知道难受，就改；怕老师不信自己的进步，那就用下一个好成绩去证明自己的实力。

可惜了，这么圆满的分数，然后是一场鸡飞狗跳。

# 同学的优点  ✆ 2018-3-9

张小萌是个矛盾体，但这个矛盾体的表现又是一贯的，比如她总觉得她遇到的人是最好的，总能看到人家的优点，然后总在我面前赞美。

高二以后，前期状态并不是怎么好的萌萌班级名次却一直名列前茅。当然，名次全靠同行衬托，同一场地上的对手实力实在不行。

HHY和JYN的作文真的牛。张小萌曾因作文水平卓越做过语文老师的"头号种子"，一次次在课堂上读范文那也是很风光，比奖励小红花有意思，直到高一作文选手的地位还是没倒。到了高二，语文老师竟不认识她了。因为写作的光芒完全被HHY同学和JYN同学掩盖，人家的文章文采好、层次分明、有风格。高二以后的作文大多以议论文为主，一下子暴露了张小萌不关注社会事务、阅读范围狭窄这些问题，引经据典不够得心应手，理性思维梳理能力不足，文思也生涩了不少。

SDY和WYL的英语顶呱呱。张小萌在英语学习上是有天赋的，事实就是这样，虽然我并不清楚这个天赋来自哪里，但她在这方面的悟性确实好。她也一向对自己的英语很自负，一直以英语学霸的姿态在班上横行。到高二，就没那么不可一世了。因为她的两个同桌在英语方面绝对是超级明星，纯正英式英语，花式字体，可以直接用英语对话，每天背六级英语单词，英语课的风采可以碾轧老师，翻译的二次创作语言美到极点，把诗翻译成诗，不仅意境美，而且还很对仗押韵，令人赞叹。

还有WHZ的话剧、GYW的创新思维，与别人完全不同的一条路。他们好像走在一条和别人很远的路上，但也自如。

还有ZXY的认真，无比端正的笔记，还有对课程知识细节的追问，都很令人佩服。

就像她喜欢曾经经历的所有班级一样，她依然用最积极的眼光看待这个班级和当下的同学。

萌总忘不了自己考好时全班都像自己获胜一样为她鼓掌欢呼，而没考好的同学虚心向自己请教。

我一度对这个班级忐忑不安。因为女生太多，还因为成绩太差——任何一次测验的全校排名，都会让人动起转班的念头。

可是，内心总是告诉自己，如果张小萌能克服这些"拖后腿"的困难，又岂不是更大的进步？告诉自己要行知合一：孩子的眼前有一座山，你不可以帮她搬走，给她一条好走的路，而应该陪她一起爬过去。人这一辈子就是个打怪的过程，你帮她打怪，那她就成了自己的旁观者。

没想到，一个学期下来，张小萌发现整体水平一般的班级藏龙卧虎，单项灵魂选手不少，那些剑走偏锋有个性的特色型选手分头打开了她的视野。

张小萌最近跟我谈起同学都很开心：有人在她腹痛时帮她买糖茶，有人买了奶茶会跟她分享，还有人主动给她买来复习资料……总之每天都是温暖，单调的读书生活也有了一抹亮色。

张小萌也为这些读书不够自律的同学操碎了心，以自己并不十分坚定的意志鼓励大家好好学习。

能看到同学优点的少年，发自内心想要帮助同学的少年，应该是内心敞亮的人吧！

## 技术型吵架　　2018-3-11

早上和张小萌大吵了一次。事情的起因貌似睡懒觉，但其中不乏我的小题大做，毕竟睡懒觉也不是什么大不了的事。

仔细想想，我们之间的吵架，可不只是这一次由我挑起。

有那么几次，甚至是我故意的。

也说不清为什么要这样，但内心有个声音提醒我该吵一次了。在潜意识里觉得花点时间吵架，那些平日里从未被当真的絮絮叨叨突然凌厉起来，让某种关系得到平衡，让某种沉睡苏醒，让某些凝结的胶着打开……

就像对不会喝酒或者从不喝酒的人，吵架仿佛是一次微醺，不好受，但也是一种释放。内心里另一个小宇宙爆发，然后重新归于宁静。

不管你信不信，我点燃自己以引爆她，只是为了她适时得到释放。她在床上翻滚哭闹，小题大做，形式无所谓。回头考数学出乎意料的圆满，欣喜中往往潜着巨大的压力，学考在即，如何开展系统复习？任务铺面袭来，有序应战是个挑战。

我想以一次吵架的方式，把她没做好的和假装做好的，都一股脑儿撕开，或许可以让这种混沌变得澄清。

初中也有一些时候，当她显出焦躁但又不肯承认，当她显出自满但又不明显，当她在该紧张时紧张不起来，当她在该平静时又过度紧张，这些微妙的不平衡一出现，我会做一些先发制人的动作，把她潜藏的情绪或者自己尚未察觉的东西发泄出来，吼过了，哭过了，风平浪静了，好像乌云密布的天空下一阵暴雨便云开雾散了。

我以前是下意识做的，不晓得有没有心理学方面的科学理论，但仔细回顾还是有用的，尤其是那些平时不忍心说的话，借着吵架都说了。

每次吵架都是我主动和好。当然，因为是我挑起来的。对我来说，和她掰扯对错没有意义。我也希望她在我的主动中学习怎样缓和冲突中的关系，学习如何在气急败坏中控制情绪。吵架也是一种沟通方式，嗓门大一点罢了，没必要伤心伤肝的。

我不知道这算不算是给自己的"无理取闹"找一些合理的借口。

# 哭了也不要抱抱 ⌒ 2018-3-17

刚开学张小萌又要跟我睡，上周才下了决心放开我。昨天她爹去乡下，本以为娘儿俩可以亲热亲热。

到了睡觉时，她却说不想跟我睡。问及原因，她说"心情不好，想一个人静静"。

这么干脆拒绝我，应该是想掐断我的好奇，好尽快获得"静静"的空间，一定是难过到难以消化却又不想掩盖。

上高中后，我很少看到她这么痛快地说自己难受了，便问她发生了什么，猜想刚才她闪身去了卫生间大概是想要适当地控制自己的情绪。她却忽然激动起来，让我走开，只想一个人待着。

没有办法，世道就是这么不公平。我的掌上明珠，也不过是凡尘的一粒沙。我心疼，但又觉得不必心疼。长大总是这样，摔着、痛着、哭着、笑着，时间从这些情节中流走，然后就开始不那么爱哭不那么爱笑了。

人生就是这样啊，孩子从身上剥离，然后再从精神上剥离，而有一天，要从我的眼前剥离。籍由我来到这个世界的孩子，就这样一步步，从我的手中，走到世界的中心，完成自己的人生大剧。

前几天张小萌推荐我看《雷神3：诸神的黄昏》，里面有个梗是神可以通过一个"彩虹桥"到另一个世界（星球）。

这以后我几次胡思乱想人到底从哪里来，更具体一点是自问："张小萌从哪里来？"是不是从"彩虹桥"穿越到今生今世的另一个神灵。她又是哪一个神？她的"彩虹桥"的出口选择了我的子宫，借助我来到了今生今世。

《三生三世十里桃花》中也有诸神历劫的桥段。他们的劫就是去人世间经历命运已定的富贵荣华、生老病死，作为自己的主角，丰满地完成那充满悲欢离合的过程。我的小萌，又是哪一个来历劫的小仙或者上神呢？

而我，是她的悲欢离合中的哪一种成分呢？如果命运真的这么安排，我就是那个应该守护她可以独立的另一个神——无论对别人有多么的意味深长，但唯有她是最特别的唯一。

哎，从前享受过的母女时光，烛光、咖啡、甜品、小说、红茶、雏菊……远得模糊成了一个旧梦。从前她拉着我的手指，再三提醒我和她用相同的频率走路——左右左右左右……永远不会乱了节奏。从前她哭了，求抱抱。我就抱紧她，安慰她。她曾经劝朋友难受的时候找自己的妈妈——"无论多么难受，只要有妈妈，一切都会好的。"

人总要学着自己长大。

想想自己年少时也曾把不开心写在本子上，一边哭一边写，写完了，躲进被窝，哭着哭着就睡着了。第二天，就没那么难过了。那些让自己流泪的事，也不想跟别人说，只想一个人静静。

只望你，看得到云层上面的努力穿透天幕的阳光，也不错过欣赏风雨后的那道彩虹。时间磨砺，那带来疼痛的沙子，总是珍珠发光的起点。

## 平安无事 ☁ 2018-3-23

收到学校的短信，说下周举行学考模拟考。是的，下下周学考。学考结束，所剩的就是高考了。

近期相安无事，没有过多关注萌的情况，也没有操心她的状态。感觉自己的调整有了效果；之前总是忍不住关注她，关注多了总是有这样那样让人不放心的事，总嫌她心静不下来。

以为很难做到，其实也没有。慢慢很少忧虑她的状态。而她所反馈给我的，仿佛状态不错。

昨天问我有没有收到政治测验成绩。我说没有。这个问题前天也问我了，我也很平常地说"没有"，而没有像往常一样问个究竟。前天她收到我的答复后没说什么，昨天她说"这次我考得不错"，我才意识到有点太不够关注了，以至于没有敏锐地发现她此次考试成绩不错的讯息。想起前几天她问过我有没有收到英语测验的成绩，便问她上次英语考得如何。她说考得不错，班上第二。我连赞厉害厉害。

开学三周，好像已经从开学焦虑中过渡完毕，来到了平静的湖面，此地清风徐来。

## 中暑  2018-4-3

向来只有我才会在冷热交替时节发烧、中暑，这次中招的却是张小萌。

上午在校园里转了一圈，我的天，热。回转的路上，心想今日犯了错误——张小萌好像穿的太多了，估计热坏了。果然中午她爹打来电话，小主中暑了，下午要接回来。

天气预报每日谎报军情，说是有雨。为此我在上周匆匆洗了冬装，换了棉被，然后等了3天，结果还是全晴。但总归还是我这个当妈的不太靠谱，关注得不够。想想都"谎报"了这么多天，今天总得来点真格的，但就像是股票，你以为该涨了，它还是跌得毫无愧疚。

学考好歹也是大考，兵临城下，我这个后勤明显没有跟上啊。

一下午都在忙一地鸡毛的事，也没时间问候在家养身的张小萌，临到下班才打了个电话，听到她虚弱地说在床上睡觉。

回到家，她病恹恹地躺着，鼻子不通，发丝间还有汗渍。

吃饭的时候终于起了床，一看小米粥，没有食欲，说太寡淡，想吃肉。

廉颇能饭，说明未老。谢天谢地，萌想吃肉，说明身体尚可。

此刻她正在做作业，一副"扶我起来，朕还能学"的励志状。

快点好起来吧，明天开始我一定好好研究气象预报，做好后勤保障工作。

## 又瘦了  2018-4-5

名义上的假期，只有萌爸一个人代表我们全家去度假了。难为他，代表我们度过了一个又一个的周末，挖笋、钓鱼，等等。

张小萌没什么节目，复习，但还是挑了美美的一身搭配：连衣纱裙+风衣。

从初三至今，张小萌就一直在和"减肥"这件事纠缠。

寒假刚过时，她不时上称看自己的体重，每次都连声说："不行了，不行了，我必须减肥了。"每次去银泰城，路过所有玻璃墙面都要从正面、侧面仔细检查自己的双腿，非得找出一点"瑕疵"，然后很着急地喊："太粗了，太粗了。我必须要减肥了，谁也别拦我。"我说："张小萌，你对着我这个中年妇女说自己太胖了、腿太粗了，你不觉得是在打击我吗？"

她外婆、奶奶要是知道她要减肥，肯定对我一顿数落："减什么肥？哪里胖了？你怎么不管管？"可我有什么办法呢？有些事，比如说"你不胖""天气冷"，当妈的说的都不算，妈说这些话都会被解读成"有猫腻""有企图"、骗人、套路深……既然是这样，又何必自讨没趣白费力气。

最令人崩溃的是：明明是张小萌要做啥，然而她们都针对我，要我干预、阻止，自己却不干预啊。她们说张小萌归我管，却不肯承认自己没有办法说服她。贵为皇额娘的我，在太后和公主之间，难难难。

虽然超级不赞成已经瘦成竹竿的张小萌减肥，但对于张小萌说瘦就瘦，我还是挺服气。每次由她减肥的决心、定力，我仿佛看到一个有巨大潜藏力量的张小萌。

此刻屋外风声雨声，她在房间里爆背政治，什么"环保消费"啥啥啥。然而我只能在空间里记录一下这段成长经历，表明一下我的态度：太瘦了，减肥这件事差不多就可以了。

## 春天的缘故 ∽ 2018-4-6

复习中的张小萌，在我的干扰下仰在床上伸懒腰。我逗她。只是现在逗起来真的难度系数超高，不像以前，都是她死缠烂打。

忘记了是因为什么，她突然说："好想谈恋爱。"

我问为什么。她说："可能是春天的缘故吧？"

突然的话题让我不知怎么接话。她说："你是不是反对？"

我摇摇头，说："这种事反对没有用，谁也不能阻止一个人内心的念头。"

她说："对啊，所以我就应该随心而动。"

我有些艰难："虽然没办法阻止内心的想法，但可以控制从想法到行动的过程。"

她说："我已经在控制了，我都拒绝了好几个男生的表白。我还以为自己戴了牙套以后桃花运就没了呢。"

我笑："一定是他们眼神不好，没看到你的缺点；或者一定是他们眼神太好，看到了一般人看不到的优点吧。"

哎！就算内心在喊"不要！不要！"但还是没有表露出来。反正不管我讲什么道理都有破绽，都有失偏颇，基本都没有什么效果，她总归还是我行我素。

得出一个结论，在孩子15岁之前，父母对他们的教育已经完成。15岁之前能够接纳的，就接纳了；15岁之前没有接纳的，那也不必再啰嗦了——在青春期的孩子眼中，父母的鸡汤都带毒，说教更是笑料。

其实呢，一丝丝忧虑的同时，我也很感谢那些在萌萌成长中认为她宝贵的人，无论是友情还是异性的赏识，有人喜欢不是坏事；反过来，萌萌能喜欢一个人也说明内心的丰富。

好吧，我要学会尊重春天。

## 学考 ∽ 2018-4-8

因为学考，清明节都只能泡在复习中。

我能做的，就是陪伴。在她的嗓门够得到的范围内随时供她差遣，为她做好后勤服务。

不出意外的话，自明天开始，高中阶段剩下的就专门针对高考了。

昨天考了技术，出门的时候我说放轻松，考A不容易，通过没问题，所以不需要太纠结。她说心里还是想考A。我说那愿你心想事成。

今早起床时一个劲问我一些政治问题，吃饭时还是背着政治。我说好好吃饭吧，该咋样就是咋样了。

随着"三位一体"招生方式的大面积推开，学考成绩也在高考中占据了相当的比重。虽说平静对待结果，但毕竟这么多年勤奋苦学，还是希望她见证自己春暖花开的一刻。

## 小甜点 ∽ 2018-4-24

张小萌有很多鞋子、书包和杯子，还有很多帽子、发圈、袜子以及文具盒、笔记本、水笔……

张小萌第一个米老鼠的书包用了整整四年，一双毛毛虫的耐克鞋从7岁穿到10

岁，一件中长版的羽绒服从8岁穿到12岁，一件奶奶织的背心从10岁穿到14岁……这家伙真的是个无欲无求的无知女娃娃呀，当时坚定地盖下认证章：果然是自己生的佛系娃！

人生如戏。没想到那个性格粗犷、不修边幅的"女汉子"的形象，也只不过是"逗我玩"。那个无欲无求、性别意识很淡的娃，终于成为一个用物质来表达文艺的少女。

从初中毕业的那个假期开始，变化如电光火石一般应接不暇，上高中后更是升级了。在造型各异的水杯成为一代代的前任以后她爱上了细长的玻璃水杯，曾经以为是永远的帆布包已经退出历史的舞台，无数的水笔因为出水的流畅感影响写作业的灵感而被打入冷宫，不同的文具盒配合张小萌的心情而交替得宠，新潮的运动鞋成为不变校服之外的心动街拍……

我不反对生活的小细节偶有讲究，也算是对白开水一样的日子怀着微甜的小期待，可当这些偶有的小期待变成日常，那些微甜的小确幸变成家常便饭，总感觉跑偏了，怕沉迷于细节，便无暇欣赏宏大恒久的风景。

不知道一个人在什么阶段可以判断其真实的内在。想想张小萌5岁的时候还叼着奶嘴，那时候我以为她可能这辈子都要用奶瓶喝水，现在觉得那个担忧真多余。那么，既然粗糙的女汉子会变成小资的女文青，或许某一天电光火石间再一次华丽转身，鞋子和杯子，全都不是事。

# 成绩揭晓 <small>～～</small> 2018-4-29

第二次学考成绩于昨晚揭晓，张小萌紧张了好几天，说紧张得想呕吐。

成绩最后还是她自己查到的，1A2B，远远没有达到预期的水平，所以一直没有把成绩告诉我们。我不知道她内心是难受还是负气，任我怎么要求她告诉我，都不搭理，只是一个人做作业。

至此，10门课，5门课学考成绩已经了然，1A4B，和当初以为每门课都可以拿下A的距离太遥远了。

但不管怎么样，让她感觉最困难的几门课已经结束了，不会回头去再考一次，因为"不擅长的东西没必要死磕"，物理、化学和技术，都不是她的菜。虽然不是她的菜，但没能画上圆满的句号，还是有几分遗憾。

此刻，她把自己关在房间里刷题。拉长刷题的时间，最大的功能大概是安慰了自己——横竖我一直都在学习。

但，有没有真正助益进步呢？这种不合时宜的话，还是不要说了。

# 小事化了 ∞ 2018-5-2

学考刚过，马上就是期中。原以为假期她要好好复习，昨晚却跟我提出今天要和已毕业的学长出去聚会。

她再三磨，为了打动我而捺着性子，但我打定主意不同意。我不同意的理由有点任性，并非是因为复习重要而不答应，而是认为对她的要求应该在适当的时候有反对的态度。这一次，我就想任性地反对。

她说了一箩筐一箩筐，软的，硬的。我反对她的次数不多，看她如此执着，便更是决绝，一口咬定"不同意"。

今早推开她的房间，居然人去床空。桌上有一张纸条，说她去赴约了，带了钥匙，请爸妈自便。

其实我之前曾有一瞬间猜到她大致会有行动，但没想到是趁我们不注意就溜了（后来证实是6点就偷偷出门了）。纸条上说她先到某处做作业，到时间了就和学长们去碰头云云。

我想她做出这个举动一定是下了很大的决心，然后也花了很多的精力安排出门的时间和去向，便对她的这种"决绝"更为不满，于是把纸条不屑地扔在桌上。

没给她打电话，懒得追问。又安慰自己，其实也没啥大不了，又何必小题大做。

有意淡化情绪之余，索性也不再当一回事，顾自己忙。

晚饭前回来了。我正在剥毛豆，抬了一下头，没搭理她。她心知理亏转身去房间做作业，一直到吃饭出来。

谁也没说起什么，好像这件早上她鼓足勇气、我气得拍桌的事并没有发生。

再后来，谁也没有再提起。好像一块石头砸进池塘，荡起一阵涟漪，又很快平静如初。

# 原始的逃离（张小萌） ∞ 2018-5-2

5月，你好哇。

碧绿的香樟反射着阳光潮湿轻快的光芒，自行车和汽车的轮胎间隔着划过积着水的柏油路面，发出"唰唰"的声响，雨后特有的气味，和着灰尘氤氲在这个小城市的上空。我攥着笔埋头写作业，妈妈却捧着一本《人文历史》不合时宜地坐在一边，有一搭没一搭地和我聊天，有时还愚蠢地读上一段，自以为声情并茂。

我心不在焉，她便很生气，放下书本要和我讲道理。于是话锋一转，从游山玩水的李白转到绵绵不绝的学习。我放下笔静静地听着，她说的每一个字都实实在在地入了我的耳朵，但组成一个句子之后我却无法理解。因为有个巨大的计划正叫嚣着盘旋在我脑海中，这个计划的每一个细节此刻正如默片一般缓缓播放：有时它像一阵冷冽的水流刺激得我浑身战栗；有时又像甜美的黑刺李汁，香气扑鼻使我飘飘然。它更像喷泉中心鲤鱼嘴里喷洒出的小水珠，快要在空中无比快乐地蒸发。妈妈最后放弃了说教，叹着气走出房间，我也如释重负。

真奇怪。世人都会在远离家乡的时候思念家乡吗？我偏偏不。异乡更像归属，旅行与我而言，就像回家一样亲切。这个沉闷的城市不是我的家。我的家在海德堡，那里宽大清澈的易北河曾经洗涤我的双手和心灵；我的家在斯里兰卡，那里孤独的兽在旷野巨石上嘶吼曾把我从混沌的睡梦中唤醒。当我看见车窗外熟悉的景物纷纷退后、机舱外熟悉的城市渐渐缩小时，才发现之前生活的平庸乏味有多令我反感，才发现我所做的一切带着我拼命逃离这种朝九晚五的生活。

我渴望逃离，就像干裂的嘴唇渴望甘霖一样。

时间过得很慢，好不容易到了傍晚。道旁树的细枝迫不及待地伸进夜色里。从地面升腾起来的烟雾，在落日的余晖下和光影交织着浮动。晚餐桌上，我和家人愉快地交谈，成功地营造出一种极度温馨的氛围。

英雄们干大事之前从来都不声张，对吧？

"小萌，晚饭后你去操场上跑几圈吧，适当运动可以提高学习效率。"爸爸挟一口菜放入嘴里，含糊不清地说。多么可笑啊，操场上的积水还没干呢。"好的，我正好穿穿新球鞋。""别穿那双新的，小心弄脏了。""好的，那我就穿那双旧的吧。"这样的对话将我的生活塞得满满当当，简直叫我喘不过气来。

家里没有人理解我，没有人和我一起观察树叶的千百道曲折纹路，没有人和我一起谈谈阿拉斯加的鳕鱼或是圣托里尼岛的晚霞，有的是关于高考的各种政策研究，关于学习的所有琐事和喋喋不休的教育。家人和我的隔阂，就像那些听不到音乐的人认为跳舞的人疯了一样，不可跨越。何不像加缪笔下那个偷情的女人一样，逃离这个枯燥的家庭———晚上吧。

我是第一个迎接5月到来的人。从阴凉的夜色开始蔓延时算起，我就透过窗户注视着5月的城市没有合眼。夜色如胶，社区的安保人员巡夜时手电筒射出的光扫过我的房间。这让我害怕不已。阵雨的夜晚仿佛帮助我出逃，我在夜里2点的狂风暴雨中洗漱穿衣，在家里的瓷砖地板上如猫一般行走，出门时已经转晴。关上大门时不可避免地发出一声巨响，打破了夜晚的死寂，惊得我赶忙飞奔下楼，搬出自行车，一路逃离了乌黑的小区，乌黑的大桥，乌黑的购物中心。有人告诉我"骑车的话，你会爱上与风做伴的感觉"。这种玄妙的体会十分贴切，尤其是被我命名为自由之风的晚风呼啦啦地亲吻我鼻尖沁出的汗滴。

这真不是一个适合失眠者的城市，半夜里居然一家店也没有开，一路上只有药店、旅馆和银行亮着灯。是怕急诊的病患找不到适合的药品吗？怕身无分文的年轻人手头缺钱吗？怕无家可归的流浪者找不到一张安睡的床榻吗？为什么没有一家小餐馆或者小书店愿意开着门，收留那些失眠者们，让他们靠咀嚼食物，咀嚼文字来消化内心的郁结呢？我漫无目的地骑行着，强烈地感到自己需要净化灵魂和停靠休息的处所。

我来到了24小时营业的KFC。苦笑。这显然不是净化灵魂的好去处。被街道的黑暗可怕所迫，被腿脚的酸痛疲累所迫，被饥肠辘辘所迫，我竟然一头扎进这家店，感到无上的欣喜和幸运。我买了一碗温暖的皮蛋瘦肉粥，在半夜里，油乎乎的炸鸡似乎无法勾起我的食欲。不过，一定是皮蛋瘦肉粥太难喝了，不然我怎么会喝着喝着就流下眼泪呢？打扫的阿姨简单地收拾掉了余下的食物，对我的哭泣视而不见，好像见多了深夜到此哭泣的人一样。渐渐地，我开始无所事事，想到下周的月考，习惯性地掏出历史书来记忆。坐在我旁边的青年原本喝着一样的皮蛋瘦肉粥，在看动漫，这时候却摘下耳机。

"小姑娘，这么晚了还不回家？"

我有一丝惊讶，很快又回过神来："不，我是从家里逃出来的。"

"为什么不在家里睡觉呢？"

"想体会一下自由的感觉。"

这种灵魂迫切需要呼吸新鲜空气的感觉，一个陌生人怎么会懂呢？

"可是你现在自由吗？看你还是在背书啊，很认真的样子。"

我被他问得哑口无言，内心的迷茫和慌乱又一次堆叠起来，消弭在KFC昏暗的灯光里。

在天亮之前，还有一群浑身酒气的颓废青年到此喝粥。他们夸张地笑，大声地讲话，一度把安宁的夜搅得乌烟瘴气；有几个打扫街道的环卫工人到此小憩，什么都不点，靠在椅背上昏昏沉沉地睡过去。有人告诉我："在不正常的时间去熟悉的地方总会有不一样的感觉，这就是热爱生活的人经常干的事情。"我看见天空颤抖着等待黎明的到来，空气的触感清凉柔软，明亮的月华一点一点消逝不见。突然，天亮了。我吃掉第三碗粥，站起身来走了。

有些地方，可以轻易地获得幸福；然而有些地方却遇不到快乐。这是生命的真相吗？在满地都是六便士的街上，我能抬头看到月光吗？我是那个仰望星空的人吗？

回到家时是正午，爸妈坐在餐桌边上剥豆。

"来，一起来剥豆，三个人一起剥就快了。"

"对对对，今天中午我们就吃这个，可新鲜了。"

"好的，我去洗个手。"

# 经得起"怠慢" ⁕ 2018-5-6

好朋友要过生日了。张小萌费了不少心思，花了180元买了礼物送给她。特意强调是三个同学一起凑钱的，人均60元。

我不以为然。一是作为无产阶级的高中生之间送礼人均60元还是太贵；二是送的礼物不怎么适合高中生的身份；三是她在维护友情方面的用心用情时太多了。

她的理由是：人均60元并不多啊，再说自己生日时人家也会送礼物；礼物没有合适不合适，人家喜欢就好啊。

一年到头，张小萌总不时要给谁买礼物，同学生日了，圣诞节啊，新年啦。她自己也经常收到各种礼物，比如生日期间连续好几天都不断有礼物寄来，圣诞节放学也会装回来半个书包的礼物。礼物，由从前的贺卡、日记本、书籍、文具盒等学习用品，慢慢变成了T恤、袜子、眉笔、书包、抱枕等生活用品……

礼物从文艺范变成物质化，无奈于教育总归没能让女孩保持那份绝世而独立的"我们不一样"。

生活需要仪式感，但如果生活有太多仪式，那么就成为表演了。我以为，需要"经营"的友情，只是一种形式，而过分执着形式往往会偏离于本质。"经营"是用来回报的，一旦没有回报，就容易受伤、失望。如此，"付出"就有了绑架的意思？好的友情，要经得起"招之即来，挥之即去"，想泡就泡，想撤就撤，越是漫不经心，就被越让对方没有心理负担。

我以为，让对方没有心理负担的情感，才是纯粹的，干净的，让人自由的。

那些嘲讽我们"贵人多忘事"的人，需要我们记得每一个细节、每一句话、每一个"有特殊意义"日子的人，你一旦忘记就受伤、就打入另类、就责怪的人，相处起来太累了。

友情并不是要保持一致，为了保持一致而不断妥协会迷失自我；友情也不是要朝朝暮暮，经得起时间和空间的隔绝，笃定地相信对方一定会支持自己，才可能有天长地久；友情也不是要热热闹闹，平平淡淡如流沙的相处中，有需要的时候"我在！"就好了。

大浪淘沙始见金。时间和空间的"怠慢"就如大浪，千帆过尽，最后还在你身边的那个，就是金子。

# 做父母的过程是修行 ∽ 2018-5-7

如果，父母和儿女之间只需尽量爱，那就简单了。

可最后，终因为爱，彼此都受伤了；红玫瑰成为甩不掉的"蚊子血"，白月光变成黏腻的"米饭粒"。

朋友颇为忧虑，诉说读高二的孩子近日突发奇想，立志要当"维密"模特，正儿八经宣布减肥，比往前大幅节食。做爹妈的心疼又心伤，疼娃会饿出毛病，伤娃一点不让人省心；病急乱投医，问我如何是好。

我觉得自己也没有什么制胜的绝招——自己家也有高中生，做妈的也不见得云淡风轻。

我只是，看起来比大多数人淡定而已。这淡定，并不是张小萌没什么让我操心的，也不是我豁达到了无所谓的程度，只是我或许比大多数人明白就算上蹿下跳也无济于事。这大概，是因为我心性凉薄。

学教育学的同事常为孩子的功课烦恼，孩子才上小学，因为作文或者数学的原因，常说"哎，我尽力了就好"这样安慰自己的话，以平复内心焦躁。

她研究阳明学。我调侃说："说好的知行合一呢？"她笑说："说好的，不是做好的。"

是呀，说说容易、做做难。

每一个认为自己还不错的人，总错以为自己的孩子应该比别人更强一些，观察再三发现竟还比别人弱一些，便面临既要说服自己接受又要耐心教育孩子的双重困难。

没有谁，真的能做到无师自通。那个貌似做到了的我，也不过是一次次碰壁以后，内心不断强大罢了。

同事的娃即将上小学编入正规军，我明显感觉他对孩子成长的焦虑远远胜过我这个高中生家长的焦虑。

同事哪里知道，做学生家长，他还没有真正开始。如果一直这么焦虑，未来十几年的学生家长路，又怎么熬过去？

并不是说，我的内心比谁强大；也不是说，我的理念多么先进。无非，做家长的过程，就是一场修炼。修炼那么久，有悟性的白蛇会成为白蛇精；有灵性的蜈蚣会变成蜈蚣精；我有一点悟性，也摇身成"精"了。

张小萌上幼儿园的时候，学不好珠心算。为此我扔掉过她的小算盘，吓得她大哭不止。现在想想，何必呢？

因为现在我知道着急没有用，更因为我明白人和人之间真的有很大的不同，包括思维方式。

从前我以为自己认为简单的事情，对别人也不难；现在我知道难和易因人而异，淮南的橘子到了淮北真的会变成枳子。从前我以为我的孩子不一样，后来我知道大多数人都差不多。从前我以为大家都差不多，后来我又知道其实人和人之间还是不一样。

别人家的孩子，不过就是别人眼里的孩子——孩子都差不多，换一个身份换一个角度看过去，就不一样了。

没有任何一种考验，比做父母更加直抵人的内心，让人看到自己的苍白。比如，一直标榜自己潇洒的人变得拘谨了，一直不在乎得失的人变得计较了，一直闲看云卷云舒的人也相信起了"不输在起跑线"，一直淡看钱财的人再也不敢"五花马，千金裘，呼儿将出换美酒"了……

因为，只有做了父母，你才真的有了致命的软肋，也有了绝地反击的盔甲。

你练成金刚不坏之身，要经历多少金钟罩铁布衫的锤炼？你没有练成，那也不怪你，因为这场修炼的强度和时长远远超出你从前经历过的一切战斗。

你看到别的人子孝母贤，那只是你看到。你沦陷于自己和孩子之间的鸡飞狗跳，你又怎能预测未来？

天伦之乐，谁知道是因为孩子的成长，还是因为家长的成长呢？

你强烈渴望孩子成长，一定要先给自己列出成长的单子，哪怕一万个不服，那也没用，因为你不敢说自己是100分家长。

你只能无助地控诉，就算声泪俱下，但你还是要反思自己的战术，改变自己的策略。因为"对手"不会主动投诚。唯一的办法，多想想他曾经给过的赤子之心，他再也无法回收，于是你在反思的时候就多了一份甘心。

## 期中后 ⌒ 2018-5-17

又是萌爸去开家长会。自从张小萌上高中，我没参加过一次家长会；张小萌归结为她妈没脸参加家长会。

我确实对参加家长会兴趣不大，一则是初中3小时/次的家长会让我过敏，二则不会开车，费那么大劲跑过去开会没那么值得，三则无所谓老师怎么评价她，因为没有人比我更明白她，虽然她有时候也说我不懂她。

高二下学期的期中考试，第一次"遛"高考科目，选考科目以赋分计，语、数、外以150总分计。

张小萌这次向来擅长的语、外考砸了，志在必得的数学依然没有发挥出来，但是选考科目模拟赋分倒是出乎我的预料（模拟赋分分别是100、97、94）——事实证明，这些课程的难度都在她的射程范围内。

155名！从高一到高二，一直在150名左右徘徊，出乎意料的稳定。从前考这个名次会庆幸，因为感觉太难；现在考这个名次有小失落，本以为卸下理科后会有所突破，遗憾没能展示最高光的状态。

更为头痛的是，按名次，仍然是班级第二——整个班的状态令人忧虑。年级排名靠后的人大量聚集，多位任课老师上课没有吸引力，课上睡觉现象非常普遍……我不得不更多告诉自己——这是对张小萌的最大考验，这是难得的实战环境，不是样样尽如人意。

外界的环境有时候让人无奈，但这并不能阻碍我们拔出自己内心的杂草。上坡的路上，感觉要跌落的时候，努力站稳，跨步，也就一步步到了峰顶。

张小萌，你敢不敢相信你自己，你真的可以！而我，一直这么相信。这不是敷衍，就怕你以为自己没有那么强，然后轻易错过了。

不要在太阳初升的时候，就以为是烈日当空，开始等待晚霞满天。

## 抱歉 ～ 2018-5-22

昨晚和今早，都为张小萌的冷淡而堵心，颇为沮丧，不知道怎样是最正确的做法，心里恨恨地想必须要收拾一下。

有这样的情绪，不是第一次；回想过去有很多次，但都不记得具体的原因和时间了，总觉得是一笔糊涂账。

我写了一堆话，写了一堆隶属于"命令"的话，准备晚上很酷地扔给张小萌，要她搞搞清楚到底谁才是真正的"老大"。

可是，中午我听了刘恺威唱给小糯米的歌《给宝宝的歌》。他还写道："最初是希望带着你了解这个世界，却发现是你陪着我重新认识了这个世界，谢谢你。"

刚刚还委屈满满的我，看到此眼泪掉下来。我很难过，难过自己会因为张小萌的叛逆如此生气，难过自己居然有一天把她想得那么坏，难过自己忘了要对她好到永远的初心，难过自己对她竟有几分怨恨……

这样的态度转变很多次。很多时候像现在这样，照见初心，提醒自己永远都要守护她。

昨天我觉得这一段是叛逆，此刻又觉得这一段是成长。多大的波折，都属于每个人自己，不是吗？

每次生气，我都在心里对自己说：从明天开始我要把每一笔账记起来到时候好用来数落这个"白眼狼"；从明天开始我就要列出一系列封锁政策展示一下我的厉害，以后我再也不给买电影票，再也不给买漂亮衣服，再也不给买小白鞋……

101种惩罚，最后都没有用。因为第二天，我把一切忘了。

我为每一次的101种惩罚的念头感到抱歉。

下班的时候，同事说他听到一句话很有感触，说父母儿女之间这辈子一定要爱，因为无论这辈子爱不爱下辈子都见不着了。这话不是新鲜话，不过今天特别有感触。

一定是上辈子欠了张小萌很多，所以这辈子做她的妈。同事哈哈大笑："总算有人拿得住你了，女儿面前没办法了吧！"

我承认，如果对手是张小萌，只好认输。

## 爱是克制 ∽ 2018-5-24

白天对于昨晚的（又一次）不欢而散耿耿于怀，然而过了中午，一番自我消化以后，便平复了内心的波澜。

这是时间的魔力——没有风的时候，耐点心，等风来，便好了。这也是岁月的魔力——无论多强劲的狂风暴雨，都能找到办法握住它，千转百回后归于云淡风轻。

晚上，便告诉自己一切都没有发生。

22点的敲门声里透出清脆，我迈着同样清脆轻快的步子去开门，笑脸相迎："宝贝回来了！"

她一边响亮地"嗯"一边换鞋，然后开始聊今天去医院看班主任的事。

说向来高冷的班主任跟她们说了很多以前从来不跟她们聊的事，说原来班主任只这样的啊……

说话的时候她的声音不像昨晚那么低沉，表情也不似昨晚那般不情愿……因为讲到欢声笑语，一派母慈女孝的场景。

我想她并不是因为特别想跟我亲近，而是在努力打破僵局，在用实际行动弥补内心的不安，当作什么事都没有发生过，就像我一样。

并不是我纵容她的情绪，也并非她向我的原则低头，只是我不忍心她因我的生气而落落寡合，而她亦不忍心我因她的自我而闷闷不乐。

爱而不忍。所以我们都理智地"退一步"，让对方不那么难过。

洗完澡问她要不要吃点水果，她说："芒果。"我剥了芒果、切了片，放在书桌上，她说："谢谢妈妈。"

天气很凉快，灯光里透着暖意，突然很感谢自己控制了情绪，以理智把一腔的怒火包裹、熄灭，用爱真挚地接纳有很多不足的她。

不知道这一天她是怎么说服自己在见到我时厚着脸皮若无其事嬉笑，热烈地讲并不有趣的话题。

少年气盛，如此并不容易。

3~4岁的时候，有时我假意生她的气，不理她；她会跟我一样默默地趴着，说："囡囡陪妈妈生气。"

7~8岁的时候，有时工作中遇到不开心，她会握着小拳头发狠大叫："谁敢欺负我的妈妈？打她！"

因为太黏我，她无数次表白："我爱你比你爱我多。"也许，我们都觉得自己被辜负了。当我对你有多失望，你就对我有失望吧。

此刻，你应该跟我一样，很庆幸选择了"委屈自己"。爱是情绪来临时，我们都选择了克制。

# 又见高考 ～ 2018-6-7

很多年没关注高考了，因为弟弟妹妹们都已经大学毕业，下一代还沉浸在幼儿园与小学的欢乐中。

直到张小萌上了高中，而高考改革正如火如荼，又开始关注高考。

如果说自己现在是半个高考政策的专家，并不是因为自己从事大学教学管理，皆因自己是一个高中生家长。以前做家长，啥都可以不懂，孩子读书、考试，填志愿的时候掺和一下就可以。现在，高考不是挤独木桥比谁更快更稳，也不是战场单兵厮杀，而是一场讲求"兵法"的战争——三十六计，都用得上。

做学生的只有一头扎进题海精力，剩下的只好家长多费心。

去年是高考改革第一年，媒体说"平安落地"。

往往是这样，"改革"波澜不惊的背后往往酝酿着惊天的能量，未来排雷时候的损兵折将，比当时原地爆炸更具杀伤力。一年后，我们看到了"平安落地"以后的变化——聪明人很快找到了利益最大化的"命门"，许多人放弃了物理。

两天后，张小萌就是高三生了。而我，就是高三生家长了。

此时回头，当年做幼儿园家长、小学生家长、初中生家长时的那种不安，都可以一笑了之。当时的峥嵘岁月，就像飞鸟划过长空，雁过无"痕"，脑海里的橡皮擦已经擦去了那年的焦虑，没有一点点特别。

今日的一切，往后看来，也是如此。

从别的家长那里知道学校里针对新高三生开办了选考精英班，没有听张小萌说起过。

森花，2018·6·7

选考精英班？张小萌说，不过是个形式，多做一些试卷，她不上这个班也可以向"精英班"借试卷自己做。

还记得当年我高考，父亲问我学得怎样，我笑笑说："重点大学没问题。"父亲脸上闪出甚为担忧的神情，说："你是不是太轻敌了。"当时的我不懂父母的杞人忧天。

没心没肺走到自己做父母，亦把孩子的得失当惊雷，以此来还报当年自己让父母所受的担忧。

虽然最后，每个人都有自己的路，但是最初，我们都禁不住多虑最爱的人的那条路会不会太曲折。虽然最初的多虑并没有产生什么作用，但是最后我们也不会嘲笑自己最初的真挚期待。

愿每个人，尽己所能，得偿所愿。

# 重要和不重要 ⌒ 2018-6-9

高考季，高中生放假4天。

第一天，说要去图书馆，再三拜托不要过去看她。

第二天，说要去看电影，央我允她看完电影在外吃晚饭，然后去培训班。

第三天，在家自习。

第四天，说去图书馆自习，再三叮嘱我不必去看她，中午会回家吃饭。

她有言行不一的"前科"，又表现得这么严防死守，所以我对她的单独行动反而怀有戒心。但我从来不干偷偷摸摸查岗的事，所以有时候会拒绝，有时候要求自证和谁一起。

每个人都有相处的底线。我的底线，大概在她的底线之上，所以她不满意，所以想方设法跟我博弈。我心怀芥蒂，但仍然尽力说服自己，即使她真的有所隐瞒也选择动机的单纯，给她机会珍惜这份信任。但事实总是很难往我所期待的方向发展。她把我的沉默当作成功隐瞒了事实，越发一步一步往前，觉得都是正常的行为。

强行干预她的行为，不是我的风格。但第六感告诉我，在该干涉的时候必须出手，有的界限必须清晰。

什么时候，我变得希望一个少年不动心？希望她起码在这个阶段心静如水。

有时候我觉得自己越来越像一个"卫道士"，但又觉得这不是我。可我是谁？是否就像张小萌说的那样：一切的宽容和民主都是伪装？

她说自己不过是想要这白开水一样的日子加点糖。

我明明知道这种渴望鲜活的感受，但内心有一种声音叫嚣——不驳斥这样的行为是不对的！站在"正义"的立场维护"正确"的行为是必须的！

未来回头看，大概会觉得根本不是事吧？

## 家长私会 ✑ 2018-6-10

高一读完，期待高二会遇到几个好老师。结果，上了高二以后，总是怀念高一的老师。

无语！一个准高三生家长的担忧，竟然是因为老师的不敬业、不专业。

我发誓，自己从来没做过让组织头痛的事，可是面对女儿的未来，不得不刚。于是，就有了这次私底下的"家长会"，聚在一起焦灼地商量接下去怎么办：是争取换老师，还是集体请辅导老师？

第一次见面的家长们纷纷用一个个事实表达了这一年的担忧。不聊还糊里糊涂，一聊不得了，越聊越担忧。

语文老师上课就是混时间——看视频、自学，各种所谓的"教改"。

历史老师出差10天，无人上课。

数学老师讲一节课，临下课发现讲错了。

不仅仅是任课老师有问题，班风极差，上课睡觉，晚自习吵闹，都没人管——好像老师和学生相互适应了。

总结前几次家长反映问题被校方一一反击的经验，考虑到班主任向来息事宁人的态度，准高三生家长们对接下去的诉求能不能被重视、被采纳都不太有信心。但不管怎样，总要试试，总要去为孩子争取点公平的资源配置。

过去的两年，总是怀疑张小萌上的是一个假的重点中学。无论如何，高三的师资能配得上学校的名头！

希望有个好的结果。

## 无措 ✑ 2018-6-15

最近的数学测验、地理测验，成绩都不理想。尤其是数学，一举跌到久未谋面的不及格——54分。

真希望今天的无措，日后看来都是多余。

向来安静的家长群炸了。这次的数学测验平均分与其他班相差20分以上，可谓令人发指。

用张小萌的话说，躺平了的佛系同学，考30多分也无所谓。

难道那么努力考上重点高中，只是为了考上大学？难道不应该985、211才是重点高中的起步价？

同一个数学老师教的两个班，一个平均分53，一个平均分60。那个60的是个理科班，其他理科班平均分是70起步。

班主任解释考得差是因为题目太难了。可其他班不也是同一张试卷吗？最可笑的是，试卷是本班任课老师出的，好多题都是做过的作业。

内忧外患的节奏，兵荒马乱的现实。

无措。

# 辅导辅导 ∽ 2018-6-21

都在找辅导老师，安排妥当的气定神闲，悬而未决的心神不定。

减负的另一个解释，大概就是交培训费。作为准高三生，如果不是学校补课，必然是找培训班补课。

就算花了钱，可是哪有那么好找啊？！况且，时间怎么安排呢？每天怎么接送呢？

曾经是多么坚定反对课外辅导，而今也不得不在"辅导"两字前低了头。别人都在行动。无动于衷的行为，并不是值得歌颂的佛系，而是用实力证明自我放弃。

到初三，我都可以很自豪并且很笃定地告诉别人，我们家的娃没上过培训班！

可终究，架不住各门功课无处不在的空门，只好去补漏。如果说读书是一种自身建设，那么学校是制造工厂，而培训班只是个维修补漏的地方。

日常生活中常见很多新建筑都是依靠维修才终于勉强可用。对比之下，原来现在的教学也是如此。钢筋混凝土的墙，还得用泥巴糊住裂缝，不过就是看不到裂缝了，但并不能真的去掉裂缝。

很感谢从前与世隔绝的自己，所以很淡定地按自己认定的节奏陪伴小萌。哪怕高一，也还是坚持要小萌"学会学习"。

家长是一个恐怖群体，令人无端焦虑。

好像所有人都在接受辅导，有的进培训机构，有的进了老师的私房课，竟然还有人花更高的价钱周末跑到杭州找更大牌名校老师辅导功课。

起早摸黑呼啸往来，家长多苦啊！读书郎多苦啊！这世界真的疯狂。

家长群的信息一波又一波。有人报了一整天4门课，有人通过各种关系找了名师的单独辅导，有人下了血本在培训机构定了"一对一"。

咱还按兵不动，但内心已是波涛汹涌。

何去何从?

TMD!！！暴躁!

# 成长，就是离现实越近 ∞ 2018-6-22

又一次模拟考。

张小萌没精打采地说，历史很不如人意，竟考得不如那些不怎么读书的人。

好像又是一个瓶颈期，最近一直都没有考出好成绩。

我理解她想用分数证明自己实力的心，虽不曾悬梁刺股、废寝忘食，但也努力用功，尽力刷题，为什么花还不开?

这是我始料未及的。原以为学文科没那么费劲，然而总归我自己没有成为文科生并没有太多发言权。那些似是而非的解释，总是让人困惑。

同事家的娃今年高考，近日聊起高考志愿，谈选什么专业这个问题，说出于就业的考虑，愿意试试医学。另一个向来崇尚自由的同事，也最终鼓励孩子选择了跟"就业"有关的专业。

愕然之余，又格外平静，因为我越来越懂。人的成长，就是梦越来越远，现实越来越近，胆子越来越小。人生的遗憾，对于中年人而言，是还没有认真年轻就老了；对于青年人而言，是还没有认真做梦就醒了。

家长这个人群，在孩子的每一个台阶面前，都是胆小鬼，曾经为孩子设计的海阔天空的七彩未来，在来到台阶前变为只希望登上那个台阶，而不敢想得更远。

每一个家长，在接受孩子不是天才以后，又慢慢地接受眼前的就是一个普通到不能更普通的孩子。

那些曾经自己遗憾没做到的，满怀希望自己的孩子会做到，后来发现孩子不过就是经由我们历世的另一个人，他并不负责你曾经的梦想。

那些自己没能拥有的天马行空的自由，希望他拥有，天地道遥任我行。

那些自己没能实现的影响世界的梦想，希望他成功，踏平坎坷世间路。

慢慢地，最后只希望他平安喜乐。

好像又一次接受，自己的人生，终归没有跳出周而复始的轮回。

萌小的时候，我以为诗和远方会是她的归宿，总跟她说："你可以想走多远就走多远。"虽然不知道远方在哪里，但我们相信一定在目不可及的某个地方。

直到某一天，我们聊起未来读什么专业。她主动问起某个专业好不好找工作。

我突然意识到，对于自己的未来，她已经趋于现实。那种放开一搏的舍我其谁，都消失在"未来会不会影响工作"的担忧里。

而我亦并不能豪迈地大手一挥，说：不要怕，永远都有我。所以，隐隐的失落之余，我默默地接受一个现实：那个少不更事的女孩，不再无问西东。

那个曾经以为自己的孩子会仗剑走天涯的大叔，如今正精心地安排孩子怎么能顺利走上做人民教师的路。那个曾经鼓励孩子拥抱诗和远方的中年文艺女，如今正精心策划怎么让孩子回归一条现世安稳的路，早早地在自己的身边为青葱少年买了婚房。

岁月磨掉了我们的锐气。我们想要通过孩子变成梦想中的自己，然后时光又慢慢隐去光环，再一次接受孩子平凡如己。

随着成长，孩子更能看清自己的人生。因为他一点点接近现实，会看到梦想渐行渐远的身影。

成长让人强大，但总带着伤感。而我们，永远都在努力挣脱，挣脱地心引力的束缚，给自己插上翅膀；哪怕变成咸鱼，也要努力翻身。

命运又没有书写到最后，多少个情节的转折，谁又能知？虽然豪门好像永远都有传奇，但黑马才是真的精彩。

# 再见，英雄 ∽ 2018-7-1

阿根廷队2：4落后于法国队的时候，高中生再也憋不住了，掩面哭泣。看到阿根廷队又一次艰难地组织进攻，双手合十求老天再给阿根廷一次机会。球进了，高中生哭得更厉害了。

可终究来不及了。

3：4，这个已经很了不起的比分面前，所有人的目光都锁定在风一样的少年姆巴佩身上。而高中生的目光锁定在球场上孤身只影的梅西身上，哭得痛心疾首。

出师未捷身先死，长使英雄泪满襟。

新人辈出自是万众欢呼，但英雄末路最是令人肝肠寸断。

这是一个歌颂平民主义的时代。遵纪守法，团结协作，每一个人都是流水线上的螺丝钉，在齿轮交错之间各司其职，配合别人完成复杂的任务。

这是一个分工越来越精细的社会，没有谁能凭借一己之力单兵突围杀出血路、打开城门、攻下阵地、拿下堡垒。

孙悟空戴上了紧箍咒，于是就没有了踩着五彩祥云的盖世英雄。赵子龙卸下了盔甲，于是就没有了浑身是胆的威武将军。

足球也不怎么需要天才了，周密的战术和团队的配合，如影随形的围追堵截让天才的灵感毫无用武之地。

所以，冰岛铁桶一般的防守成为一种值得推崇的战术，日本详细盘算的规则成为最后进入16强的门票。英雄都已经输给团队。没有北斗星的天空，就算繁星璀璨，总觉得挖空了一角，任什么都无法填补。

没有英雄的世界，平淡无奇。纵然相安无事，终究索然无味。

平民式的英雄主义成为主流——罗曼·罗兰说："世上只有一种英雄主义，就是发现了生活的真相，依然热爱它。"这句话如今风行天下。那些在生活的苟且里如鱼得水的现实主义成为英雄主义的代名词。

这样的"英雄主义"令人瞌睡。

令人血脉偾张的英雄主义已逝……

真正的英雄主义是敢于与权威叫板——"我要这天，再遮不住我的眼，要这地，再埋不了我心，要这众生，都明白我的意，要那诸佛，都烟消云散。"

真正的英雄主义是明知不可为而为，是破釜沉舟的勇气，是背水一战的决心，是舍我其谁的气势。

真正的英雄主义是救世主，用毁天灭地的火焰来吞噬一切恶魔。

真正的英雄主义是你看我不爽却打不死我的独步天下。

张小萌说，这个高科技时代，一切不足都可以通过科技、训练、矫正、战术、科学营养来弥补，来精雕细琢，所以天才很难一枝独秀，英雄也不再独领风骚。

所以，等不到最后，我们送走了这个十年最伟大的球王。

等到人人成为英雄，英雄便真的死了。

所以，还能有幸为英雄痛哭一场，何尝不是这个时代的青春志。

## 高三了 ⌇ 2018-7-8

我的暑假还没有来。但是因为张小萌的暑假已经开始，所以上班以外的时间基本围着她转，恍惚间还以为自己也到了暑假。

这段时间，始终有两件大事放心不下：一是高三的任课老师，二是暑假的补课。

如果不是亲历高中生家长这个角色，如果不是因为有家长群这种社交平台，我大概是不会想到要干预学校的教学安排。

然而，学校的考虑未必可靠，学校的安排也总是有不公平。比如，隔壁班的老师是班主任眼里"20年来最好的配置"，而8班的配置却是"等退休的'资深+佛系'组合"。在师生的"共同努力"下，班级成绩每况愈下，终于稳定在了跌无可跌的位置。

数学告急，语文告急，英语告急，历史告急……很多次，我陷入一种深度怀疑，怀疑张小萌是不是读了一个假的重点高中。

自学成才，就是某人的高二写照。

班风在一次又一次的全体成绩下滑中越来越涣散。这样的状态如何面对高三？

要求换任课老师！这是家长对学校的诉求——起码换几个任课老师。明的、暗的，迂回的、直接的，都表达了，只差最后撕破脸鱼死网破了。家校联动，几乎变成了家校对决。

这是个热闹非凡的过程，各班纷纷盯着刚刚从高三下来的优秀老师，有写联名信的，有利用职务便利干涉的，有直接跑去校长室诉求的，有打电话发短信的，有私下找人了解内幕的……这些家长发动"政变"的细节，还有学校核心成员秘密讨论的内容，总能毫无保留地在神通广大的家长之间流传。

一时间，讨论如何"影响"学校，成为家长之间的狂欢。

某班的数学老师换了，某班的英语老师换了，某班的班主任换了，某班的老师配备最好，某班的班主任偷偷提供"证据"暗示家长去争取好老师……

然而，这些都不是我关心的，我只在乎8班的任课老师会不会调整——急！

终于，在最后的关头，这个爹不疼娘不爱的班级，大概因为学校出于某种良知的觉悟，调整了几个主课教师。一桩"大事"尘埃落定。

从前补课少；临高三的这个暑假，也大补一下。毕竟高三。从前不好意思打的电话也鼓起勇气打了，只为问一句——收人否？像个无头苍蝇一样，见人就问——有好老师推荐吗？

在得到一个个"没有"的回复以及一次次委婉的拒绝以后，最终还是把需要补的几门课的老师落实了。

台历上，画上了花花绿绿的日程：红的、黄的、蓝的。接下去的暑假，补课的接送成为最重大的家庭课题。

当我问自己为什么要这么做的时候，我主动中断了这一场会令上帝发疯的思考。真的，没时间讨论战争的意义了，怎样拿下这场战争才是需要思考的问题。

站在高三起跑线上，我不会笑自己曾经旗帜鲜明地反对补课——毕竟，练兵的时候要训练阵法，而用兵的时候更要"水来土掩，兵来将挡"；毕竟，习武的时候要熟悉套路和招数，而对阵的时候更注重"天下武功，唯快不破"，直击命门才是锁定胜局的关键。

或许，当我们追求未来的时候，不过是以未来解锁今日，来成就今日的全力以赴。

# 打卡 ∽ 2018-7-14

刚放假时，有家长说别的班班主任每天都要了解学生假期的学习情况。

别人家的班主任认真负责、爱生如子，我们这些佛系班级的家长只有默默羡慕的份。

佛系的学校，配上佛系的班主任，再加上不主动和父母交流的高中生，以至于本班家长好像完全被隔绝，对娃的情况一无所知。

虽然都沉默不语，但谁都希望有个操心点的班主任，好让那帮恰似脱缰野马的娃在悬崖能及时勒马，在歧途能回归正道。

不承想，还真的换了班主任。

家长群的活跃度也大幅提升。因为新的班主任看起来不像前班主任那样"无为而治"。当班主任提出暑假复习要每天打卡这个建议的时候，被冷落了一年之久的家长，当然"完全同意"。

打卡开始了。

新手上路，可谓乱作一团。那些打了卡又被后来打卡人漏下的家长，很急，有点像去开会而忘了签名一样。

嘈杂之间，感觉这种貌似用心的"晨昏定省"行为很扰民，并无多大意义，属于家校联动的形式主义。首先，家长写不一定就是娃的实际表现；其次，就算娃表现不好但也没有什么后果。所以，最终是徒有形式。

由此说来，许多的"勤奋""用心""努力"，不过就是一种热闹。

但凡热闹的，大多浮于表面。

# 迷之自信 ∽ 2018-7-19

## 一

好不容易找了辅导老师，张小萌就硬着头皮踏上了"私房课"之路。

她是不肯的。因为不相识的老师令她拘谨。

忐忑送她去，祈愿她多少能够接受。

辅导几次，有心得了，自我感觉挺好，总觉得一起辅导的其他学校的学生不如自己，尤其是老师不由自主流露出对她的赞赏，更是目中无人起来。

只有历史课，上了一次就被暴击，恍然醒悟原来期末考得差不是运气问题，而是真的有差距。回来说要重新整理教材，搞得像没读过历史一样，史实都记得糊里糊涂。

我挥着她的历史复习资料，说："张小萌，你懂不懂争分夺秒啊？你都高三了。"

张小萌说："好，你把这些放到卫生间去，上厕所可以看。"

……

关于天为什么这么蓝，关于巴尔干半岛的地形，她能给你上一节课，信口开河，滔滔不绝，手舞足蹈，大有挥斥方遒的架势。反正听众如我也不懂，唯有频频点头。

我看看她的生物试卷，她就一脸不屑又颇为自得说："你看得懂吗？看了这些看不懂的东西，是不是觉得我很厉害啊？"

我说："你现在很膨胀啊！"

二

学校要求团支书组织课余党校成员调研"最多跑一次"成效。

看在高三生忙的份上，我说要不我来帮你整个调研方案；她却因为跟我意见相左，一言不合便说："算了，自己来。"

我也很不屑，问："你能行吗？"

她说："我不行？那谁行？"

过了一会儿，告诉我安排好了，时间、地点、主题，又跟行政中心值班室电话联系，说要过去采访。

说罢，她又问："我是不是很牛？"

我说："你超牛！吹牛超牛！"

她却无所谓我的"嘲讽"，坦然自得："我都佩服我自己啊。"

三

同学的家长跟我聊天，客气地夸张赞小萌："很厉害！"

我说："张小萌，你同学妈妈又不了解你，居然夸你厉害，是不是很好笑？"

张小萌正在跑步机上挥汗如雨，哈哈大笑："×××妈妈还真的很有眼光啊——"

我说："张小萌，你好意思吗？"

张小萌耸耸肩："没办法，这是事实。"

# 北京行 ∽ 2018-8-8

有个作文比赛在北京举行。

或许是源于对竞赛获奖的需求，或许是出于有那么几天名正言顺的放松的需求，在这个假期中间的节点，甚好。

竞赛只需半天，但我做攻略的认真，显然是奔着放松去的。

涉足过欧美的张小萌竟没有去过北京故宫。作为宫廷剧资深观众，想去看看皇上和娘娘们演绎了无数宫斗的乾清宫和坤宁宫。作为历史选考生，脑海里上下五千年的浮云苍狗，也该去一睹国家博物馆的那些物证。一共才4天，再带她去见识下老北京的胡同，还有她想看的颐和园，如果再安排一场国家大剧院的演出就更好了。

做个背包客挺好，无所谓吃什么、睡哪里。可是萌对吃什么和睡哪里都十分讲究，她觉得，吃是一个地方的文化，旅馆是旅行中身心疲惫时的加油站；既然出去旅游，当然是要有尽量好的享受。

对的，00后心目中的旅游，是旅行+度假，不可潦草。于是在千挑万选后，在北京的核心地带前门大街找了一家新概念小清新文艺范酒店。

天安门广场、故宫、博物馆、南锣鼓巷、前门大街，每到一个地方，总是让人怀疑所有的人都聚集在此地。无论是大楼前还是广场中有许多栏杆用来隔离慕名而去的人们，于是从早到晚，从场外排队进场，在场内继续排队进馆。

故宫的游客多到我怕挤扁了乾清门的柱子。不过好在皇上的养心殿、嬛嬛的永寿宫和华妃的翊坤宫在被挤扁之前总算等到了我家小主的观瞻。

一眼数百年，紫禁城的前朝和后宫演绎了多少风风雨雨，然而这一天晴空万里，"宫"里数万人只是来看热闹的。

南锣鼓巷是无数"不去遗憾，去了后悔"的复古街区之一，依然是各种小吃+人人人，各店吆喝着炸酱面、爆肚、饺子。鲜鱼口的炸酱面店人头攒动，好像北京最拿得出手的就是炸酱面了。

比赛在教育部旁边的学校，小主一个半小时就出来了，然后在西单随便走走，算是到此一游吧。

# 高三开学了 ～ 2018-8-14

高三，总要和"冲刺"挂钩。

开学第一天，萌萌踩着点起床，慢吞吞洗脸、刷牙、梳辫子、涂防晒霜，慢吞吞用餐，慢吞吞穿上鞋子，踩着点出发。

旁人急死，她从容不迫，像《疯狂动物城》里的"闪电"。

她是用这份"慢吞吞"压着那份紧张吗？

说实在，张小萌滚去读书，我的时间一下子充裕了。

白天带胖妹一起上班，胖妹在我对面做作业，就像萌初三的那年一样。我给胖妹的作业任务不重，但务求掌握，好像又找到从前那给萌的耐心。

晚上和胖妹一起运动、聊天，聊的都是张小萌，以吐槽为主。当然，吐槽的主要是我，妹妹总是维护姐姐。我想胖妹肯定也认为姐姐有诸多缺点，但是张小萌有一种强大的气场，就是那种就算有弟弟妹妹出现，依然闪着主角光芒的存在——长辈眼里的日月星辰，弟弟妹妹眼里的江湖老大。强大到胖妹在背后都只敢说姐姐的好。

吐槽张小萌的时候，突然有点想她；想她的时候，我就会忘记她让我气恼的时光，于是便英雄气短起来，心疼接下去的一年瘦弱的她要与高三缠斗。

晚上10点不到我就困得不行，几次差点睡着又强打精神。听到敲门声，急急跑去开门。

她递过随身物件，转身到了房间，先给胖妹一个大大的拥抱，然后很敷衍地搂了搂我。夸胖妹给她整理的历史笔记，而对我给她准备的铁书立只是点了点头，然后龙卷风袭过一样，洗澡去了。

洗完澡，大致点评了一下任课老师，"以观后效"，便让胖妹"在旁边陪着"，朝我挥了挥手"可以睡觉去了"，坐到书桌前开始读书。我嘱咐："上学第一天，不习惯早起，还是早点睡吧。"她说："都高三了，睡觉可以稍晚一点。"哎，强大的主角气场啊。

课表上第一次有了周六的安排，晚自习也被推迟到了10点。

高三就这样开始了。

## 电话 ～ 2018-8-17

中午正迷糊，突然接到张小萌的电话。

还没开口，哭得稀里哗啦；我的心情顿时跌下谷底——这几天正在回头考，肯定是考砸了！

她总能把一些鸡毛蒜皮的事，搞得如同无法承受之重。

果然，她在电话里说不能继续下午的考试了，坚持不下去了。

烦扰之余又大为震惊——不过是一次小小的回头考，何至于崩溃如斯？

暂且统统归结为高三综合症吧。

哎，淡定！淡定！淡定这件事，跟优秀一样，装着装着就真的淡定了。

## 有点累 ～ 2018-8-30

暑假开课至今，高三的第三周学业生涯。

前日下晚自习回来说既累又困，昨日下晚自习回来洗完澡便上床睡觉，今日因为腹痛晚自习索性请假。

同样是一天的学习，因为精力投入的紧张程度不一，有不同的体力消耗。就像上班的我们，结束一段高强度节奏的工作之后，会有累瘫的感觉。

初三的时候，她说"终于找到初中生的感觉"；高三之际，想必她也"终于找到高中生的节奏"。

最近总是隔三岔五腹痛，不知是肠胃不好，还是压力过大所致。今日给她按摩肩颈，明显感觉3周来肩膀又薄了一些。

也许，这就是高三的独特记忆吧。高三之所以值得一辈子纪念，就是因为这一年大家都经受过煎熬、克服过困意四起，学会在日日重复的枯燥中找到一点点乐趣，用实际行动战胜自己。

昨日和胖妹聊天，问她即将进入初三是否紧张。胖妹猛点头，说："紧张得要死。"问她是不是心里有点乱。她说："那是相当乱！"

初做家长的时候，总听到别的家长吐槽初中如何紧张，那时候以为初中是最紧张的，高中没那么紧张了。现在才知道，自己还是太单纯、太天真，那是因为高中生家长连吐槽的心思都没有。

奋斗的过程，难免辛苦。好好睡一觉，晨起还是元气满满的圣斗士。

# 新型关系 ⟨⟩ 2018-9-22

翻了一下日记，发现竟快一个月没写萌的日常事了。这么说，我是可以做到退到某一条自定的界线以外的。

早上做好早餐，能吃多少算多少，不强求；准备蛋糕、牛奶带去学校，是自己吃还是和同学分享也无所谓，好歹饿了能补充能量；晚上准备水果，给爱美的她补充点维生素。

她出门的时候，我跟她说"在学校要开心哦"。她总应答"哦"。她回家以后，我问她："今天在学校过得好吗？"大多数时候她说"还行"或者"嗯"，有时候也会摇摇头。高三生说在学校"还行"，总还不差。我也没办法期待她每天兴高采烈、欢天喜地。

早上她出门后洗晒校服，晚上她回家前准备好睡衣和第二天的校服。周末的时候尽心烧几餐她爱吃的饭菜。隔两天给她的饭卡充值。考砸的时候跟她说"没关系，下次这些问题就清楚了，好在这次不是高考"，考好的时候跟她说"努力果然有成果，我从来都相信你可以做到"……

这就差不多是我能做的全部。

关于"如何做一个妈妈"这个问题，在萌萌成长的不同阶段，我困惑过、思考过，一路且行且摸索。

之所以在乎这个问题，是因为我对于做母亲这个角色也有很大的期待。

我把自己所知的教育原理都用在我们母女关系的处理上，但觉得教育原理在"在乎""情绪"的心境中苍白无力，就像一个在实验室里会成功的实验，到了生产线上不一定会成功。因为太多干扰因素，因为太多人的参与。

高二这一年，大概是母女关系跌入新低的时期——我无数次梳理我们之间的冲突，也很绝望地以为我们之间很可能再也不会回到从前的亲密关系，心想大概"分别是从心的距离开始的"，想解开这个结却无能为力，每次都比之前更乱。

冲突过后，她曾经安慰我："这些都是暂时的，总有一天我们还会亲密如初。"我并没有太大的信心。

唯一支撑我耐心的，是我一直安慰自己："所有的亲密关系最后都会分开，不要给未来留下遗憾。"伤怀失落的时候，常常想起过往曾经给自己温暖的那些人，怀念当时的场景，便希望自己多给张小萌留下这样温暖的场景——一种足以抵御人生寒冬的暖。

高三，她的压力显而易见。

她的缺点当然还在。但我重新审视这些问题，决定和她拉开距离，使自己看不到这些"缺点"。因为其实我明白，所谓缺点并不是一种固化的品行，很多时候是无意识的，或者从她的角度看并没有我所以为的那么严重。

退后一点点，好像是一种无奈，但更是接纳和尊重。

冒险、试错、挑战，是少年的权利。而我，一直都希望她"靠谱"——以一个中年人的要求。

我知道，我都对。但，错是年轻的福利。知道错了，她可以有机会改。不试错的人生，无聊。

于是，重新定位自己的角色——卸下人生导师的角色，退入厨房做后勤。

少林寺里面那些功夫高深莫测的，不就是扫地僧吗？对的，暂时退居幕后，我扫地去了。

一个半月以来，相安无事。她的学习井井有条，我的厨艺也有条不紊，各有精进。

一种为放手而预备的新型关系逐渐形成，也好。

## 有一种美德，是给人安慰 ～ 2018-9-28

萌爸去接张小萌的时候，在校门口遇到也去接娃的同事。

同为高三生之爹，聊的自然是孩子……的成绩。

同事说从最近的限时训练看他家娃最重要的是要提高英语，但提高很困难。善良的萌爸非常真诚地建议："不要着急，多练习练习阅读理解……"

同事说："阅读理解和听力问题不大，问题主要在作文。"

萌爸问："哦，前面部分考了多少？"

同事说："前面是满分，就作文扣了分。"

傻白甜萌爸顿时在风中凌乱，想想自己刚才给人家的安慰，真是尴尬。

萌爸跟我们讲他如何安慰人家时，我们娘儿俩笑得前仰后合。虽然我们都知道同事的学霸娃是神一般的存在，但想到"前面满分"给萌爸的暴击，就觉得很好笑。

萌爸很无辜，说："他们怎么这样呢？这么好了还说要提高，我竟然还傻傻地安慰人家。"

我说："没事，没事，人家也是真诚地认为还需要提高，你也是好心安慰嘛。"

其实，这种事好像对我们来说很正常。

常有朋友因为孩子的读书问题来找我倾诉，然后我就各种帮他们找安慰，比如：我家萌也是这样的，事情没有你想得那么糟糕，偶尔一次考砸也是正常，家长不要给孩子太多压力……

然后，后来的后来，他们家的娃上了创新班，而我家萌考上Y中差不多属于喜大普奔。

这种情况绝非个别。对于安慰家长，我差不多也能和安慰考砸的娃一样，套路多到可以出书了。

以前，我们还没有自己的房子，四处奔波租房，过得像吉卜赛人。

朋友有小套，跟我诉说小房子的不便利，说人家的大房子如何舒服。我就很正能量地鼓励朋友："一切都会好起来的，你们很快会有大房子的。"

还有朋友买了房子没有车库，我又很真诚地安慰人家："没有车库也没关系，还可以省钱呢。"

有时候我想，可能我的言语安慰并不是最重要的，最重要的是我如此艰难依然抱着无知无谓的乐观。

适时做一方安慰剂，绝对是一种美德。

# 模拟考 ∽ 2018-10-4

模拟考，相当于现场直播演出前的彩排，或者是大战前的实战演习。

张小萌说，大考小考，考得有点麻木，随便写个差不多的答案就差不多了。

平时常跟她说，别把考试看得太重，就当考试是一次限时训练，帮助自己找到不足。但如此"麻木"的态度，可不是我所想的"放松"。

出于对流水一样平静的常态的维护，我很少再向她纠正什么，很少再送上前辈式的指导。毕竟，对于羽翼渐丰的00后而言，20世纪出生的人都是过时的，言语的教育总不如生活的教育更加有真实的痛感。

但我终于还是费了点口舌以正态度。啰嗦完毕，又想想自己多余，张小萌有多在意每一次的成绩难道我不清楚吗？那无所谓的样子，大抵是给自己找点放松的借口罢了。

这次模拟考4门，英语128，生物赋分94，地理赋分91，历史赋分91，总分年级排名82。这是入高中以来第一次名次进入年级前100。

从期末考到回头考，再到模拟考，最大的收获是各科成绩趋稳。或许相对稳定的成绩给她带来了安全感，最近有个比较令人欣慰的变化——开学一个多月天天腹痛的症状仿佛得到了缓减。她好像忘了这件事，已经好几天没再提起。

这是一个很好的信号。因为踏实学习使她对自己有了更多的信心，而信心让她变得放松，没有那么紧张了，什么肠胃痉挛也就消失了。

那些不重要的结果，其实一直在左右整个过程的情绪。

## 千年老二 ☁ 2018-10-19

五校联考的成绩出来，班级排名第二，年级排名接近50。

前一次模拟考，也是班级第二，年级排名第一次进前100。

特别要记录一下全班的进步，从前100剃光头，到3人进前100，到最近一次6人进前100，真好。

这大概是张小萌读书以来最好的成绩了。虽然磕磕碰碰，总归是一直在进步。

张小萌却不服，自己怎么就成了千年老二，噘着嘴巴说："成绩短信里老师怎么只发第一名是谁，却不发第二名，真希望老师再补发一下短信。"

我笑："你能记得奥运冠军，可谁会记得那个亚军呢？第二名很好，安全，没有心理压力。"

班上的名次，总有人浮浮沉沉。这学期的第一名谁都没有保持住，但是第二名，基本都被你占领。在一个进步的班级保持名次的稳定，本身就是一种进步。在人人拼劲的领域，做一个妥妥的老二，可谓算是英雄。

其实，班级第二名差不多就是你读书以来最好的名次了。上一次，发生在初三，你如学会御风，腾空而起，从班级十几名一跃而至班级第二名。后来，第一名提前被录取了，你才勉强占据很短的一段时间的榜首。

高三以来，我一直有种恍惚，感觉这段经历就如你初三时期的复制品。

从惶恐，到安定；从没把握，到你觉得自己"稳了"。这个过程并不长，但是阶梯特别明显。

和班主任沟通时说到作为第二名的那个学生也很想被短信表扬。老师被你的孩子气逗笑了，说："下次一定把前3名都发在短信上通报。张小萌要是考了第一名，我就给她张贴红榜。"

张小萌，祝你好运，早上红榜。

## 休息一下   2018-10-21

都8:00多了，张小萌还仰在床上半张着嘴巴呼呼大睡。可生物辅导班是9:00上课。

曾几何时，每个属于她的休息日，我不再过问作业，而更在意她的睡眠——高三生作业自然多，来不及复习，睡眠也不够，每一件都需要大量的时间。

好不容易起床，洗漱完毕，想着用完早餐就可以精神满满去上课，还挺开心。结果她说头痛，吃了一会儿饭，又趴到床上去了。

补课重要，睡觉重要，身体更重要。于是跟老师请了假，下午的也一并辞了——想想也罢，休息日就休息休息吧。

脱了衣服继续睡觉，一觉睡到11:30。

帮她按摩了头部，说舒服一些，便起来吃了午饭。

饭毕，盘踞书桌前，继续攻城略地。

别家的高中生半个月才休息一天，相比之下，张小萌的节奏还是相对宽松的，但现实状态说明这节奏已经足够了，不能再有更大张力。

在与学业斗智斗勇的过程中，张小萌保持了较好的习惯，学习的时候心比较静，效率比较高，逐渐懂得怎样去面对问题。如果说高三是一场长跑的冲刺阶段，她好像学会了怎样加速，而不是以喘不过气来的蛮劲去拼。

长跑的过程中，坚持固然重要，但适当休息、补充水分，都很重要。

跟谁都不用比，看着脚下的跑道，摈弃干扰，一步一步踏踏实实向前，最后跑完全程的所有人都是英雄。

## 考前的周末   2018-10-29

高三虽然才过半学期，但我们很快适应了每周休息1天的节奏。这周因成人高考，学校安排休息2天。

还有3天就要首考，反而紧张不起来了。兵临城下，该布置的都已经安顿好，没布置好的也只能见机行事了。

那种经历长期复习、刷过无数张试卷以后的疲乏一览无余。

老师也说最近大家有点浮躁，要家长们好好引导。可家长的教导，对于18岁的年轻人而言，和耳边吹过的一阵风并没有太大区别。

行动紧张不起来，情绪就会紧张。

往往，我们希望情绪放松，而行动紧张。但大多数人都一样，能做到的只是相反的方向。因为我们都是俗人。

索性再放松点，或许会因为情绪紧张而重新促成具体的行动。毕竟，离首考还有3天。

张小萌在小纸片上又写了在这个周末需要完成的学习任务，但也许因为要面对的太多了，所以东翻翻西翻翻。

我们决定看《奇葩说》。《奇葩说》真的是一个骨骼清奇、脑洞大开的综艺节目，各种无厘头或者深度发掘的奇思妙想，为客观辩证地看待问题提供了各种角度，把一些日常的选择掰开了、揉碎了，再重新组装起来，完美！我们看到了选择的本质，也看到了自己内心的真相。

张小萌看《奇葩说》的时候，笑得前仰后合。我在家务中忙前忙后，这笑声就像一股清泉流淌，毕竟高三生笑得这么开怀真的好难得。

我不由又恨起如今的教育，连同少年的欢乐一并夺走了。

记得初二的那个暑假张小萌写过一篇日记，说不清楚从什么时候开始，梦中再也没有大餐，再也没有五彩缤纷，因为学习的压力，醒来时常常眼角挂着泪珠。

这么多年过去了，应该早就习惯了没有大餐的梦境。那些爬山、被野兽追之类的梦慢慢占据了梦的C位。这就是成长吗？

又花了一个上午的时间去爬山。科学研究表明，休息的定义并非是什么都不干，而是换一种劳动模式，比如把脑力劳动改成体力劳动。

那种无处安放的"放松"一旦变成实实在在的放松，便能真正带来内心的安宁。没想到的是，这上山的一路，年轻人明显比中年人利索很多。我在脑海里一遍一遍想从前是怎样又哄又骗把张小萌拖上炉峰，应该也没几年吧。现在她健步如飞，我气喘如牛。简直不能相信，这棵柔嫩的豆芽菜竟然比我厉害这么多。

也许，不久的未来，换她说：祝小英，加油！

# 首考 ∽ 2018-11-4

11月1日，第一天，考历史。

这几天的饮食不求丰盛，但求安全、稳妥。本来想好早上烧面条的，但又怕面条烧不出自己想象的样子，临时改了炒饭和鸡蛋羹。

吃饭的时候张小萌说肚子痛。我说：俞小毛她娘说，俞小毛说自己发烧了。其实并没有。想必俞小毛自我加压所以觉得不得劲。

大考在前，谁不是表面云淡风轻、内心波涛汹涌。一点不紧张的人，没人性。

早餐还是没吃多少，不强求，反正考试是一大早。

上班的时候事情太多，再次想到你正在大战高考时已经9点了。没想到自己在张小萌大考之际竟平静如斯。这大概就是我的长处，知道着急没有用处，便平静到"没有人性"。

朋友圈好多人在晒锦鲤，在供考神。

每个人的锦鲤都是自己，张小萌的考神是张小萌。九九八十一难是取得真经的必由之路。每一段从小仙到上神之路，都是在一次次历劫之后的飞升。高考不是一次考试，而是飞升的渡口。

我发了一张霞光漫天的照片，还有张小萌张开双臂奔跑的样子，好像去拥抱天地。

中午萌爸说张小萌情绪不错，大概一切顺利。可我见到她，问她上午感觉如何，她却不吭声，然后眼泪毫无预兆滑落。

一切尽在不言中。我想了一些没什么用的话，企图平复张小萌的情绪，但仿佛没什么营养，只是紧紧抱着她，拍拍她的背。

下午看到有些家长们在说"历史挺难"，略感安慰。

晚饭时看考生情绪好了不少。赞！

11月2日，第二天，只有数学学考。学考没有选考重要，所以以为没压力。但实际情况却又在乎结果，所以依然挫败失落。

11月3日，第三天，考地理、生物、英语。这大概才是真正的"高考日"。因为3门都是选考科目，当然寄予厚望。

考完，却连复盘的心思也没有，放松一下吧。

不管怎样，阶段性的一仗，就这么过去了。

# 你也会变得坚强 ∽ 2018-11-8

3日下午考完，试探问她去不去诸暨。她竟答应了。

在城关用完晚饭，然后陪她去了趟理发店，到乡下就寝已经很晚了。

萌外公说："萌萌这次考得不错嘛。"

我说："她自己感觉不理想。"

外公说："以往考得不好，肯定哭得一塌糊涂。怎么会有心思来诸暨。"

我说："她现在跟以前有很大不同。现在就算考得一塌糊涂，也还是会若无其事说说笑笑。"

外婆说："这也是进步，哎呀，她哭起来真要命啊。"

于是，我们一起吐槽从前的张小萌如何在每一次考砸的时候哭得惊天动地，而她偏偏又是那个经常考砸的人。

往事历历在目。

每一次单元考试以后，她到家的那一刻，几乎全家都心照不宣用自己的方式"迎接"将来的暴风雨。

如果敲门声是欢快的，甚至还伴着"妈妈"的叫声，警报解除，全家喜笑颜开。成绩也不必问，反正她总要卖关子，然后等待我们表演各种惊喜或不可置信。如果敲门声是凝滞的，麻烦大了，大家都懂得谨言慎行，假装没事各自忙乎，而我的脑子里电闪雷鸣征召各种"安慰"用语，一边若无其事接过她的书包说"书包好重啊"，一边跟着她进了房间，小心问她："好像不开心嘛？"

无数次哭得昏天黑地，让我这个在学习上没有遇到过太多困难的人深感无措——

那时候，希望她豁达一些，不要把成败看得太重，更何况一时的考砸也不算失败；希望她坚强一些，人生总有挫折，不够坚强要如何渡过漫漫人生。

但也有很多时候，觉得这样也好，难受了就哭，不痛快了就发泄，释放了又是元气满满。毕竟，坚强让人辛苦，豁达需要历练。

但在我安慰到江郎才尽的时候，灵魂深处总有个声音在喊：张小萌要什么时候才会控制自己呢？

可是，有一天开始，她突然变得不动声色。

有时候情绪很低沉，一个人趴在桌子上；问她怎么啦，她说："没事。"

有时候实在控制不住掉下眼泪，抱抱她；才一会儿，她笑笑说："没事了。"

她是个胆小鬼，很长很长时间做不到独睡。上幼儿园的时候以为上小学就可以独睡了，上小学以后等到10岁应该就可以了，10岁以后想想初中一定没问题了……

到了初中，她还是会常常抱着被子喊"想要妈妈陪"，无数次因为有蚊子、做梦、肚子痛、看了恐怖的电视剧……说没法一个人睡。终于独睡了，可所有大大小小的测验的前一晚，必须要陪睡，美其名曰沾点学霸的气息。

也不记得从哪天开始，她学会了自己面对紧张、挫折。不是不紧张，也不是不难受，但是她学会了自己去面对。上高中后，无论再怎么心中没底的考试，她也一个人窝在被窝里，或许焦虑，或许辗转反侧，但还是一个人入睡。

欣慰吧，感觉自己再也不需要面对那开闸一般的泪水，感觉自己再也不需要担心她离开我该怎么办。可又很难过，长大是一件残忍的事，学会不动声色是一副面具。就像从前我希望她晚一点知道"世上没有圣诞老人"，现在我希望她晚一点懂得"坚强"。

要经历过多少失望，才会令自己在失望时做到若无其事。

成长是一本难读的书，无论我再怎么努力保护小萌，她终归还是会遇到风雨，发现总归是要依靠自己面对风雨。

作为一个生活的勇士，告诉涉世之初的新手：其实，这世上大多数的"难"不过是纸老虎，而每个人都可以是齐天大圣。既然长大了，就勇敢点，迎着风向着雨，无所畏惧去接纳一切。

张小萌，不要怕。

# 爸爸妈妈的方式 ⟨⟩ 2018-11-12

看完《请回答1988》，有种失恋的感觉，想躺在地上打滚，强求导演别让他们搬离双门洞，不要剧终。可还是剧终了，1988年总要往前走。

早上准备好早餐，张小萌刚刚洗漱完毕，一会儿站在衣柜前，一会儿进到卫生间。我跟在后面，想跟她说说话，但又说不上话。萌说："妈，你老跟着我干吗？"

我也奇怪自己为什么要跟着她，完全是不由自主，看她穿衣服，看她梳头，看她照镜子。经她这么说，我便把自己按在沙发上，告诫自己千万不要起身免得遭人嫌。

德善他们长大以后，难得回家；回到家，便要和朋友聚会。所以望穿秋水的爸爸妈妈在迎来儿女以后依然是独守空房。家里安静得"没个人气"，兄弟姐妹之间再吵一次架都成为美好。

正焕妈妈刚刚端出儿子爱吃的东西，儿子却穿上外套说要出去、晚点回来。妈妈边把好吃的塞进儿子的嘴里边说"好好玩"，儿子出门时却倚在门框上兀自叹息。

宝拉好不容易回家吃一次饭，妈妈便嘘寒问暖。宝拉说："我是成宝拉，什么都没问题。我已经不是小孩子了。"宝拉妈妈闭上嘴，不知道还能再说什么。

聚会结束回家很晚，桌上有冲好的牛奶，一点点开门的声音就传出妈妈说"晚安"，有时候还会遇到"睡不着"正在"忙"的妈妈……而做儿女的说完"晚安"回到房间，心里想的却是刚刚分别的那个人。

所有的孩子回到家总是在睡觉，起床后总有会不完的朋友。于是出现了一个可怕的现象，几乎每家的爸爸妈妈总会不由自主地站在儿女的床前贪婪地盯着孩子，好像看无与伦比的珠宝。因为这是他们唯一能尽情看到孩子正面的机会。

德善妈妈说，为什么给孩子买东西总是不觉得心疼，而给老公买东西总觉得手头很紧。

正焕妈妈说，每次正峰和正焕说要晚上回家吃饭，即使觉睡到一半也会起来做饭，饶有兴致研究自己从未尝试过的厨艺，可老公大晚上让自己煮个方便面，就会从丹田涌出一股怒火，真想直接甩过去一个飞腿。

即使事后觉得自己不对，可是下一次遇到还是会这样。

读过那么多书以为自己明白世上所有的情感，但爱一个人可以到何种程度，也只有在做了妈妈以后才懂得。

人生没有经历，就算能把所有的书背下来，也不可能懂得其中的十分之一。理性之所以败给感性，是因为感情这个东西是一个无边无际的容器，装得下千千万万，而理性始终是一个算得清方圆的规矩。

母爱的发射器，信号持久恒定，即使没有回应也会一直发射信号。

张小萌说，妈妈要不再生一个吧。

从怀孕，到生产，到养育，一路陪伴，到眼看就要放飞；做父母的过程就是爱上一个必须要分开的人，所以没有力气再来一次了。

但认真爱过一个人，真的很好。剩下的未来，就好好爱自己，好好爱世界。

## 治愈 ◌⟋⟍◌ 2018-11-24

成绩揭晓那天是周六，我出差，她上学。

再见时，不等我搂住她便哭开了，公布分数与估分相距甚远，大家一致反映难度较高的英语自我感觉不错，成绩竟被学得不如自己、考得也不如自己的同学逼平……

那天卖力地烧了好多菜，但没什么成效。

吃完饭强行拉她出去散步，一边走一边找话题……总是聊到悲观的话题，比如：妈妈，如果我最后真的考不好要怎么办。

安慰人这种技能，在张小萌上初中时我很娴熟，但进入高中后，安慰已经明显不能解决什么问题。但面对悲观，我唯有在那些已经被我说烂了的说辞当中又加了更加诚恳的态度，让她相信这些真话是真话。

第一，无论什么结果我都不会责怪；第二，可能结果并没有想得那么糟糕；第三其实高考放在整个人生中并没有至高无上……在一番心灵鸡汤和醒世良言的双管齐下后，在言语和拥抱双重安抚下，张小萌有了一种安抚酥麻的平静，抱住我，说："还是妈妈最有办法。"

这是我出差一周以后，她终于又想起妈妈的有用之处——受伤以后的疗伤所。记得出发之前，她就说："分数揭晓那天，要是没考好，会想妈妈。"事实是中间想过两次，一次是下晚自习回家后发现房间没有整理，另一次是腹痛时一个人默默地钻进被窝。

路过银泰城。银泰城不解风情，还是灯红酒绿，一派祥和。

张小萌提出想去看看有没有围巾好买。

我惊诧于她的"复活"速度，刚刚还是痛哭涕零，一会儿想起了围巾，但同时又更欣慰于她可以很快走出低潮。于是我主张再逛逛服装店铺，毕竟试衣让女生快乐。

进了店，很快围巾被抛诸脑后，试上衣，试裤子，试毛衣……

这件好，这件也好，哇，这件也很好啊。张小萌在镜子面前自我欣赏，"搔首弄姿"，赞叹镜子里的女孩靓丽可爱——花钱真的让人快乐啊！买买买确实可以治愈不开心。

最后，因为某种良心谴责的原因，张小萌说舍弃几件吧，又显出各种不舍。我大手一挥：都买了！

店家疯狂夸赞妈妈的开明、赞美女孩的俏丽，张小萌心花怒放，只有付钱的那个女人，隐约感到自己好像又上当了。为什么受伤的总是我？

满载而归。某人说，看在这么多衣服的份上，一定要化悲痛为力量。

治愈是一项系统工程，晚上又是一阵精神按摩+肩颈按摩，才算是把眼泪噙在眼眶里，沉沉睡去。而我，才终于有心情整理自己因她考砸而有的小失落。

这就是成长啊。面对挫折，学会释放，学会放下，学会在哪里跌倒在哪里爬起。

## 怎么会这样？  2018-11-25

同事给我来电话，问我有没有发现首考英语成绩不对劲。

有不对劲吗？张小萌的成绩确实比她预料的差很多，据说其他同学普遍考得比预想的好，可能是张小萌答案填错地方了。

同事说：你赶紧上网查查吧，出大事了，成绩肯定有问题。

我说：虽然我家的成绩不如预期，但不至于高考成绩有问题吧。

同事说：不跟你说了，你自己去查，你自己去问其他家长。

高考成绩怎么能有问题？但好像真的有问题。稍稍浏览一下网上消息，得到了一些疑似真实的信息——英语首考分存在大面积问题，肯定不是真实分数。这令我大为震惊。很快从张小萌首考失利的失落中挣脱出来，情绪来不及循序渐进淡化就急转直下直奔愤慨。

怎么能这样？

此刻我真的好庆幸自己没有因为张小萌没考好而责怪她呀，要不然她得受多大的委屈呀。


# 尘埃落定 ⌒ 2018-12-6


这件事，很多年以后也许会拍成电影，或者是纪录片。见证并且卷入其中，算是多了一份体验。

11月24日，公布首考成绩；随后，英语成绩有问题的质疑声铺天盖地。在巨大的舆论压力前，有关部门承认由于英语试卷难度太大而对成绩做了"合理化"处理。12月6日，再次公布"拨乱反正"的英语首考成绩，尘埃落定。

所有的消息随着新成绩的公布戛然而止。那么大的风波，十多天沸沸扬扬的，此刻就像不曾有过一样。

十多天的时间，很短吧！但这个过程对于考生和考生家庭而言，非常非常漫长。

张小萌的分数没有发生变化，但是其他人的分数大多减少了10分左右。

在整个过程中，情绪跟随事件的进展切换。忽略自己全部的情绪，感觉最让自己为难的是如何面对张小萌每日下晚自习回家后的追问。关于解释的理由和放弃的态度，基于一直以来对她的教育而无法自圆其说。

微妙的是：这件让我最难以面对的事，恰恰是我最欣慰的事——因为她能在大多数同龄人世故地认为不可能逆转从而放弃妥协之时一直相信"错的，一定会纠正"，并且认为像我这样的中坚力量应该去做一个纠错者。

她向来在意我的感受和得失，爱惜我的羽毛，唯恐我不小心坏了自己的前程。因为她觉得我值得更好。所以，在吃亏这件事上她总是选择退让，不喜欢我为她出头露面。但这次她非常固执。这种固执让我为难，也让我担忧，但内心深处，又有点欣慰。

我在无数个身边人摇头说"就这样吧"的过程中，感到深深的无奈，仿佛有一种发不出声的悲愤——整个的环境，都在认同不公的合理性，都在无条件向"权威"低头。我在许多人说"不可能改变的"的过程中，感觉好不容易聚集的力量一次次被瓦解，全身的气力被抽空，感到被"主流"认知所孤立，仿佛为自己受到不公一再呐喊显得矫情，因为"谁又没有被亏待过？"……

唯从她那里得到勇气。再反思自己，为那一丝犹豫和纠结感到惭愧。于是便做最坏的打算，放下包袱，去坚持自己认为对的。

最后的结果反而不是最重要的。由整个过程我看到了可贵之处，就是少年的正气，她黑白分明的是非观，以及在大是大非的大义面前坚持公平。如果这也是一场考试，考的便是人性和三观。她交出的答案应该是得到了高分。

从做人的角度讲，这场考试的检验，比试卷上的得分更加有意义。起码，她还不是一个油腻的少年；起码，她内心还有星空一样的清澈；起码，她没那么在乎既得利益；起码的起码，她还不是一个精致的利己主义者……

社会的稳定不是靠息事宁人、忍辱吞声来维护的，而是依靠公平的环境来创造的。真相总有不那么美的，但我希望少年的生命底色依然是清晰的、温暖的、纯粹的，依然对生活怀有真挚的热忱……

## 回归日常  2018-12-7

一大早，张小萌因为找不到生物试卷各种焦虑，几乎瑟瑟发抖。

读书读到高三，我都没见过她这么紧张一张试卷——确切来说，是紧张一个老师。生物老师像个传奇，因为其独树一帜的敬业、认真、负责和严苛，有非常明显的教学特征：经常拖堂，办公室经常有一堆学生订正作业，也经常劈头盖脸训熊学生……

张小萌经常吐槽各位老师，也做一些敷衍老师的事，独惧生物老师，再多的作业不敢敷衍，绝对不敢找不到作业……

张小萌虽然首考生物成绩不咋的，但谈起生物来头头是道，跟她爹聊基因、病毒等一副很在行的样子。尤其是近期对于"基因编辑"这件事的看法得到她爹的大拇指，让我感觉这么厉害的人没考100简直天理难容。

试卷终究没找到，某生开始脑补即将到来的"疾风骤雨"……

中午接到小主无厘头的电话，还以为要说生物老师的疾风骤雨，脑子里开始组织如何开导她。电话那边却只是问："妈妈，你那边下雪了吗？"我笑："这里的天和镜湖是同一片呀。"

张小萌最近常给我打此类无厘头的电话。比如，她说一句话，后面好朋友鹦鹉学舌一句，然后问我："妈妈，你有没有听到回音？"我说："听到了，你在厕所吗？"然后，她们在电话那边笑得前仰后合，我在电话这边无奈翻白眼（幼稚啊）……

真的下雪了，在鹅毛似的初雪中迎来成人礼，是给张小萌们最好的礼物吧！我能在家里听到雪落下的声音，很喜欢。镜湖的雪，应该比这里更大，愿你喜……

## 求赞   2018-12-8

小主前晚掌灯列好一张歌单，嘱我千万交给她爹刻录。她爸不敢怠慢，白天找好电子文档，刻成光盘，打好歌单，晚上去接她的时候就可以"上新"了。

我问萌爸，路上回来听歌感觉如何？萌爸说，获得点赞。

获得点赞，很不容易。我就没有得到点赞，因为忘了给手机充电。她想听着歌在跑步机上跑步，没有音乐伴奏很不爽。我连忙道歉，说下次不会再犯此类错误。

晚上给她开了电热毯暖了一下被子；她钻进被窝，发现被窝是暖的，给我个赞。总算也得了个赞，不易。

人生如戏啊，全靠演技。高兴着娃的高兴，难受着娃的难受。

学校组织的成人礼上原本安排了家长和学生互送书信的环节，因为雨雪天，这个环节取消了，但信纸还是发给了大家。

班主任说环节取消了，但信可以继续写。反正我写了。张小萌却各种顾左右而言他，比如"我还未成人"（17岁不能算），"自己人就不要表演了"，"你知我心意没必要再写了"……再简单粗暴一点："妈，我口头表白吧。"

口头表白跟白纸黑字能一样吗？

所以，我就不必眼巴巴指望还能收到什么动人悱恻的书信了，只求她肯定一下今日的晚餐。

一颗要发射出去的卫星。

## 劝退   2018-12-21

明天要去一个初中做讲座，分享母女相处之道。

一整天颇多莫名其妙的事，撒了麦片，倒了咖啡，处理了本不该有的调课，还有帮发小的孩子解决了点问题，还无奈地裹进一些小人小事……

晚上本想给老妈准备她说了好几次的东西，又想明天的讲座还要再磨磨。

正要开始，传来敲门声，张小萌竟然回家了。

惊愕之余，问其啥情况。竟是被班主任"劝退"了晚自习资格，原因是"早恋"。

忍不住想发作，"冲动是魔鬼"声音马上冒出来，所以控制住自己，当作没事，但终于还是忍不住发飙。毕竟一个高三生因为"早恋"被劝退晚自习，不得不使我深感失望。

而她对于我的不满没有任何解释，理直气壮的样子若无其事，仿佛自己一身都是真理的化身。

哎，接下去怎么跟班主任沟通？而明天的讲座又该从何讲起？

做妈遇到的挑战好像天天都是考试，每天都是新题型。

# 打酱油 ～ 2018-12-23

学校组织了一个前200的尖优生培训班，报名费也不算贵。我想报个名还得论资格大概含金量还行。张小萌略略犹豫了一下，也同意报名，于是就没心没肺地闯进了"尖优生"行列。

无知者无畏，说的就是这个道理。大多数"尖优生"指的是理科优等生。张小萌这样的理科困难生，和传统的尖优生一起，那真是同一个梦想、不同的世界。

在普通班舒适惯了，去看看尖优生的风景也好，毕竟参与也是一种态度。

果然，张小萌说听都听不懂，完全不明白同学们在鼓什么掌、发表什么意见，不明白为何这些"读书机器"连下课让个座都一脸冷漠，不明白居然每一节课都要"抢座位"，不然就会被甩在边远的角落里，既无助又无奈。

白天不懂夜的黑，夜又何尝懂白天的白？

老师讲的内容是清北自招水平的数学题。可怜张小萌这个有一千零一种错法的数学困难户，可不就是"鸡同鸭讲"？

这一幕，似曾相识。初三那年误入创新班选拔加餐班，坐在教室的角落里，举目无亲，老师讲的什么，完全一头雾水。冬天的时候，张小萌无畏地去参加创新班选拔考，轻松一甩头："我去打个酱油，去去就来。"

我记得当时担心张小萌发挥超常，万一不小心考进创新班怎么办。张小萌自己也有相同的担忧。结果证明，我们全想多了，因为张小萌连题目也看不懂。

这次，我就不担心会不会考上清北之类的事，毕竟有些担忧也是要有资格的。张小萌说大概有50%能基本听明白。我觉得打酱油的路人甲能有听懂的内容，已经很了不起了。

如果说老师传授的解题方法是学习路上的光，那这光，于别人而言是"风景旧曾谙"，于张小萌而言是"拨开万古长夜"。

人生难免"打酱油"，打酱油也是一种体验。

# 随便聊聊 2019-1-13

高二在学考，高三生在家刷题。

午后，让她趴在床上给她按摩。她像只蛤蟆一样趴着，发出小猪吃饱喝足时的哼哼声，都能感觉到口水快流出来了。

边按边瞎聊。这样的时光，就像2019年的太阳一样稀缺。

**话题一**

张小萌：妈，你有没有觉得我最近很乖？

我：好像吧，怎么啦？

张小萌：你有没有发现我最近花钱特别省，包括饭钱。

我：好像吧，饭钱省下来干吗？好好吃饭，不许省。

张小萌：你有没有发现我最近好几周都没有出去玩了。

我：是啊，可是最近你不是每天都有事吗，也没时间出去玩啊，再说高三不就是这样吗？

张小萌：没有，没有，最近我就是特别乖。

我：那你是良心发现？还是有何图谋？

张小萌哈哈大笑，说：不能告诉你。

我：你省下钱是要给我买重大礼物吗？

张小萌：你想多了。

我：那你是要干吗？

张小萌：现在不能说。

这是为了提醒我发现她的"乖"吗？还是准备有什么令我大吃一惊的"大事"要干？凭张小萌一贯的作风，不会只是随便聊聊吧。

**话题二**

张小萌的言语中透露出一种观点——读书好就是好学生。我问她：何来此言？

张小萌：实际情况不就是这样吗？

我：张小萌，读书好的人有什么了不起吗？

张小萌：我知道读书好不代表优秀，但现实就是读书好的人，在老师和同学心目中就是王者。这是事实，不是道理。

我一时语塞，但"正义必须战胜邪恶"，便大着嗓门"声张正义"：张小萌，你还没有看到剧本的结局，最后的最后，现实还是会用事实告诉你："读书好，不代表优秀！"

张小萌：那你能不能让大家都明白这个道理啊？

好吧，我不能……

**话题三**

我：张小萌，你有没有想过未来自己最理想的职业是什么？

张小萌：妈，我不知道，你年轻时知道吗？

我：我也不知道，但你不是比我年轻时见多识广吗？

张小萌：见得太多，和没见过的效果差不多。再说我现在只能顾及读书，考个好成绩，没时间想太多。

哎，人生的残酷就是在于要一次又一次发现生活的真相，一次又一次接受我们曾经以为的"天才"原来和自己一样平凡。

**话题四**

张小萌：妈，我发现自己学习有变化。

我：哦？

张小萌：做历史题时发现理解能力提高了，但对史实越来越不清楚了。

我：和你妈很像啊，理解力还行，记忆力不行。

张小萌：看来读书让我变老啊，记了就忘。

我：这可如何是好？晚上睡觉前你还是看点历史吧。能记多少是多少……

张小萌：妈，暂不聊功课，你用点心按摩。

好吧，世上还有比妈更贴心智能的人工吗，各种功能随意切换。

# 冬令营 ∽ 2019-1-21

同事善意提醒，有些高水平大学夏令营、冬令营是自主招生的预备队，表现好的话可以有加分，顺手还给我推荐了一些高水平大学的冬令营项目。

真的很抱歉！我以前从来没有想过这些，一方面因为担心我的自作主张给张小萌增加预设前程的压力，另一方面我觉得那种加分之类的好事轮不到张小萌这样平凡的高中生，而且没有各种理科学科竞赛的省级以上获奖经历大概也是无缘自主招生报名资格的。

但同事提到的这些项目并不是全无意义。如果不设定奔着自主招生的优惠条件，参加冬令营了解一下学校和专业倒也是有意义的。如果能在参加活动时对某个学校某个专业怦然心动，也不失为下一阶段学习的新动力。即便没有这样的效果，起码也可以了解一下自己喜欢或不喜欢、适合或不适合。肯定是选择，否定也是选择。

这么想，便在元旦的时候认真了解了各大高水平大学的冬令营，最后根据张小萌的实力决定试着申请华师大中文系的冬令营。她正在备战期末考试，报名事宜就由我来搞定。不关心，也就无所谓；真的要参加，发现准备提交材料的复杂程度堪比职称申报，没有一定的智商、耐心和时间根本搞不定。元旦当天全花在这件事上还没有搞好，第二天去学校盖章并转成PDF文档，总算在最后的截止时间之前上传全部资料。

这次报名冬令营的行动得到了张小萌的肯定：你终于像个高三生家长了——

冬令营的时间是期末考试之前的那个周末。在华师大听了专业沿革，参观了校园，听了学术报告，参加了专业测试……所有的经历，都跟最后的结果没有什么直接关系，但人生是一个又一个的了解自己的过程，在未知的路上，每一扇探索自己的窗，我们都尽量去打开看过……

客观题测试，总分50，得分32；作文测试，总分50，得分34；总评66分，排名52（约150人）。现当代文学部分明显比古代文学扎实，语言部分差距比较明显，作文35分以上有单项奖，应该说文字表达能力尚可，但创新力不够，表达方式和思想性比较传统保守（尽管之前一再建议她在大学面前可以有所争议，但她依然受到学校教育的影响，尽量把作文的内容框在"不离题""不犯错"的范围内）。

冬令营之行，是一次照见。看到差距，也看到信心，最重要的是有机会了解一个专业，起码少一些盲从……

## 冲突 ⌒ 2019-1-21

一次颇为寻常的母女之间的争吵，演变为父女俩的对决。

很多次矛盾的发展走向总是出人意料。这场对决，从交换异见，到口不择言，到武力冲突，双方都充分展示了长期积压在心里的对对方的强烈不满，谁都不想低头认输。结果就是两败俱伤，一个号啕大哭，一个气急败坏，留给我满地狼藉。

伤心伤肝的两个人，在对对方的极度失望中偃旗息鼓。与其说是"算了"，不如说是都意识到再吵下去会更加不可收拾。他们指责对方根本不懂自己，而我却觉得他们俩真的是一脉相承的火爆脾气。

明明受伤的是我，最后却是我伪装平静，忙着安抚这边，又安抚那边。

冲动是魔鬼，最后都会后悔吧？！

日后我们会忘记这些不愉快的时光吗？那覆水难收的语言暴力，那不计后果的肢体冲突，那刻骨铭心的情感撕裂。

## 慢节奏 ∽ 2019-1-30

下一次期末，是高考，所以这学期的期末算是中小学期间的最后一次期末了。

收到成绩短信，一言难尽。其他都还好，30～80名之间，一门数学，史无前例的500名之外，总成绩"飞流直下三千尺"。

期末后第一天，做了4张生物试卷，其他科目基本没有看。

期末后第二天，休业式，下午和同学一起回来，晚上一起出去用餐，回来后做了不到一张数学试卷。

期末后第三天，完成前一天的数学试卷，白天和同学一起彻底休闲（吃饭、看电影、泡吧），晚上去上数学培训班。

时至今日，张小萌依然还是那个"自觉心尚可，上进心不足"的只用七分力的家伙，还是那个遇到困难绕道走的家伙。依然不谋算每天作息和复习进度，继续刷想刷的题，忽略不想面对的题，用"在学习"的状态去模糊"学到啥"这个结果。

眼看就是2月了，我忍不住提醒："离选考就剩两个月了。"张小萌抗议："咱能不能不要营造恐怖气氛？一天一天刷题过下去就好。"

思来想去，总觉得高三这个状态有点放松过度。

机械刷题，按部就班上培训班，好像是一种固定的生活方式。题目的标准答案好像成为学习目的，而题目背后的知识点反而不是那么重要了。或许对于高三生来说，刷题可以安抚内心焦虑，但我始终觉得反思和总结更有助于认识自己、认清自己。

前几天看到一句话"不要教我怎么做，让我自己去犯错"，若有所思。张小萌的成长也只能由她自己去犯错了。

# 选择基于什么 ～ 2019-2-2

**选择一：要不要发表论文**

据说发表论文很可能不能作为自招报名条件了。因为造假严重，争议太多。

张小萌说，造假不应该是受到惩罚吗？为什么那些真正搞学术的人也一并被抹杀了。

也是。其实，要揭穿学术造假也挺容易，尤其中学生学术基础几乎为零，造假道行不深，随便组织个答辩就能分清是人是妖。更何况取消高考资格，列入个人诚信档案，造假代价太高，要杜绝也未必没有可能。

我说：张小萌，跟那些造假的人相比，你准备论文比他们方便多了，要是跟着爸爸选个课题，利用周末和假期在爸爸指导下完成，远比那些花钱请人"指导"的论文真实有效。

张小萌：那爸爸为什么不指导我写论文？

我说：之前我问过你有没有兴趣进爸爸的实验室做实验、写论文，你说没兴趣。

萌说：那你没告诉我发表论文和高考有关系啊；如果说清楚，我也会愿意的。

我说：为了高考做没兴趣的事，跟高考选拔人才的初衷不符，没有意义。

萌说：哪有你这样的家长。人家为了孩子还专门花钱请人指导论文，你连利害关系都不告诉我。

我说：为了某种目的而做事，万一达不到目的就会怨天尤人，会怪自己运气不好。但出于兴趣做事，即使没有得到实际利益，起码过程是开心的。

年少的时候，要有没什么大不了的狂。年纪轻轻，失去自我，人间不值得。

人生如医师资格考，通篇都是选择题，不可能都选C，让所有的题目失去意义。

**选择二：以后读什么专业**

问张小萌想读什么专业。

高三生不再像以往那样给出笃定的答案，说："不知道。考了好分数，才有选择权。"

张小萌曾经心仪过建筑学，后来听说就业困难就不那么坚持了。也曾听说学金融挣钱多，所以想读金融……大概受了来自太多人的价值观影响，学会了妥协，向生存压力投降。

其实人生难免是苦，选择自己喜欢的，苦亦是乐。

临期末报名参加冬令营。

大忙人张小萌问：冬令营表现好，高考能加分吗？

不能！

那为什么要去？我应该好好准备期末考试。

如果没有意义，学校为何要组织冬令营？既然人家费心花钱组织这次活动，肯定是有意义，你去体会就会有所得，干吗要扯上高考？

见过太多为了不浪费分数而胡乱选专业的学生，也见过太多学生听从父母的意见而学了某个专业。我不想张小萌成为其中的一个，我也不想为她做选择。因为每个人属于自己。了解一所大学，认识一个专业，已经是时候了。

生活中许多人认同私心杂念的存在，但我觉得大多数趋之若鹜的方向，基本都是错的，因为往往是基于看得到的好处。

以上所有的选择都是一些比较重大的选择吧。记得张小萌小时候总是让我帮她做出选择，因为每次分析完她觉得妈妈想得更周全。对于即将面临人生最重大的选择的高三生，我不能再给出什么决定，只能给出一些选择的建议和思考的角度；如果还没有想好，就是做出选择的火候不到，别着急。

因为，未来更多的选择，都事关自我的完整，不是衣服什么颜色、头发什么发型、路边的烧烤要不要吃，相比之下，那些无关紧要。

如果想做公务员，我希望你心怀政治抱负；如果想涉足经济界，我希望你有经世济民的理想……

人生的最后，殊途同归，或许最后都会明哲保身为五斗米折腰，但因为你是新青年，起码有那么一段时间，我希望你可以"粪土当年万户侯"。

少年轻狂，是天马行空，锦帽貂裘，千骑卷平冈。

即使现实中埋头刷题，但是不妨碍内心有千万头草泥马呼啸而过。就算为梦想灼伤了自己，也不要平庸地喘息。


## 某一瞬间 ⌒ 2019-2-2

进房间跟她闲聊几句，张小萌破天荒一脸严肃说：妈妈走开，我时间来不及了。

定睛一看，原来在自我加餐做语文限时训练，感动得老母亲差点热泪盈眶。我娃是天使啊……


## 读书苦 ⌒ 2019-2-12

空间里有个初三生发了一条说说："初三真的很累啊，不到7个小时的睡眠时间，早晨跑完操后冻僵的耳朵和鼻子，还有迟迟提不上去的数学成绩，有时候真的想要放弃了。可是你看，他们都在努力啊。同是寒窗苦读，怎愿甘拜下风，会熬到头的。乾坤未定，你我皆是黑马，2019年中考加油！"

好像很励志，但总掩饰不了字里行间满满的煎熬和挣扎。

侄子和外甥女今年都是初三。亲子之间的战争，大多是因为作业。初三狗并非不懂事，也知道中考对自己意味着什么，也不想在关键时刻甘拜下风，可刷题的时间太久，一刻也忍耐不了书桌前的时光。

出去玩，家长有意见，自己也不安心。不出去玩，却也静不下心来。于是，身在曹营心在汉，用身体的"驯服"安慰内心的躁动。因为身体"驯服"，所以身心俱疲，总是一脸的疲倦；因为内心躁动，所以总受数落，更是万般无奈。

如今朋友圈流行"孩子，不要抱怨读书苦。全世界都一样！"搬出美国的狼爸虎妈来证明"苦读书"的千真万确，好像给了所有爹妈一个理直气壮的真理——往死里读！

关于"读书苦，不读书更苦"的言论，压得少年儿童喘不过气来。上一年级的小侄子童言无忌，感叹："我一年级都这么忙，到了高三那还了得？"听者都觉得小大人说话有意思，哄堂大笑。作为教育工作者听起来，却是说不出的无奈。

子曰：知之者不如好之者，好之者不如乐之者。如今看来，好之和乐之，是难上加难了。

作为高三党的家长，我早就不再像初三狗的爹妈一样催促了，顶多在高三生忘乎所以的时候提点一下。

一则，高三生总的来说还算自觉；二则，不情不愿地装模作样全无意义。如果心不在读书这件事上，不如索性撒了欢，虚度了时光再醒过来，总强过一直混混沌沌假装"勤奋"。

偶尔对她的学习方法提点意见，但也不勉强。总要她觉得有道理、愿意接纳才有意义，不然满满的抵触情绪，照做也不过就是"貌合神离"。

不能抵达内心的接纳，谁稀罕呢？不是情愿的捆绑，除了折磨还有啥呢？

至于不时的提点，完全是因为考虑到人性有弱点，当局者迷，每个人都需要由另一个角度来提醒自己。

谁也不能替谁做出决定，哪怕是父母子女之间。

看看周围的中小学生家长，发现比自身努力更艰难的事，是负责教育引导孩子的努力；发现比自身前途更重要的事，是孩子的未来。

做学生不容易，做爹妈更不容易——打理不完的后勤，操不完的心，生不完的气，还有受不完的委屈。

曾经为"不让孩子输在起跑线"这句话而震惊，如今这句话几乎是常识并且被所有家长不折不扣践行。

最近追剧，主诉家庭教育观——父母之爱子，必为其计深远。深谋远虑，殚精竭虑，大概说的就是父母之苦心了。

而读书这件事，本是多么美好，如今却只是苦。

父母孩子各自扪心追问：你还要我如何？你到底想怎样？我已无能为力！

一本难念的经，一个解不开的结……

# 开学了 ◌◌ 2019-2-14

盼望已久的寒假竟是过去了，昨晚把起床铃从7:30调整到5:50。

早上铃响，此起彼伏（闹了好几个手机），一激灵就从床上弹起来——真是神奇啊，一个寒假我都起不来，一个开学就把我从被窝拽了起来。

6点不到，天还没亮开，被窝外还是冷，长达4个月的起早摸黑的战斗又要打响了。4个月——想到这整个人都颓了，瞬间原谅了寒假里自己睡过的那些懒觉。

转念一想，这是最后的4个月了。这不仅意味着黎明将来的曙光，更意味着以后也基本作别了为"磨人的小妖精"洗手做羹汤的机会。又想到身边那些起早摸黑遥遥无期的人们，略有几分欣慰，不由得不怀好意地笑了……

于是，又振作起来，无视睡意，无惧寒冷。

昨天说好今日要吃酒浆汤圆的，叮嘱千万不要加鸡蛋。

正要烧上水准备去看看读书郎是不是克服困难起床了，只听得房门开了，张小萌捂着肚子东倒西歪冲进卫生间。

只听见"哎呦哎呦"喊痛，顿觉大事不好，整个人都毛了，忙跑去处理。

肚子痛——而且剧痛！据患者描述，是一种物理性的疼痛，好像被打了，一种纯粹的痛。

真是磨人的小妖精啊！天天都好好的，开学第一天，就这么开张了，上午还要考试呢，如何是好？

张小萌的状况，总是出人意料，从来都没让我"失望"过。

昨天的海鲜吃坏了？昨晚减肥锻炼过度了？要来亲戚了？还是……因为太紧张了？

不管怎样，我只得耐下心来处理她的痛，但是这种处理大概和伤心时的安慰一样，多半并无用处，只是一种"安慰"而已。

毕竟高三，捂着肚子，某人还是去上学了。

可总归是不放心，本来商量好回老家一趟，怕某人中途突然来电说支撑不住，所以决定原地待命。

8点多，接到一个陌生电话，必是她。接通，果然对面是虚弱的声音，说痛得想呕吐。

可是考试要到10点，安慰了一阵，说考完试如果坚持不住就去接她。还没说完，电话断了——家校通一次电话限时3分钟。

于是，就在等神龙召唤的过程中三心二意地做着别的……

好不容易熬到中午考试结束，电话来了，说是吃了止痛片，改善了不少，声音也欢快多了，那种无限需要老娘的状态马上切换到了老娘可有可无的状态。

一边骂她良心被狗吃了，一边又庆幸她此刻又忘了我。

寒假里也是小有成就：自学钢琴曲《烟花瞬》，居然做到"但手熟尔"；每日自我奖励动漫剧《我的英雄学院》，愣是追完了一季；又读了一遍鲁迅的小说集，顺带关心了一下加西亚·马尔克斯……

至于读书这件事，总是不差那几分钟时间，说得也是很有道理的样子。

我只当是，白开水一样的日子里，她给自己多加了一点糖。

明明嫌弃自己胖了，昨日却又哄我请她吃顿好的，说是可以预见开学后因为太辛苦而必将大幅度瘦……为了满足一下嘴巴的馋，何必这么预支"瘦"呢？

突然想起那至今还没有交的手机。你是怎么想的呢？我的儿。

# 选择来了 ⌒ 2019-2-22

生活中会出现很多数字或字母概念，对大多数不必理会。这些概念跟网红一样，哗啦啦来，呼啦啦去，烧脑。

"三位一体"也被赋予很多概念，但目前而言，"三一"代表的是一种已经被广为接受的高考制度。几天来，朋友圈被"三位一体"刷屏，省内各大高校的招生章程一一发布，各种报考条件以及招考计划纷纷公布。

作为一个高校教学管理者和高三生家长，朋友圈不是各大高校教师转发的招生章程，就是被各位家长转发的考试方略，怎能视而不见、听而不闻？

评估张小萌的成绩，不出意外的话，浙大有点差距，但省内其他高校应该问题不大。因而，针对张小萌的成绩，"三位一体"差不多就是个鸡肋。

但万一捡不到鸡腿鸡翅，鸡肋好歹也有肉啊！！！所以，决定不轻易放弃。

选择来了！报什么学校、选什么专业？

每一个人的视界都被自己所处的环境所限。尽管我努力帮助张小萌拓展职业的视界，让她更多看到行业，但我们的思路仍然被亲戚朋友所从事的行业所限。

跟从前相比，仿佛也算见过一些世面。可是跟这个日新月异的世界相比，我们还是井底之蛙。所以，我们大概最后都会遗憾自己一生没找到自己真爱的愿意为之燃烧自己的职业。

经过寒假的一番考察，有了以下意见：我觉得做老师挺好，萌爸以为学医有用，萌小舅坚持财管最好，萌姑父认为法学不错，而张小萌最大的心愿是学自己最擅长、最有心电感应的外语。

做老师就选择师大，学医就选择医大，财务就财大，法学去工商，至于外语，爱哪儿哪儿。

了解自己适合从事什么工作是一件不容易的事；如果能了解，也是人生之幸。就像大多数人并不能遇到最心仪、最合适的人成家一样，工作和家庭最后都是责任，但起码，对这份工作要有愿意坚持责任的心意。

我和萌爸在近不惑之年开始了解自己，发现自己最适合做的并不是自己正在从事的工作，因为有些东西一旦沾上不愿放下的心是骗不过自己的。毕竟我们小时候，没"沾"过几件事，连见也没见到过，职业只分农民和非农两种，所以打死不读农科就对了。

萌萌不一样。我有意无意中撒手，不去约束她，带她走南闯北，给她看各种书，允许她选择做自己喜欢做的事，观察了整整17年，只想发现她身上那一道最特别的亮光。

小时候好像有点缝隙让我看到闪光的地方，越是长大，她好像被装了一层又一层的套子，让人看不到本来。因为考试，因为竞争，因为非此即彼的教育，她越来越小心，也越来越现实，不敢做狂妄的梦，不愿意为"无用的事物"浪费时间和精力。

"功利"如一层猪油，蒙了多少人的初心。我恨当下的教育使娃没有缝隙去在意自己，思考自己所喜所悲。有些遗憾，大概永不可避免，只能留给时间，慢慢解冻。所以知道不必费心去扒开那一层层的套子。一切都只能在该敞开的时候敞开，在该明白的时候明白。

以前总觉得来日方长，现在着急时间不够了，不甘心最后还是胡乱地走上迷途。我自己承受着不是科班出身的遗憾，不想在张小萌身上重演。她的方向应该比我的路更加清晰才对。

张小萌有选择困难症，常常会为了吃什么、穿什么纠结好久。这不是一个好的性格，人生苦短，浪费在无用的左右为难上总是可惜。但接下去她的人生将时常走到十字路口，学会选择是很重要的一课。

性格是很难改变，但方法是可以学习的。任何选择永远都是好坏参半，永远都只要抓住最在乎的关键点，也就是只要某一点满足了，其他的都可以忍受，或者某一点心动了，其他的都不在乎，那就可以做出最好的选择。选择的困难，往往是因为患得患失，什么好的都不想放弃，什么坏的都想躲开——世上哪有十全十美的事，要不然干吗还有"选择"这个词呢？

希望你遇到怦然心动的人和事，勇敢给出答案。

## 题目出得不好 ～ 2019-2-22

学校总是以考试来吓唬假期里的学生，目的就是存心不让学生安心放假。高三生当然不能逃离这个套路。

不过高三了还需要通过考试来促成学习，又有何意义？而高三还能被一场回头考吓到，又怎么可能？

百炼成钢，高三生都是该怎么过就怎么过，与世隔绝，心如死灰。因为想翻起什么浪花都是做梦，所以省了做梦。

开学回头考。考就考。

张小萌说，大家都没当一回事，随便做了半小时就完成了。结果还是在意成绩。成绩不理想，非怪命题老师水平有问题，该考的不考，不该考的瞎考；题目意思表达模糊，引起歧义，所以让人没办法给出正确答案；标准答案不精准，因为答案考虑不周，所以考虑更周到的回答反而错了……

题目或许真的不是很科学，但总归是因为内心失落。失败的归因可以从自己身上找，也可以从自己的对面找。张小萌选择了在对面找归因。

## 题目出得好 ～ 2019-3-1

回头考过了一周多一点，迎来所谓的名校联考。

虽然老师在家长群告知了这次安排，也有不少家长回应，然而我仿佛已对考试麻木，并无半点涟漪。或者也可能是怕自己太在意这些大大小小的考试，反而影响了高三生的情绪，所以在很长的一段时间里，从最初的有意淡化考试、不刻意强调，到慢慢真的觉得考试也没什么大不了。

也许，等到高考的时候，我能修炼到对这场大考也等闲视之。面对考试变得麻木，可能是日常各种考试的意义吧。

张小萌面对考试的心态可能跟我的心态呈正相关，也很放松。

结果成绩居然不错。这次倒也没说是自己多厉害，而归结为……"果然是名校联考，题目出得好，出到点子上了。"

总结起来，大概是她都学在点子上，能不能考好主要是命题老师的责任。

# 新型母女关系 ⌒ 2019-3-4

最近萌舅帮我装修房子，因而嫌我这个那个的又多了一个。这世上嫌弃我、欺负我的，大概也就只有萌舅和张小萌了。

张小萌很不平：不就是个弟弟吗？为啥也能嫌弃你？

我说：还没有你的时候，妈妈最记挂、最不放心的人就是你舅舅了。于是，跟她聊了一些从前的事，最后说：你舅舅结婚时，我如释重负，感觉解放了。

张小萌说：等我上大学，你也觉得是解放了，对不对？

我说：张小萌，我在和你初遇的时候，就下决心要和你建立一种新型母女关系。我不希望自己像别的妈妈一样被嫌弃，但看来还是逃不过这一劫啊。

张小萌说：什么新型母女关系，搞得像国际关系一样的。

我说：异曲同工吧，凡是和自身以外的人相处，总有关系需要形成。

张小萌说：我们已经算是新型母女关系了。

何以见得。

张小萌就举了几个同学的例子。

休息日，同学们邀D同学一起玩，D同学拒绝。理由是：出去要向妈妈要手机，妈妈会怀疑自己一直在玩手机。而在家，妈妈以为手机收起来了，可以趁妈妈不在时使劲玩。同学们问，在外可以敞开玩，干吗要在家里偷偷摸摸玩？D说，虽然在家偷偷玩不痛快，但可以在妈妈面前保持"好孩子"形象。

S同学的妈妈对S同学不闻不问。S同学要出去，她妈说好。S同学自己出去一趟回家，她妈还不知道S同学出去过了。

F同学的妈妈是银行的，他妈为了完成银行的定额任务，竟然给F同学开了银行账号，然后把以前存在她那里的压岁钱都存进了F同学的银行卡。

……

总觉得哪里不对，突然反应过来。我说：张小萌，你举的例子仿佛都是为了证明你当女儿很靠谱，我当妈妈不咋地啊。你看，D同学欺瞒妈妈，你对妈妈坦诚；S同学妈妈不干涉她的自由，我对你管得太多；F同学妈妈把压岁钱都给他了，你妈妈却

"黑"了你的压岁钱。

萌说：嘿嘿，妈妈你懂就好。

我说：张小萌，你说你有多可恶，拿同学的特殊情况证明你的靠谱，拿家长的特殊情况证明我不咋地啊。

萌说：妈，这不就说明咱们俩是新型母女关系嘛。传统的母女关系，家长都是正确。咱家就不一样，所以咱家是新型母女关系。

我怎么觉得自己好像被绕进去了？！

## 春天 ～ 2019-3-13

绵长的冬雨季连着春雨季，太阳终于睁开了眼。

阳光好像打开了魔术盒，端出一个春天。环顾四周，俨然花红柳绿了。

经历了一段时间的敲打，新买的旧房子里的卫生间、厨房、客厅、阳台，都顺利变成了工地。今天萌舅带着"装修队"来了，正儿八经的装修要开始了。

单位里四年一度的换届也开始了，一时间多出来很多饭后茶余的消息。

2019年度高考的"三位一体"综合测试报名正在如火如荼开展。我终于在开学的夹缝里，挤出一些时间，然后给她整理了资料，报了名。今天她爸把证明材料用EMS寄了。

总之，单位里的"热闹"伴着家里的热闹。2019年的3月，在一派春天的热闹里粉墨登场了。

张小萌的高考复习已经到了紧锣密鼓阶段。她应该是紧张的，我有意淡化这种氛围，所以索性不去过问。又因为家里、单位的忙，真的像是不关心她的复习了。

这几天据说又在联考，老师是通知过的，但因为考试多了，便也无动于衷起来，我竟然并不记得。

昨晚她说生物照例很难，以前胜算满满的生物，居然一下子没了底气。

不知张小萌有没有意识到，遇到考过的，她说今年不会再考，遇到没考过的，她又说以前从未考过所以今年也绝对不可能考，因而在考试中遇到陌生的题目她总说是命题的问题。那我就奇怪，高考到底考什么呢？

尽管当前学习的核心任务是迎战高考，但我对于这种过分功利的猜测绝不赞同。尤其是这种自以为是、自相矛盾的判断有着自欺欺人的意思，但她执意坚持自己的"判断"，多言也是无益，只好让时间教她终有一天醒悟——一切皆有可能。

回顾刚刚工作时候的自己，我们都觉得当下比从前更努力，也觉得自己比任何时候更有力量。

所以，我想也不必过于忧虑，张小萌也会成长得更好。

# 自我否定 ∽ 2019-3-15

傍晚张小萌给我打了个电话，说想吃葡萄，问有没有买，声音有些低沉。

隐约觉得她大概有不开心的事，可怕问多了反而撕开了她的伤口，所以没有多问，就说等下去买，晚上就能吃到。

接她的时候，叫萌爸带了点水果和酸奶。回到家，她没有兴奋，也没有明显的情绪，转身就去安排洗澡。

走过去，抱了一下，轻问："有不开心吗？"

正要去洗澡的萌抱着换洗的衣服，停住，犹豫了一下，才说生物考试的时候把本来对的答案改错了。

话匣子打开了便收不住，眼泪滚下来，怀疑自己是不是很差劲，越复习越没把握，历史背了那么久，却总也考不好；去年对生物信心满满，现在都不敢相信自己曾那么自信……觉得自己什么都做不好，相比别的，读书还算好一点，但是也读不好，是不是很失败？

倾泻而下的泪水一时刹不住，眼眶全红了。自我否定让她对自己更加没有信心。我只是一直搂着她，拍她的背，说："妈妈理解你的难受。"回忆自己高考前夕，仿佛也曾有因为刷题遇到瓶颈而绝望的时候。

人和人并无不同，如果有不同，就是在面对喜怒哀乐的时候，选择了怎样的态度。最后的不同，只分两种：扛过去或扛不过去。

想说，努力是因为想要自己变得更好，所以努力是理所应当的。但不要给努力太多目标，更不要在没有达到目标时灰心失望。因为一个人是否优秀，不是成绩决定的。

长大，就是在一次次受伤以后，幼嫩的心灵一点点变坚硬；就是在面对一次次挫伤的时候，披上一层层的盔甲。

张小萌，我曾经"嫌弃"你无数。但我从不忘一次次告诉自己：你已经很好，我真的很幸运，因为有你。

# 又开心了 ∽ 2019-3-16

又过了一天，数学语文模拟考。

早上考生自言自语，不想参加考试。

仿佛是玩笑，但我也知这是考生身心疲惫的真实想法。心有几分担忧，依然故作轻松笑：有什么大不了，就当是练习好了。

考生还是去考了，当然不是因为我的话，而是因为作为高三生的基本操作就该如此。

出门说再见，我说："你要开心哦。"

你要开心哦！十多年以来，几乎每一个送她上学的早上，我都这么道别。很多时候，我还会加上一句："宝贝加油！"

白色的书包，白色的鞋子，蓝色的校服，高高的马尾辫，随性的牛仔裤，留给我一个这样的背影。

因为连续几次模拟考都不是很顺利，考生自然焦虑，所以我心里也不是很踏实，总担心她没有及时调整心态，一味沉浸在失落中。

萌下晚自习回来；我没有问关于考试的事，只问要不要弄点吃的。她主动说："今天的数学椭圆题做出来了，我怀疑我是我们班唯一一个做出来的。"难得一个值得大力肯定的机会啊，当然不能放过："哇，你这么厉害吗？真的这么厉害吗？"

考生就给我一个很得意的表情。

其实她知道她没那么厉害，其实我也知道她没那么得意，只是我们都知道证明一次"厉害"是多么重要的事，我们也知道体会一次"得意"是多么难得的事。

你开心，所以我也开心。你开心是因为考试顺利，找到了自信，我开心是因为你又拥有了自信。

自信的人，是阳光的人。阳光的人，才是不枉费生命的人。人难免有顺境逆境，你要学会在没有阳光的时候，自己发光，照亮自己。

# 课间的电话 ∽ 2019-3-25

中午接到一陌生电话，在潜意识里觉得是张小萌。

果然是。

张小萌问我身份证号码，声音不低沉，带着些许她特有的不太成熟的小兴奋。

张小萌最近给我打电话比较多，中午或傍晚，甚至是课间。有时是想吃什么，有时是问我有没有忘记某事，有时是因为身体不大舒服，有时也是关心我的某些事进展如何……这是一种微妙的变化。以前我很少会想到陌生电话是她，现在每一次看到陌生电话在潜意识里都觉得可能是她，然而真的就是。

一开始接到她的电话我有些紧张，因为她习惯在难受的时候给我打电话，并不诉说，但十有八九是因为有不开心；想跟我说，但最后还是没有说，所以就扯了很远。最近的电话大多没有情感上需要排遣的东西，她好像是突然想起我，于是就给我打个电话。

上周五接到她的电话，说上学时忘了说"妈妈好运"，所以一定要在电话里及时让妈妈知道自己的心意。我说：你放心，妈妈对自己很有把握，不过你的电话让妈妈感到很温暖，一切都会好的。

再前几天，她来电说："想吃香蕉，能不能晚上就吃到。"我说没问题。即使现在很少出去逛超市，但因为张小萌有需求，便觉得一切嘈杂都有了鲜活的气息。

那天考试没考好，打来电话，支支吾吾，却没有说心事，只说想吃葡萄。我感觉到她有心事，但因为她没有说，所以也没有问。因为有些伤口，一撕就裂了。在公共场合收不住，会丢了少年的尊严。

有一次，张小萌说：虽然还没有离开家，但总觉得以后离开家会很想妈妈，不知道难过的时候没有妈妈在身边会怎样。

我说：一切都会适应的，你会做得不比别人差。

这些"无聊"的电话，是她在紧张的学习中释放压力、获得开心的一种方式。

我喜欢，她没什么事，在电话那边叫"妈妈"，然后跟我说无关紧要的事。我也庆幸，她在有事的时候，在电话那边叫"妈妈"，让我有机会捧上自己对她的信心和信任，让她得到些许踏实的安慰。

成长是令人欣喜的事。但是成长无不是伤痛铸就的。张小萌越来越坚强，即使在我面前。如她所说，打击太多，有太多悲伤，来不及表达。

每一次电话，每一次顾左右而言他，都是一次心照不宣的倾诉。

我懂了。你畅快了。这就好了。以后我们的回忆里，是一次次相视而笑后的温暖。

## 吃点啥 ⌘ 2019-3-31

周六回了一趟老家，看到小姑子给侄女准备的早餐是海参粥，有些惭愧。

其实已有一段时间了，我意识到张小萌都快高考了，是不是应该加点营养增强体质迎战高考。毕竟，自己高考之前，我妈还不时买点鲜荔枝给我补补，同学们都喝"太阳神（传说补充能量的）"，考前我还随大流自己去镇上医院吊能量液。

不安排点营养品，总觉得缺少了大考的仪式感。

但心里又对自己说，太过刻意了，反而增加了紧张气氛。对张小萌来说，宽松点的环境比啥都重要，饮食的卫生比营养更重要。

我说：你都高三了，妈是不是应该弄营养品给你吃、补一补身体啊，也算是妈妈出的一点力。

张小萌说：那算了，我只是为了好吃，高考和平时一样平平淡淡就好，何必那么刻意。

我说：不吃点啥，不是不像高考生吗？

张小萌说：那你随便买点啥意思意思。

每一段经历过去了，便不复返。想想还是郑重其事花点心思，让高三有个高三的样子吧。

## 日常嫌弃 ◯ 2019-4-5

张小萌：妈，我都要选考了，你就给我吃这个？这碗，这碗，这碗，全部都是我最讨厌吃的。

做妈的低头，无言以对……问：明天想吃啥？

张小萌：难道我想就会有？

妈：这个，确实不一定……

张小萌：哎——妈——能不能靠谱点？

妈：咱聊点别的吧，囡囡。

……

张小萌：妈，我紧张。

妈：理解。

张小萌：吃饱了，不想吃了。

妈：哎呀，宝贝，别老提醒自己紧张。你都身经百战了，要有大无畏精神。

张小萌：这事也不是我说无所谓就真的无所谓啊。

妈：你学学你妈，就很镇定。举个例子，你看你今天选考，妈就给你烧了个菜泡饭，没有当作一回事嘛。

张小萌：你，你，你——你也好意思说啊！

# 信自己 ∽ 2019-4-6

此刻，第一场选考科目即将结束。张小萌在考场，应该做完了70分的选择题，奋笔疾书主观题。希望她好运，遇到自己擅长的历史内容，取得理想的成绩。

复习的时候，张小萌好多次对我说，自己时间比别人紧张，因为不少人已经起码扔掉一门；又好多次跟我说，要是这次成绩没有提高怎么办，这半年岂不是白白浪费了。

考3门的比考2门的紧张，比考1门甚至放下所有选考科目的更是紧张。但我以为，那些学习压力减了负的学生，也未必会把所有的时间放在其他科目的扬长补短上，多出来的时间，如果没有好好规划，也不过就是浪费。

如果成绩没有提升，当然会很遗憾。但是做大事之前，要有破釜沉舟的决心，要有义无反顾的精神，就是"大不了……"。只有这样，才不会不舍得付出。然而我以为，这所谓的"回报"，指的只是最后的分数，至于收获，必有所得，无论是知识和视野，还是坚韧和毅力，从某种意义上说，这些收获的意义，远远高于分数的意义。

近一个月来，是张小萌整个学习生涯身心最投入的阶段。

张小萌对自己从前的"不够投入"进行了反思，说以前总以为自己挺认真的，现在回头一看，还是差太远了。

考前一个月才有这样的认识，也很好，总比一直自以为是、自欺欺人好太多。

因为首考的失利，因为进一步深入学习，发现了自己的不足。这是一段时间里张小萌取得的巨大进步——太容易得到的成绩，往往会让人迷失方向，意识不到危机的存在。

这段时间，一再挫败，然一再坚持，又一再突破，大概是高三留给整个人生路最宝贵的财富，是高三除了考上理想大学以外最重大的意义。

虽然还是有很多知识漏洞，但绝对可以自信满满说自己比以往任何时候都掌握得更好。

考前的最后一个周末，张小萌问我有没有必要再去买一套模拟卷。我建议一切回归教材，她听了我的意见。这种仔细权衡学习效益的举动，是一种态度。每天都小声读背，一刻不停，而且还主动邀请我抽查，以增强记忆，这是态度。

因为态度，所以这可以说是张小萌自读书以来学得最扎实的时间点，最后一次历史模拟考也取得了史上最好名次。

凭着这一点，应该信心满满跨进考场。

昨晚考生显得有些"兴奋"，兴奋是为了缓解紧张的情绪，我懂。她强迫我欣赏钢琴，但是又因为不能完全静下心来弹琴而不时出错。对我的每一次"不靠谱"大声抗议，但并不是真的生气，好像"大声"是为了轰走内心那些嘈杂的声音。她让我帮忙捏捏肩膀松快松快，说复习得整个人都僵了。我们一起去花鸟市场逛逛，买了一束亮丽明艳的黄玫瑰。

花在阳光下发光。

比从前坚强太多，比从前更懂得调整自己的情绪，这堂重大的人生课，进步巨大了，我疯狂点赞。

每个人在重大事情来临的时候难免紧张，即使是学霸也很难在大考前波澜不惊，你要原谅自己的紧张。

懂和不懂，已成定局。剩下的，是你调整状态，轻装上阵，仔细审题，沉着落笔。

不要问我会不会因为考生万一失败而失望，我一直这么告诉自己：像我这样普通的女子，拥有一个张小萌这样的娃，已然是大大的骄傲。

## 继续考试 ⟲ 2019-4-8

昨晚没睡好，某生颇显焦虑，各种浑身不舒服，有些焦躁。

大考，偶尔没睡好，属正常。

都是过山车般的天气惹的祸——上午连考两门，中午考完就跟同学出去放松了，不到傍晚就回家，直呼热死了。

问她今天考试身体有无扛得住。她说还好还好，考试撑住了，考完才觉得人都垮了。然后说A、B、C等同学昨晚都没睡好，症状差不多，胸闷气短、浑身干热、被窝里太热、被窝外太冷，必定是昨日太热，久不锻炼体虚没扛住，早知就该用藿香正气丸解暑。

气象预报明日31℃，后天最高只有14℃。这么重要的时节，如此温差这是要闹啥？

## 面试这件事 ⟲ 2019-4-19

前不久还在犹豫要不要报名"三位一体"综合测试的培训，转眼面试这件事已经成为过去式。

浙财、浙师、工商三所，都顺利通过了资格审查。

要说顺利，也其实并没有。

工商的报名资格是学考70分，某生学考折合分仅仅70，最后能从750个报名考生中杀入面试资格510人之列，大概是因为自荐信写得还行；浙师初审资格线是83.2，某生得分83.3，险胜；浙财没有公布分数，但8600人报名，挤进前2600名获得面试资格，想必也就刚够资格，不会有多少优势。

三所学校面试时间在同一个周末，时间冲突。因为浙财和工商校园相邻并且前后两天考试，遂决定放弃浙师。

12日下午赶赴杭州进行面试确认，13日浙财面试，14日工商面试。

之前没有报名参加关于"三位一体"的培训，对面试流程没有具象概念，所以颇有几分紧张。12日晚才在宾馆静心阅读资料，熟悉面试的大致流程，准备面试需要的自我介绍内容，自己对着镜子练习。

因为是无领导小组讨论，对于小组内会遇到什么样的组员心中没底，又怕自己在那样的氛围之下语无伦次，更是对自己的优势全无信心。在一遍遍问我们她有没有优点以后，慢慢地发现原来自己不以为是优势的一些东西并不可多得，才渐渐有了几分信心。

13日面试结束。她说运气不错，题目有话可以讲，组员中没有那种一味争强好胜的人，大家都有团队意识。只是本来6人一组因2人缺考而变成4人一组，导致时间过分充裕，中间有些时候略有冷场，但她在每一次出现冷场的时候都努力主动找话题打破这种局面，使整个过程看起来尽量丰满。

13日面试，总结出一些经验：候场时与小组成员交流一下，大大增进彼此之间的信任感；要冷静面对"冷场"，尽量打破僵局；成员之间的关系不是竞争者，而是一个团队，每一个人都服务于共识的达成，而不是独树一帜；在别人发表了创新性意见以后及时对意见进行肯定、认同并发表自己的意见，可以彰显一个组员的大度，也有助于自己因为这一新观点的出现而得到加分。

我对张小萌在冷场时努力打破僵局的表现给予了极大的肯定。这是责任和担当的体现，在"无领导"状态下发挥了整个团队某一阶段实际组织者的作用。在仔细观察考生整体仪容以后，对萌"马尾辫+牛仔裤+学生卫衣+小白鞋"的形象给予了正面的评价——青春、干净、朝气。这是评委席上那拨"中年文艺男女"最喜欢的模样。

有了13日的面试作为"实战演习"，对14日面试就有了更多把握，因而也多了一些信心，知道怎样和小伙伴们更主动地交流。

两次面试一样的流程，题目也比较传统。面试结束后张小萌从教学楼的隔离区跑出来，一身轻松。这一次面试运气也比较好，同组的小伙伴相互都懂得支撑团队，自己表现比前一天有把握，虽然没有成为最后的总结者，但小伙伴们认为萌是本组VIP星级队员之一。

也有心理测试。这次稍稍淡化了自己的情绪，但仍坚持填写自己有压力，说高三生怎么可能没压力。我支持了她的真实，只说不要去夸大情绪就可以，因为你以为正常的选择，很可能有被"夸大"解读的危险。

两场面试下来，某生总算难得肯定了自己一回：以后真的要对自己有信心，原来我还不错！这是她自己在第一现场与同场竞技者比较后得出的自我评价。

真好！我觉得每增加一次对自我的肯定，就是一次极好的成长体验。

18日，工商的面试结果出来。不得了，面试成绩94，排名33，成功入围。

张小萌向来是容易紧张、不太自信的人，14日的面试取得这么好的成绩，令我们为之骄傲。最后的结果，总有浮沉，但起码这一个阶段的表现，无懈可击。

每一次挑战，都是发现自己的契机。

## 小片段 ～ 2019-4-21

周六傍晚，正在厨房忙碌。

油烟机轰鸣，怕没听到放学回家的小主敲门，于是就留了门，好让她不必在门口久等。

又是油爆虾，又是焖笋。因为留了门，所以也不再仔细地在厨房的噪音里分辨小POLO的油门声，放心地洗着、切着、炒着……

突然楼下传来脆生生的"妈妈——"

这一声"妈妈"简直措手不及。好激动啊，这是有多久没有听到张小萌放学回家时大声喊"妈妈"了！这声音里包含的欢乐，好像柳树爆了春芽，好像溪水跃下山涧，好像花在风中开放……

是因为开心，所以才有了这一声久违的脆生生的"妈妈"。

果然，她哼着小曲上楼，见我在厨房，特意过来打了招呼："妈妈，你辛苦了！"然后转身到房间，一会儿，传来轻柔的琴声——《风居住的街道》。

因为她开心，所以我们都格外开心……

晚上吃完饭，难得答应我去散步。哦，不对，是去优衣库试衣服。

买衣服，大概是张小萌近年来最能提神醒脑的一项活动。买衣服的频率之高，其实已经超出我能容忍的限度，但又不忍剥夺她并不是太多的快乐时光，所以每次还是"强颜欢笑"陪她试衣，然后掏腰包。

不得不说，小姑娘穿什么都好看。穿什么都好看的年纪，实在应该多拥有一些衣服，所以也就释怀了。

张小萌在摘誊英语笔记。我问，这个抄一遍干吗？张小萌说，以前那个太乱，这次理得有条理，好的词句可以用到作文里。

我从书架上拿下她之前摘誊的地理笔记和历史笔记，感慨她的笔记很用心。

张小萌指指历史笔记，说："其实这本笔记是典型的伪用功，就是简单从教材里抄下来，自己没有梳理。"她又指指地理笔记，说："这本是用了心的，里面的内容很宝贵。"

我说："迎战高考真了不起，你都明白了伪用功和真用心之间的不同。希望接下去的时间你能把那些'伪用功'尽量抹掉，多一些真正用心的有效学习时间。"

张小萌说，明白是明白，但做到还是很难，这需要一个点。

## 查分 ⌒ 2019-4-28

周四，班主任在群里喊"知道（三一）面试成绩的私信告知一下"。我就把工商的面试成绩私信了过去。

班主任说，浙财的也公布了，班上已经有学生知道了。

我说，没有啊。老师说，大概是电话问来的吧。

那我也去问一下好了。很快问来了：190分，383名，一共1500人入围，肯定在入围之列。

刚把这情况报告老师。微信里萌爸的消息忽闪忽闪，打开一看，说"浙财成绩公布了，萌萌没有入围"。

啥？刚刚问来好好的，怎么刚公布的结果就不一样？我怕萌爸眼花，说发个链接给我。

萌爸发了一份名单给我，一查询，果然没有！有个Y中入围的学生，名字和萌极像，怀疑是不是搞错了。

连忙对老师说："等等，可能搞错了。"又转身打电话问到底咋回事，快搞搞清楚。

人家说，肯定入围了，明天就会公布。我说，没有入围，成绩已经公布了。

结果，人家看了看名单，淡淡地说：你这个名单是去年的。

定睛一看，果然"2018"开头的文件名。我天，那一刻只想把萌爸拉来打一顿，什么乱七八糟的，谎报军情，成天搞些心神不宁的假消息，"有图有真相"一副振振有词的样子。

虚惊一场！

说是周五晚7:00可以查选考分了。Y中在周五下午安排了远足。放松一下可能是为了更好地绷紧，也可能等查分的孩子会焦虑，不如就散了吧。

张小萌上学前叮嘱我"不许私自查分"，再三声明她会自己查的。

其实我也不知道怎么查。因为准考证号啊、密码啊，我都不知道。

远足回来后学生就放了，没有安排晚自习。

晚饭后，我问萌要不要出去走走；她说，不要，没心思跟我开玩笑，要查分。

我看她守着手机，呆呆地等着。问她："有这么紧张吗？"

她长长呼了一口气，说："不知道别人怎样，反正我很紧张。"然后又问我："妈妈，要是一分也没提高怎么办？"接着又说："历史应该会提一点分数，其他两门悬的。"

我说："宝，你要做好一切思想准备，真的没提高，就哭一场，然后安心投入后面的复习吧。"

退出房间，我关好门，好方便她可能需要大哭一场。

我回到自己房间，却也干不了什么，等分出来听听她有什么动静。

7点刚过。她在隔壁喊："妈妈，查出来了。"然后跑过来，说："这半年生物白学了，1分也没进步。"

我连忙安慰她，但内心觉得读到的信息是："其他两门没白学，都有进步。"

果然，她说另外两门总算都有进步了。这半年的努力，终于有了期待的回报。

查分就像开奖，有的人抽到"谢谢惠顾"，有的人抽到"再来一瓶"。但整个努力的过程，决定了"中奖"是必然更多，还是偶然更多。希望之前的经历，留给你的不只有分数，更多是一些体悟。

# 数学辅导 ◇ 2019-5-13

高考越来越近，我的日记也从对张小萌入学的担心，过渡到对张小萌大学生活的憧憬和不舍。

记得中考之前很久，我问张小萌如何安排毕业旅游；她说没见过孩子要面临大考、为娘的却在操心毕业旅游的事，让我不要"拖后腿"。高考之前，父母能做的，除了后勤，也没什么能插手了。

张小萌的中学之旅，从跟科学缠斗，到跟物理、化学缠斗，再到跟生物缠斗，随着选考的结束，那些科目一门一门远去，她也终于开始一门心思和数学缠斗了——整个中学生涯，就是和理科缠斗的过程。用她自己的话说，和理科是一场虐恋，除耗费了时间和心力以外，掉过无数的眼泪。

她几次抱怨去请教老师的时候总是白跑，以至于都没了求教老师的信心。

我没有资格去要求老师时刻在办公室或者在教室待命，只能想想自己能给到什么实实在在的帮助。她说，你不会解题，要不给我请个一对一的老师吧，因为真的不想因为"闭门羹"而浪费时间。

这是她第一次跟我要求找辅导老师，而且是"一对一"。我必然要尽量实现。

问了很多人，却找不着。打听来的"好老师"都带了一堆人；连培训机构里好一点的老师，课程也是密密麻麻。终于在一个培训班找到一个老师，合适不合适并不知道，先试听一下，如果不合适再换人吧。

一寸光阴一寸金，对高三生而言，浪费钱是小事，浪费时间是大事。

萌在理科学习方面有个她自认为值得讴歌但我一直很不以为然的做法——那就是贪多。可能越是基础薄弱，越是感觉差距明显，所以她对自己的理科学习越是加大压力，最主要的表现就是奋不顾身投入题海战。刷题让她安心。刷得多，起码在题目那儿混个脸熟；高考时相见，也算是熟人。

辅导老师发现了这个问题，建议她多回顾之前的练习，指出学习不在于多，而在于懂——把所有的问题捋一遍，不如清楚地解决几个问题。我认同这个观点。

在不到一个月的时间里，虽然辅导课没几次，但愿她有所得。

# 为理科掉泪 &#x2014;&#x2014; 2019-5-13

张小萌曾经在刚上高中的时候形容过自己和同学之间的疏离感——自己好像是一种不会溶于溶液的溶质，就算是身处其中，也是貌合神离。

这个比喻，用来形容她和理科的关系，仿佛更贴切。

萌初二的时候，竟然到了听不懂科学课的地步；同学们脱口而出的答案，她还在苦苦思索为什么。然而思索总是在同学们异口同声地回答里中断，颓然趴在桌上，无助地哭泣。

我曾经用水流向她解释电流，解释关于并联和串联，解释电压……我感觉她激发了我无穷的想象力，只为找到更形象的例子能够让她接受。而这种形象的深刻的比喻，我断定是我自己中学阶段未曾理解的。

然而也很奇怪，初三的时候她又猛然开窍了，200分的科学居然也能考出190。

然而，大概也仅限于可以应付考试，仍然不能改变理科渣的本质。

刚上高中的时候，被理科虐得体无完肤。第一次遭遇不及格时候惶恐无措，到一次次不及格以后，慢慢地熟悉那种痛。

痛多了，也就不称为痛了。然而还是痛。比如，面临期中、期末考试的时候，复习的感觉像预习，因为实在太多课，太多新课，没有时间消化便匆匆进入下一阶段的学习。老问题加上新问题，就是雪上加霜。

终于，一门一门的理科在一次次的学考和选考中退出历史的舞台，终于只留下数学。

然而，下午我接到一个情绪低落的电话——可怜的娃因为数学模拟考考砸了，经不起我的一句"怎么啦"，哭得稀里哗啦。

会的，不小心做错了；难的，好不容易做出来了，但缺少了点什么，一大题整整15分……

我想告诉在泪水里浸泡的理科渣，不是985/211也没有关系的，或许差那么一点点没够着会有遗憾，但未来的路谁知道呢？

身为理科生，理解一个文科生是一件困难的事。但我想想自己学习英语的痛苦，大概也就明白萌学习理科的痛苦了。

但愿你上大学以后，可以徜徉在自己喜欢的学科里，即使再遇到数学，也能以平常心看待，也许就没那么违和了。

## 高考还有19天   2019-5-18

　　刚刚在朋友圈看到有个办培训班的老师发了一条信息——"离高考还有19天"，心里"咯噔"一下。

　　19天，如此短暂，张小萌便要走进考场。而她走出考场的时候，破茧成蛾，呼吸的是另一种别样的空气。

　　这个阶段的张小萌理所当然是辛苦的。而最近的模拟考更是让她对自己的学习水平产生新的怀疑。我知她是无力的，然而也并不能用一些苍白的言语抚平那颗长久的努力得不到应有回报的心。

　　能安慰她的，唯有成绩。其他的，都是云烟。

　　傍晚放学回家，数学辅导老师说今天时间要提前一下，尽快过去。张小萌哀叹自己舟车劳顿，但洗了把脸，背上书包又出发了。

　　路上随便用了餐。她一脸疲惫，说："数学又难，肚子又饿，天气还闷，感觉好辛苦。"我宽慰她不必赶着时间，慢慢来。然她终于没有半分拖延。

　　我知她在告诉自己，一定要咬紧牙关。


## 又一次初审   2019-5-31

　　前面参加了两所省内高校的"三位一体"，感觉都是凑热闹，因为如果没有太大的意外，这些学校应该在小萌的射程范围之内。

　　"三位一体"招生名额那么多，就像2019届高考生之前经历过的一场又一场无谓的"狂欢"一样。"三位一体"的热度在新高考改革以后的第三年，更是达到了万人空巷的程度。那么热，你都不去感受下温度，好像不太完整，"掺和"是一种态度。

　　但内心深处还有一个隐秘的等待。虽然说这个等待有点接近奢望，但始终抱着依稀的希望——等待C9公布"三位一体"的招生章程。

　　高水平大学的自主招生开出了对文科生几近蹂躏的苛刻条件，报考英语专业都要求理科竞赛省级一等奖（英语竞赛国家一等奖也没用）。

　　麻木地围观了自主招生报名浪潮以后，C9的"三位一体"终于揭开了神秘的面纱。

　　北大、清华、复旦、交大……

　　对于偏文的萌萌而言，公布出来的计划如同镜花水月，看得到而摸不到——总而言之，没有选考物理，就失去很多进入高水平大学的机会，倒是有几个文科专业公布出来，但想想那极少的几个名额，再想想几乎未曾得到过任何"优惠"的文科生，这几个名额几乎杯水车薪，明显不是张小萌这个吨位的"咖"可以掌控住的。

就像在路边等车的人，翘首以盼，但等来的一辆一辆车停下又开走，却始终没有上车的资格。

唯一寄希望的，就是浙大的"三位一体"这趟车，到底能不能挤得上去。

家长群里的家长们总有无数个问教导主任关于C9"三位一体"的问题，恍惚觉得自己好像不是这所学校的高考生家长。因为那么热闹的话题，竟没有资格参与。

几乎别的高校报名都截止了，浙大的通知姗姗来迟，5月13日公布简章，要求20日必须完成报名。

800个名额，不去掺和，就是拱手相让。必须掺和！

自从上学期末报名参加华师大的冬令营，后来又报名省内高校的"三位一体"，对于自荐信、证明材料以及相关内容的填报，从一开始一头雾水到最后驾轻就熟。

其实，自荐信并没有那么重要。因为高校无法确定那是谁的文采，又是谁的笔迹，所以只要不是态度太过敷衍便总能得到基本分。

谁有那么多时间在准备高考的时候成天跟不同的高校倾诉自己的"钟情"？如果真的钟情，便不会有那么多的投石问路。

家长群里的家长们从一开始就在讨论如何注册、如何报名、如何上传材料，一次次在群里问到哪个老师那里报名，一次次在群里抓狂照片格式问题以及网络通畅问题。我虽然动手晚，但明显效率高不少，利索地报了名，让小萌去盖了章，很快便搞定了报名。

在选择专业的时候，纠结了很久。因为浙大放出来的专业，只有极少的"热门"文科专业，而且也并不怎么适合。那些"冷门"的专业，多少让人有些不甘心。

但还是报了名，本着能上浙大终究是好的，本着未来就业或许与专业并无直接关联的念头。

不知道为什么，从小就观察张小萌的性格，关注她到底适合干什么，但最后仿佛还是胡乱地选择了一个并不知道是否合适的专业。

回头想想，人生的很多最重要的事，往往都是很草率的决定。

比如，我翻了《唐诗》《宋词》《诗经》《红楼梦》以后，给张小萌取了一个一直被她嫌弃的名字。那些原以为必定要惊天动地的事，最后都用来诠释平淡是真。

5月25日，初审结果出来，成功入围。

5月27日，网上确认参加校考信息。

5月29日，公布笔试时间（6月10日）以及面试时间（6月14日）。

家长群又是一轮新的热闹，关于抢考点，关于到底选择哪所学校……

对于张小萌而言，在参加正常的三次与高考直接相关的考试，以及两场校考之后，又面临一场校考的考验。

考得多了，有点疲了。参与成为一种习惯，是新高考带给这一届年轻人的成长历练。

## 三好学生丢了 ⌒⌒ 2019-6-1

背了一大堆书回家，扔给我，说没用了，说还有两抽屉的书在学校。

我说你是不是在班级空间"多吃多占"了，怎么会有那么多地方放书。她倒在床上，跟我讲关于占领"地盘"的一些琐事……突然跟我说，有件事不开心。

一问，原来是昨晚她没在校上晚自习，班上举行了三好学生评比；明明自己各方面表现都很好，明明有很多同学支持自己，但最后还是被班主任取消了资格。

因为上次被劝退晚自习的"早恋"经历，没有资格评奖评优。

我说，没啥关系啊。

张小萌觉得，高中三年前两年都被评为三好学生，第三年没有画上圆满的句号，遗憾。

我说，当前最重大的任务是高考，那些虚名就随他去吧。

张小萌说，做了三年团支书，高三这一年成绩始终在班级名列前茅，就因为一点小事被否定，意难平。又说班主任知不知道就因为这段经历自己成功挽救了一个潜在的"渣渣"，让一个不靠谱、不上进的男生变自律、变上进，拉高了班级平均分，不应该得到表扬吗？

我说，有没有荣誉都不能抹杀你挽救了一个"渣渣"的功德，一个"三好学生"的称号又怎能代表这么伟大的功绩呢？

张小萌说，反正我不甘心。

其实，我也有些不舍。谁不想给某一个阶段画个完整的圈呢？！

## 高考真的来了 ⌒⌒ 2019-6-7

晨观天象，细雨微凉，宜考试。

高考日遇上吃粽子的端午，他们说寓意"高粽（中）"，都上985。

昨晚张小萌上晚自习，我依然加班，想争取在她回家之前到家，泡好热茶，开上空调，准备要换的睡衣，但急匆匆到家时，萌已经在洗澡了，空调也开上了……只是洗澡结束时，在卫生间大喊："妈妈，我啥也没拿。"我才有了一个"补过"的机会，以"没有我，看你怎么办"的价值感为高考生递上干净的睡衣。

前几天嘱咐我准备一下文具，我的内心以一种"终于有机会表现"的窃喜，满口应允，并暗自提醒自己一定要办好办妥，绝不让高考生失望。结果连续几天忙得还是忘了。高考生以失望的眼神看着我，摇摇头，说："如此做妈实在太不用心了。"

是呀，我已经做过一百次检讨了。因为她想买的防晒霜，想吃的水果，每次都是在她强烈抗议后才得以搞定。

我也发现，当我越来越不靠谱以后，她变得越来越靠谱。大概是连妈都靠不上，不如自力更生。

昨日中午，我在疯狂修改工作文稿时突然想到高考用品都没整理过，其他好说，身份证在哪里都不知道。对于这个突然想到的问题，我出了一身冷汗，于是在灵魂深处有了一次深深的自责和内疚，赶紧打电话给萌爸，吓得萌爸赶紧从办公室跑回家、翻找身份证。晚饭后一起去了超市，买了两套高考用品：透明的文具袋、涂卡笔、三角尺、量角器、橡皮。感觉踏实了一些。

今早用餐，上午考语文的张小萌破天荒抱起了佛脚，边吃边背《渔父》。可见高考还是重要的，毕竟她以往很少抱佛脚，会就会、不会就不会。

这几天，张小萌应该是紧张的，但没有表现出紧张的样子。可背上、嘴角冒出的痘痘出卖了她的内心，外表看起来风平浪静，而身体流露出了急火攻心。

高考日，爸爸们都争着接送，最后就变成各送各的，搭伙接送的三人团自动解散。我问："考完啥时候回家？"对曰："在校上晚自习，9点回家。"又加了一句："这是在学校的最后一个晚自习。"

出门的时候，我抱了抱高考生，祝愿她上午写出锦绣文章，下午沉着应战把会做的都做出来。考生没有像往常的大考一样手足无措，说："我当是模拟考好了，再说上午考语文，总也不会差到哪里去的。"

也是，一切尚未定局的结局此时已然成为定局。

朋友圈都是高考的祝福，好多不常联系的人发来消息、祝福考生一马当先。家长群都在转锦鲤、发文殊菩萨，祈祷自家的娃"考的都会，蒙的都对"。还有考生妈妈穿上了吉祥的红色旗袍，寓意"旗开得胜"。而我依然加班，同事们都惊奇于我竟然能气定神闲。这些讲究的仪式感，以及同事们惊奇的反应，让我总有一些瞬间错觉自己像个局外人，仿佛对高考的敬畏感不够。

我觉得，考的都会不可能，蒙的都对更不可能，所以只希望张小萌会的都对。只想这非凡的一天，张小萌也只是波澜不惊地度过。把每一天都当作生命中最重要的一天过，每一个生命中重要的日子都平常过。

下午的数学考完，各大群都哀号一片，说什么"近5年最难一次"，竞赛生都做不完，竞赛教练都做不出最后一题；然后出现各学校发给家长的预警短信，请家长帮助孩子及时调整心态；又看到网上关于考生的一些信息，什么全班女生都哭了，什么答卷的时候紧张到笔掉在地上好几次，各种骂考试院，呼吁加入全国卷阵营……

张小萌近期进行了9次"一对一"数学辅导，自我感觉颇有收获。她自己对掌控这次考试有着入高中以来最大的信心。我曾判断：因为前期第一次英语选考的难度"争议"，这次高考的题目难度系数可能会比较正常。进而指望她在这个稳定的上升期能够掌控好中等难度的试题，但基于全网如此反应，心里顿时凉了许多。毕竟这是考试第一天，怕是她刚刚树立的信心会被彻底摧毁吧。

张小萌考完后没有马上回家，选择在学校上最后一天的晚自习，因而我无法得知她的情绪，只好在心里默默祈祷她能够自己调整心态，又期望她在不会的试题下能庄重地写下"解"，说不定评分规则会送一点点安慰分呢。

心里七上八下，等到她回家。问到今天的数学是否很难。她却出乎意料轻松，说："没有啊，我感觉很正常。"好吧，不管她的轻松有没有正当不正当，她的情绪是稳定的，那就足够了。

好吧，很重要的一天就这样过去了，就这样在仿佛不同却又并无不同中过去了。

## 高考结束了 ◦◦ 2019-6-8

高考改革的意义，大概是减少了社会对高考当日的关注度吧。连我这个高三生家长在经历了两次选考以后，对于高考的到来也有几分旁观的意思。

早上送她出门，晚上迎她回家，没有在校园外徘徊，没有胡思乱想的焦虑，没有准备特别的营养餐，什么都没有。对这种平淡的不解大过对压力的疑惑。

今天考英语。张小萌一觉睡到自然醒，那架势好像已经考完了。我摇摇她，叫她："张小萌，张小萌，你醒醒，高考还没有结束呢！"

张小萌翻了个身，嘟嘟囔囔："数学考完了，那跟考完也差不多，再睡一会儿。"

身体真的诚实，昨天冒出来的痘痘，一夜之间全平了。

"张小萌，张小萌，接下去爸妈要上班，你考完了给我们烧饭吧。"

张小萌一骨碌爬起来，瞪大眼睛说："这是亲妈能说出来的话吗？我打仗多年，身心俱疲，你居然见不得我稍稍轻松一下！我要睡饱，睡饱。"

总归还是准时去学校了。考英语也是考试啊，不能仗着英语还行就不当回事。

家长群"感谢文曲星祝我宝一臂之力""一起加油"的风格依旧,但今天的祈祷有专门的指向,变成了"英语必胜!"

从第一天将娃送进幼儿园,到高考最后一天的锦鲤转发,家长们起早摸黑、善始善终,也算竭尽全力了。

下午,家长群开始调侃"致高考的娃:今天下午5点以后,你就从熊猫变成流浪猫,从珍稀动物变成野生动物。你在家里作威作福的日子将一去不复返,请准确给自己定位。跟你爸妈说话要注意语气。因为他们忍你很久了。平时吃啥有啥,考完有啥吃啥!"你听这语气,这用词,那种呼之欲出的扬眉吐气在家长圈预热起来。

晚上张小萌回到家,显然已经从各方面接收到了家长圈的言论,抓住我的手,郑重地说:"妈妈,考验你对我是不是真爱的时候到了,看你能不能做到不过河拆桥,对我一如既往。"

我都没说啥呢,她倒是先发制人了。

## 高考后学什么 ∽ 2019-6-17

各科的标准答案早就公布了,很多人核对了答案,对自己的成绩基本清楚。

张小萌不想对答案,只想过几天得过且过的日子。我觉得也挺好。我也想过几天得过且过的日子。我怕万一对出来结果不好,那要如何安慰"苦大仇深"的张小萌。再说,你就算知道自己的分数,你能知道分数线吗?你又能知道大概的排位吗?这些不知道,知道自己的分数还是没有用。

但问题是,不知分数的话,怎么做志愿填报的攻略呢?分数一旦公布,马上填报志愿,很快提交,总不能打无准备之战。

我决定将分数区间扩大到30分(毕竟只有语文、数学两门课的成绩未知,总分相差30分也就到顶了)挑选学校和专业,反正平行志愿填报本身就有"跳一跳、稳一稳、保一保"的说法。

大城市,南方的大城市;高水平院校,外省只考虑211以上,其他考虑省内;如果是最后只能是省内,"三位一体"的两所高校和专业都不错,肯定能被录取。这么一想,好像只要考虑一下合适的211、985大学中合适的专业就可以了。

志愿填报的书发下来了,总要发挥作用,今天划了30多个专业,要凑80个专业还真的挺难。

# 出分了 ∽ 2019-6-22

朋友圈早就公告了，今天可以查分了。

张小萌说，从考前至今，朋友圈被各种转发锦鲤、杨超越占领，考前求大慈大悲的出卷老师，考试期间求大慈大悲的文殊菩萨保佑"考的全会，蒙的都对"，考完求大慈大悲的阅卷老师，出分前求大慈大悲的考试院保佑"错的加权，对的加分"……

这个情况在家长群有过之无不及。

自从高考开始，每半天换一门考试就拜托菩萨换一个科目来保佑，一个人带头，队列里所有的家长一个个传递，整齐划一，好像在举行神圣的传灯仪式，不容有一丝队形的破坏。

朋友圈也见过有家长将复印的准考证放在香案前点香膜拜，甚虔诚。虽然觉得有点可笑，可谁又能嘲笑家长对孩子殷殷期待的心意呢？

这种虔诚的祈祷至今天便也到了白热化状态。感觉比考试都紧张。毕竟考试要考好几天，A考砸了，还可以由B弥补一下；这题不会，那题说不定蒙对了。查分是一锤定音的事，一眼千年。

晚上7点之前张小萌忙着把我们赶出家门，说她要查分了，查到了会告诉我们。我们俩在这重大的历史关头，从不跟她较劲，出去就出去。

其实前几天我已经偷偷拍了准考证照片，以备查分所需。从家出来后，我们就奔我的办公室，准备手机、电脑同时展开查分大业。

7:30左右朋友圈被分数段公布的消息屏霸了，家长群各种沸腾，心里好像揣着只兔子忐忑起来。

一遍遍刷新网页，输入号码，就只是打转，不知是分数还未发布还是查分系统宕机了。

8:30左右家长群开始有人说短信收到成绩了，还说收到短信的先后是根据位次号排序的。赶紧翻看手机，并无消息。时间都过去这么久了还没收到短信，莫不是分数很不理想？开始紧张起来！再拿出手机翻看，在拦截短信中看到了"考试院"字样；打开一看，果然，成绩已到：总分667，位次4012。

不等张小萌来电话，我赶紧电话过去告知。她说她也刚刚查到。

这个成绩超出了我的预期，完美！

好吧，现在可以昭告天下了，张小萌的基础教育阶段终于画上了圆满的句号。

# 尘埃落定 ☁ 2019-6-25

7～8日，端午节，高考日，我送她出门，匆匆给个拥抱，没有到Y中门口感受高考的氛围，一头扎进各种一地鸡毛的工作。

10日，浙大"三位一体"笔试。因为有工作需要我在，所以没敢请假陪同前往，但心中愧疚在张小萌最关键的时刻自己没有陪伴在旁，让她略带失落而去。

14日，浙大"三位一体"面试。无论如何请了假陪同前往。

记得那日面试后从浙大西溪校区回家，路过Y中，路过阳明中学（Y中原址），路过YP中学，又路过LX小学和畅堂校区、WL幼儿园旧址。

这不就是一条张小萌的读书路吗？难道这条路是个"预言"，一个小萌通向浙大的暗示？

很多结果，很可能确实在某一个时刻有预兆。但浙大毕竟是一直以来可望而不可即的高地，所以我们心照不宣地不敢声张，怕那一丝的"天机"泄露了就不灵了。

24日晚分数出来以后，感觉浙大已在囊中。这种感觉里有兴奋，也有遗憾。兴奋是因为没想到真的站到了浙大门口，遗憾是因为这个分仿佛可以选择更好的专业，但"三位一体"的专业事先已经确定。

关心的人很多，总问考得如何，目标大学哪里，准备读什么专业。

像我这样坦诚的人，总是把自己所认为的最大可能和盘托出："没有太大意外的话，应该是浙大了。"然而说多了，人家的"恭喜"多了，又开始有些担心，万一上不了呢？倒不是怕失去浙大的机会，而是去不了浙大会被别人笑话。

连张小萌，都因为太多人给她发红包、说恭喜，从鲜花和掌声中清醒过来——原来上浙大是这样瞩目的事！万一上不了，不是很丢脸吗？

26日开始填报第一批志愿，因此25日之前必须要公布"三位一体"录取结果。24日晚20:00左右，在银泰城闲逛，瞟了一眼手机，看到家长群有人说名单公布了。

对于进入名单，内心是有80%的笃定，但还是打电话让萌爸查阅一下。

很快，答案公布——"张小萌同学，恭喜你已被浙江大学三位一体录取。"这个消息，好像在一张早就印好的证书上盖上印章，得到了确凿的认可。

把时间往前推一点，感觉这一刻的结果像一个梦。可是时间回到高考分数出来以后，又觉得一切顺理成章。

QQ空间显示一年前的今天我曾有过一个梦想：一年后一家三口都去上学，如果能在同一个学校更好。如今，萌爸已经申请前往浙大访学，张小萌竟然实现了一年前以为遥不可及的奢望，父女变成学长和学妹。

我只能远远观望，也好。

刚刚，浙大官微发布了招生宣传片《你的名字》：此后，你将与历史上众多灿若星辰的名字一起，分享"浙大人"这个光荣的称号，共同承担起国家和社会的责任。这让我这个当年第一志愿"浙大"但被拒之门外的人很是有点激情澎湃。

很快，春风得意的张小萌会被问到两个问题："你来干什么? 你毕业后要干什么？"

希望张小萌在未来四年能回答好这两个问题。

# 就是浙大了   2019-7-17

一段录取结束，平行投档分数线出炉。

比对了一下，华师、厦大、武大、上财的大部分专业都不在话下，华政、上外、天大、川大、北林的专业随便挑。这些都是我们心仪的学校，摆着那么多如花似玉的专业，想学啥就学啥。

倒是浙大，才刚刚到门槛线，算是硬挤着进去的，选不了专业。

三年前进Y中之初，曾怕跟不上大家，以为会被秒成渣。三年后的今天，看看浙大的分数线，起码在高考分数这条起跑线上，是妥妥的渣渣了。颇有自嘲精神的张小萌拍拍我的肩，说："娘亲再也不用担心我被学渣带坏了。因为进了浙大，我就是学渣本渣。"

话是这么说，我相信张小萌一定能在浙大立足。是不是"大器"不好说，但"晚成"是历史证明的属于她的特质。

不疾不徐，清风自来，不蔓不枝，按时盛开。

中学六年仿佛是一个很老套的故事：虐心的剧情，团圆的结局。之前六年修炼得到的成长，应该足以独自面对未来的风风雨雨。

我觉得浙大很好。因为当年我没有考上，所以我一直觉得如一座山一样，登得上翻过去必然是了不起的明证。

浙大的好，在于"大"。大是包容的一种呈现。学科全、专业多，可以接触更多，就可以更懂这个世界，也更明白自己。认识自我是永恒的课题。任何人只需认识自己愿意做什么，愿意为之沦陷，愿意用一生的时间去热爱，就很好。

数学、哲学、文学、社会学、艺术……在百花园中，尽可以拈花惹草，总有一朵会中意。

大学之道，在明明德，在亲民，在止于至善。我不觉得学到技能是最重要的，思想的成长远比学到挣钱的技能重要——在这样一个时代，如果对谋生有严重的不自信，那是对人类文明进步、对自身能力莫大的否定。

包容是思想碰撞以及萌发的重要前提。你登过高山，才有资格谈雄伟；你看过大海，才有资格聊壮阔；你到过沙漠，才有资格说孤独。

浙大那么大，那么多名师，那么多思想活跃的年轻人，那么深厚的历史积淀，滋养一个小小的你，定是足够了。

怎么选大学和专业？好大学和热门专业之间，好大学是首选。因为它意味着无数种可能，就是你不清楚自己接下去会选择什么路；意味着一种气质和精神的独特，就是同类嗅觉中相投的气味；就是，进了这个地方，就算什么也不学，也能熏陶点什么出来。

一个学校的可贵，不在于出了多少领导，也不在于出了多少富翁，而在于出了各式各样的人，然而每个人都满意于自己的状态，都觉得自己独一无二，都依然自信。

教育学是个"无用"的专业。从《围城》开始，很多人嘲讽这个专业的无用，有人因其无用而嗤之以鼻，但也有人因其无用而敝帚自珍。

我认同一个奇怪的真理——大多数人趋之若鹜的价值，是浅层次的好处；大多数人避之不及的冷门，往往有其难为人知的好处。

珍贵的东西，才不让所有的人看到；看到的人，需要缘分，也需要慧心。

热闹处，总是烦恼处；清冷处，亦是清醒处。

清醒比金钱重要。因为金钱填不满欲壑，而清醒可以拔掉欲望的刺。

我从不敢祈求你无病无痛。我觉得那样祈求着实贪心，也不可能做到。所以我但求你有一颗乐观的心，无论逆境顺境，不会轻易被打倒。我不敢祈求你大富大贵。我觉得浮华的表相太多，便会失去一些无价的东西，所以我更在意你能在意"无价"的东西。而那些"无价"，总是因为不能标价而当作"无用"，那么，我们就来珍惜一下这些"无用"的东西吧。

我们能选择的大学都好，但是在其中我认为浙大最好。不是因为浙大在几年的排名最好，而是一直都以年轻的姿态展现出创新的精神。

很多老牌大学都在依靠过去的名声混饭，再也没有达到"祖上"的高度。而浙大几乎是例外，明明已经有上百年的历史，依然焕发年轻的活力，这些年一直在不同的领域拓展。

其实，我们最后都会对自己的大学失望。即使北大也无法承载那么多状元的期待。浙大自然也是如此。在校生挖空心思吐槽，毕业生望穿秋水怀念。这是公理，没有哪一所大学逃得出这个魔咒。

时光太瘦，一不小心就从掌心溜走。希望张小萌早一天爱上这个最终将离开的地方。因为只有热爱，才有快乐。

大学快乐。

## 各奔前程 ✑ 2019-7-18

各校的分数线出来，大家对了一下位置，基本明白了自己的去向。

有去川大的，有去港中（深）的，有去上海的……我说，好啊好啊，好在一直都没去四川旅游，原来有同学要去那里等你前往。好在也没有去迪士尼，反正有同学要去熟悉地形，准备攻略。

有同学去学医了，有同学去学师范了，有同学去学法律了，有同学去学机械了，有同学去学土木了……我说，好啊好啊，自己不一定要学医，但有个学医的朋友真的很重要啊，你看看妈因为有医生朋友得了多少好处啊。

就这样，因为一场考试，曾经同一个学校同一个班级的同学，走上了不同的人生路，就像蒲公英的种子，散落在各地。

人真的不同，有的人就是适合学医，对解剖感兴趣，着迷于人体器官，那位选择临床医学的同学就是。很多人很快会带有专业特有的气质，变化快得让人以为自己以前认识的那个人是假的。

有时候会失落，会怀念那个一起刷题的人去哪儿了。但也觉得开心，因为刷题的灰色被各种色彩所填满。

别人的变化，同时也是自己的变化；会失落自己变了，也会高兴自己变了。

如果用心一点，就会发现考上不同学校的人、选择不同专业的人，其本身仿佛就自带那个学校那个专业的基因和光环，明明是一场奔赴，更像是一次回归。

同行过一段路，只是一段缘分。

高考就像把人送到高速的互通高架桥，自一个个路口驶向不同的方向，遇到别的人，继续往前行驶。

天地是怎么变大的？并不是因为自己的脚步丈量了很多地方，而是我们身边的人用脚步到达了更多地方，我们就觉得那个地方、那个领域，也是自己所熟知的。

以后，旅游有人陪。

再以后，不懂的行业有人指点。

再以后，到处都是自己人。

所以，我们感谢这一次分别。

## 别着急 ✑ 2019-8-24

萌去报到后的第六天，她嘱咐我给她寄几本书。她爸正好要去杭州办事，我们便上门送货。

始业教育即将结束，她已经穿上军装，准备军训。我们去的那个上午，是唯一的半个休息日，正好有时间和我们一起用午餐。

上高中后，她总是在三言两语的交流以后无情地宣布我们可以退下了，每多说一句话都被解读成唠叨。我们也正是在这样的漠视中慢慢地懂得了何谓"知趣地退出"。上学前两天，我关照了几句关于一个人生活要注意的事项，突然意识到"这些话多余了"，便马上闭嘴不再继续话题，她却很平静地应了一句"好的"。我突然有些诧异，意识到她仿佛又有了变化。

"好的"两个简简单单的字，很难从张小萌的嘴里听到。我听到的更多的是"不好""没关系的""就这样吧"……习惯了指东向西。这些年，我指我的东，她向她的西；我有自己的意见，她有自己的选择，也算是在彼此嫌弃的夹缝中活出了自我。

张小萌的"好的"，让我悟出了慢慢拉开的距离。因为距离，原本聒噪的声音也变得轻柔，所以接受度更高。

每次她扬言要去远方读书的时候，每次她嫌弃杭州太近的时候，我总是嘲讽她"等真上了大学，你就觉得家里真好"。她总是嘴硬说"才不会"，我总是补刀"走着瞧"。虽然这么说，其实我在内心里从来都没觉得她会恋家。初三那个暑假去欧洲半个月，每次汇报行程都是出于礼节而已。高一寒假第一次去北京，每晚都是匆匆跟我说"再见"，然后就急急挂了电话。

然而，终究没有逃出"真香"定律。那个天天盼望远走高飞的女孩，在还没有离开家的时候，已经开始想念家了。

报到没几天，只是因为在电话里听到我们的声音，就控制不住抽泣了。分别5天后突然见到我笑得像个傻子，一会儿又突然撇撇嘴哭得像个傻子。以前最害怕我们去学校打扰她，这次在听说爸爸马上去浙大访学后欢天喜地地起来。

从来没有自己洗过衣服，却不得不亲自搓洗、晾晒、收拾；从来都没有自己整理过房间，却不得不亲自整理内务。怕她不会叠被子，离家前那个晚上专门指导如何叠被子（怕做不好军训要求的十分之一）。

要管理校园卡、银行卡、市民卡，要管理寝室钥匙、柜子钥匙、自行车钥匙。手机没电了，要记得自己充电；饭卡没钱了，要记得自己充值……

原来，"独立"两个字，不是只有自由，而是满满的责任。

张小萌在哭得像个傻子以后，擦干眼泪，叹了口气，说："成年人的字典里没有容易二字。"

向来被动的她，每一次站出来都需要鼓励的她，害怕面对失败的她，却一次次鼓足勇气报名参加各种活动，遭遇一次次的失败后依然选择挑战。

学完学生手册，"感觉随时要被退学"；开完团总支大会，感觉"浙大活下去好难"；听完林俊德事迹报告，"很有触动"；在竞选失败，军训报道又没有被评上优秀以后，"明白自己不是个人物"，所以就不再"矫情地难过"……

她清楚自己远远不是在学霸成堆的浙大优秀的那一种，所以在用最大的努力证明自己。

这对于一个向来都被动的人而言，是多大的勇气？

那个焦躁的女孩，不得不在一团乱麻似的事务里耐心地拨开云雾；那个五谷不分、四体不勤的女孩，不得不亲力亲为解决一件件生活琐事；那个害怕失败的女孩，不得不让自己直面一次次失败，即使每失败一次就有一道伤痕，即使完全可以不去面对这些失败。

在她离开家的一周里，她成为寝室里内务最整齐的人，解决了自己遇到的一切问题，也成为那个参与活动最多、尽量证明自己的那个人。

我就知道，在我面前超不讲理的无赖张小萌，最终是个靠谱的人。

人生凭的是耐力，用热爱去迎接生活，用真心去面对生活。春天到了，花自然会开。

张小萌啊，不要着急。

# 回望高中（张小萌）　2020-3-15

没想到人生第一个奖学金来自Y中。我这个"财迷"拿到奖学金时心花怒放自然不必多言。更加沉甸甸的是奖状，是"英贤"二字。英，才能出众的人；贤，有德行的人。我自知才德并不出众，但荣誉在表达肯定的同时往往更有期盼。母校希望我成为那样的人。

我的学业不是一帆风顺的，考上浙大也并非料想中的事情。我不知道该怎样写高中三年，但我觉得我比大多数人有更多想说的话。

在浙大这个大佬云集的地方学习，比想象的艰难：我开始一个人面对困难并且在不得不解决它的境况下不断努力。整个大一上学期，我变得强壮，变得不那么轻易掉眼泪，总之像完全变了一个人似的。我很敬佩身边的同学、老师，也不断鞭策自己。

我的大学生活到目前为止可以说是孤独的，但"孤独是人的宿命，爱和友谊不能把它根除，只能将它抚慰"。上大学才半年，我已习惯了一个人吃饭，一个人赶路，一个人解决坏掉的自行车锁。遇到很友爱的学习小组时，欢声笑语可暂排这种孤独；遇到相处困难的学习小组，也懂得责任担当。但每每和这些并不相熟的同学聚在一起讨论如何展开调研活动、如何安排情景剧的架构，我格外怀念高中。上高中时，第一节晚自习下课的神奇晚霞，中午伴着《出埃及记》纷纷出逃的瞌睡虫，加两个鸡蛋的面馎馎，如此种种，往日的稀松平常变成珍贵的独家记忆。

高三时换了班主任。班主任做的第一件事就是让我们挑一张理想大学的明信片，写上对一年后自己说的话，然后在教室后的黑板上摆成一个+∞的符号。我觉得这件事很重要，很神圣，于是挑了很久。考虑过厦大、华师大这些学校，但由衷觉得自己考不上。我怕目标定太高，到时候反叫自己失望得不得了。结果相当慎重挑了重大。我当时还满心坚定地认为自己要学建筑呢。现在看来真是无稽之谈。这个+∞陪伴了我们班整整一年。高三密密麻麻的限时训练成绩单就一张张钉在这些明信片之间，我的排名连带着心情沉沉浮浮，可始终没变的是前进、目标、努力。哎，上高中时嫌弃自己的学校这个不好那个不好，可正是这"处处不好"的学校小心孕育着我们的理想，让我们心无旁骛地成长。

如果说对自己的高考成绩有什么缺憾，那就是生物了。我从高一到高三都是F老师教的。F老师的办公室像名胜古迹一样每天都排满了人。她爱拖堂。我们班的进度永远赶不上隔壁班。可我们都很喜欢她。F老师浑身散发着认真负责的气质。我问她的问题如恒河河沙。多么希望做她的得意门生啊，可惜我不是。我特别特别认同F老师说过的一句话：平时踏踏实实的，高考肯定会给你惊喜。大概就是"但行好事，莫问前程"吧，很多老师都说过类似的话，但许多同学肯定没有好好践行吧。不要时过境迁才念起这些梦想的护航人的可爱哦。

我在众多获奖者当中显得拙劣，或者说先天不足。如果说我有什么优点，我想应该是责任心和好胜心吧。高三时去自习教室，一个人在窗边完成自己制定的每日计划；午休时等全班都趴下睡觉了，我才肯稍微闭一闭眼；背历史曾经背到嗓子发哑；看到不理想的排名会失魂落魄。我的有些同学心态很好，总觉得我太用力、太夸张。可我们是高三生，也是青少年。我总觉得如果此时没有好胜心，心太大，或许是比较可悲的事情。因为往往逼一逼，就能上升到完全不同的平台。事实好像也证明了这一点。

2月回到母校，看见新建的风雨走廊和南大门，很是羡慕学弟学妹们，有这么儒雅优美的学习环境，有这么一批鞠躬尽瘁的老师，有这么令人艳羡的食堂。他们就像春天的闪电一样，尽可以全心全意地追逐自己的未来。

我会和大家一起努力。

# 后记：感谢时光

我整理完稿子，张小萌已经上大三了。

她的成长路上，别人看起来繁花似锦，我明白一直都是大雨滂沱。原以为上大学就轻松了，每天美美的，可以做自己喜欢做的事，但浙大真的是个很内卷的地方，又恰逢教育部发文要让大学生"忙起来"，于是浙大生就更忙了。

张小萌曾感叹：为什么我读中小学的时候中小学压力那么大，我上了大学，教育主管部门千方百计为中小学生减负而又要给大学生增负？教育部到底对我有什么意见？话虽这么说，她还是义无反顾一头扎进了"内卷"的汪洋大海。

她经历过"落后就要挨打"的痛苦，知道自己资质平平，所以只能笨鸟先飞以跟上大部队。刚上大学的时候，凡有什么自认为可以争取的机会都尽量去争取，但得到的是一次次的失败，以至于我问她是不是很难过的时候，她淡淡地说："失败多了，知道自己的分量，也就不会那么矫情地哭了。"也曾经在某一次挫败袭来时发朋友圈："只要他们愿意，分分钟都可以碾压我。"

但她在了解自己平平无奇的时候，又尽量让自己开出美丽的花。在一、二年级的时候分别获得了一、二等奖学金和诸多单项荣誉，争取到国外交流机会，开拓校外实习路径，参加西藏支教、自学报考托福，成为学校电视台一分子，学会了视频剪摄、公众号编辑、课件制作等技能……完完全全走在一条自我成长的路上。

把张小萌培养成人送进大学，对我来说，好像终于小心地答完一张大考的试卷。其实，与其说是我培养了她，不如说是她教育了我；与其说是我在付出，不如说是我在得到。

张小萌留给我回味的，更多是那些我们相处时的温馨时光。

我们曾经每周选择一个咖啡店或者甜品店，人手一书，一杯咖啡、一碟甜品，静静度过一个下午。城市广场的老时光、仓桥直街的大象咖啡馆，还有银泰城的咖啡陪你、贡茶……以及那些关门又开门的小店。有一年的每一个晚上，我们彼此陪伴，我工作，她做作业，烛光、红茶，天冷的时候还有热乎乎的红薯。那些美好的时光，一去不复返，但永存脑海。

她上大学后，我慢慢觉得从前引领她的我，正在渐渐被她引领。她在大学里的尽力，是我在大学时期无法比拟的。有时候我会忧虑她能不能有一个好工作，但更多时候我觉得她这样自律又有责任心、讲规则又有创意的人，在哪里都会很出色。

张小萌上大学以后，我对她的记录停了下来，一方面是我能写的素材少了，但更多的是因为经常不写就形成了惰性。而这种惰性，使得这本应该在2019年下半年就整理出来的书稿无限期搁置了。

重新整理书稿，是因为2021年6月我做了人生中第一次粉丝，认为自己遇到了闪闪发光的"理想中的自己"，是偶像的优秀和生动唤醒了我那些正在沉睡的美好品质。半年多来，我从未懈怠。

其实要感谢很多人，如当初支持《等风来》的读者，信任我的学校和家长。他们的支持给我信心、力量和便捷，使我终于迎来"等花开"。

最后，希望所有在"每一个人生阶段都尽力"的人，做成自己想做的事，成为自己想成为的人。

爱你们！谢谢你们！

2022年2月15日